Rainshadow Road
by Lisa Kleypas

虹色にきらめく渚で

リサ・クレイパス
水野 凜[訳]

ライムブックス

虹色にきらめく渚で

主要登場人物

ルーシー・マリン……………ガラス工芸作家
サム・ノーラン………………ブドウ園の経営者
アリス・マリン………………ルーシーの妹
ケヴィン・ピアソン…………ルーシーの元恋人
マーク・ノーラン……………サムの兄
アレックス・ノーラン………サムの弟、開発業者《デイベロッパー》
ホリー・ノーラン……………サムの姪
ジャスティン・ホフマン……ルーシーの友人
ゾーイ・ホフマン……………ルーシーの友人

1

ルーシー・マリンは七歳のとき、みっつの大きな出来事を経験した。妹のアリスが大病を患ったこと。初めて理科の自由研究をしたこと。そして、奇跡は本当にあると知ったことだ。とりわけ、自分にその奇跡を起こす不思議な力があるのだとわかったのは衝撃的だった。それ以来ルーシーは、平凡と非凡のあいだには紙一重ほどの差しかないのだと感じながら生きていくことになる。

でも、そういう心境になれたからといって、大胆に振る舞えるわけではない。少なくとも、ルーシーは違った。どちらかというと慎重に、そして秘密主義になった。不思議な力があり、しかも自分ではそれをコントロールできないと知られたら、みんなから変な目で見られるだろう。世の中に〝普通の人〟と〝普通ではない人〟がいるとすれば、〝普通の人〟でいるほうがいい。そんなのは七歳の子供でもわかる。みんなと同じでいたかった。問題は、たとえ奇跡が起きたことは隠せたとしても、自分にはそんな力があると思うだけでほかの人とは違うと感じてしまうことだった。

どうして最初の奇跡が起こったのかはわからない。だが、そもそもの発端は、妹のアリスが朝方に高熱を出し、首が曲がらなくなり、発疹が出たことだろうとルーシーは思っている。

母はアリスの異変に気づくなり、早くお医者様に電話してと父に叫んだ。

ルーシーはネグリジェ姿のままキッチンの椅子に座り、家のなかが慌ただしいことに怯えていた。父が叩きつけるように電話を切り、受話器がプラスチック製の架台から落ちたときには、心臓がびくんと跳ねた。

「ルーシー、靴を取っておいで。急げ」いつもは穏やかな話し方をする父なのに、最後のひと言は口調がきつかった。顔は頭蓋骨みたいに真っ白だ。

「どうしたの？」

「アリスを病院に連れていく。ママも一緒だ」

「わたしも？」

「いや、おまえはミセス・ガイスラーのところに行くんだ」

ミセス・ガイスラーは近所に住んでいる女性で、ルーシーがその家の前の芝生を自転車で横切るといつも怒鳴ってきた。ルーシーは抵抗した。

「ミセス・ガイスラーのおうちはいや。あのおばさん、怖いもん」

「我慢しなさい」父の表情は恐ろしかった。ルーシーは黙りこんだ。

四人は家を出た。母はアリスを赤ん坊のように抱えて車に乗りこんだ。ルーシーはアリスがもらす声にぎょっとして両耳をふさぎ、できるだけ縮こまった。車のなかは蒸し暑く、ビニール張りの座席が腿に張りついた。両親はミセス・ガイスラーにルーシーを預けると、ミニバンを急発進させた。ガイスラー家の私道にタイヤの黒い跡がついた。

「何も触るんじゃないよ」ミセス・ガイスラーは顔にシャッターのようなしわを寄せて言った。家のなかにはアンティークがたくさんあり、古い書物のほっとする匂いと、家具用艶出し剤のつんとするレモンの香りがした。教会かと思うほどしんと静まり返っている。テレビの音も、音楽も、話し声も、電話の音も、何も聞こえない。

ルーシーはブロケード張りの椅子に座り、身じろぎもせず、コーヒーテーブルに並べられたガラス製のティーセットに目を奪われていた。そんなガラスを見るのは初めてだった。カップも皿も虹色の光を放ち、金色で渦巻きや花の模様が描かれている。見る角度を変えると色が変化することに気づき、ルーシーは床に膝をついて、右に左にと頭を傾けてみた。

ドアのところに立っているミセス・ガイスラーが小さく笑った。水をかけた氷にひびが入る音のような、ひび割れた笑い声だ。「アートガラスというんだよ。チェコスロヴァキアで作られたもので、一〇〇年くらい前から代々受け継がれてきたんだ」

「どうやってこんなにきれいな色をつけるの？」

「ガラスを溶かしてそこへ金属を入れるんだよ」

それを聞いて、ルーシーはさらに驚いた。「ガラスなんて、どうやって溶かすの？」

ミセス・ガイスラーはおしゃべりに飽きたらしい。

「子供ってのは質問ばっかりでうるさいね」そう言うと、キッチンへ行ってしまった。

五歳の妹がなんの病気にかかったのかはすぐにわかった。髄膜炎だ。この病気になると、退院しても体が弱っていて疲れやすくなる。「あなたはいい子にして、妹の面倒をよく見てね。部屋を散らかしたりしてはだめよ」ルーシーはそう言われ、妹と喧嘩をしたり、怒らせたりするのも禁止された。「我慢しなさい」あのころ、ルーシーが両親からよく言われた言葉だ。

その年の夏は陰気そのものだった。例年のように友達と遊ぶこともなく、キャンプにも行かず、手作りの屋台でレモネードを売りもしなかった。病みあがりの妹のまわりを、家族は不安定な惑星のごとくあたふたとまわっていた。退院して二、三週間もすると、妹の部屋は新しいおもちゃや絵本でいっぱいになった。アリスは食事中に走りまわっても許されたし、〝お願いします〟とか〝ありがとう〟とか言わなくても叱られなかった。それなのに、いちばん大きく切りわけられたケーキを食べてもまだ次を欲しがったし、誰よりも遅くまで起きていても寝るのをいやがった。いつも好き放題にしているため、満足することを知らなかったのだ。

マリン一家はシアトルのバラード地区に住んでいた。昔はサケマス漁業と缶詰製造業に従事する北欧人が多く暮らしていた地域だ。バラード地区の発展に伴い、北欧人の人口は減ったが、それでも北欧系の文化はまだ息づいていた。ルーシーの母は北欧系の血筋なので、親から教わった北欧料理をよく作った。冷たい塩漬けのサケを、砂糖と塩と香草のディルで味付けしたグラブラックスと呼ばれる魚料理。生姜で香り付けしたプルーンを入れたローストポーク。カルダモン風味のクレープを、木製スプーンの柄を使って巻いたクルームカーケと呼ばれる焼き菓子などだ。ルーシーはキッチンで母の手伝いをするのが大好きだった。妹は料理に興味がなく、邪魔される心配がなかったからだ。

秋の気配が感じられるようになり、学校が始まってからも、妹に対する両親の態度は変わらなかった。アリスはすっかり元気になっていたというのに、両親はこの末っ子を甘やかしつづけた。

「アリスを怒らせてはだめ。あの子が欲しいものはなんでもあげましょう」

あるときルーシーが文句を言うと、母はこれまでにない強い口調で叱った。

「妹をねたむなんていけないことよ。あの子は死ぬところだったの。ひどくつらい思いをしたのよ。あなたはそんな病気にかからなくて運がよかったと思いなさい」

ルーシーは自分がとても悪い子に思えた。胸の内でずっとバイオリンの弦のように張りつめていた感情がなんだったのか、母にぴしゃりと言われて初めてわかった。嫉妬だ。どうすればその気持ちを抑えこめるのかは見当もつかなかったが、とにかくもう二度と妹に関して何か言ってはならないということだけは身にしみてわかった。

あとはひたすらじっと我慢するしかない。だが、状況は少しも変わらなかった。母はこう言った。「あなたたちのことはどっちも同じようにかわいく思っているわよ。ただ、接し方が違うだけなの」だがルーシーには、妹への接し方のほうが愛情に満ちている気がしてならなかった。

それでもルーシーは母が大好きだった。母は雨の日でもルーシーが家のなかで楽しめることをいろいろと考えてくれた。それに、ルーシーが母のハイヒールをはいておしゃれごっこをしても叱らなかった。そんな陽気な母だが、なぜだか寂しそうな表情を見せるときもあった。ルーシーが部屋に入っていくと、母はときどき途方に暮れた顔つきでぼんやりと壁を見つめていた。

ルーシーは朝早くに両親の寝室へ忍びこみ、まだ眠っている母の隣に潜りこむのが大好きだった。いつも冷たい足がぬくもるまで母にぴったりくっついていた。父はルーシーがベッドに入っていることに気づくと、よく不機嫌そうにうめき声をもらし、自分の部屋へ戻るよう言った。そんなとき、母はもうちょっとだけと、ルーシーを抱きしめてくれた。「こんなふうに一日が始まるのはいい気分だわ」ルーシーはそれを聞いて、なおいっそう強く母に抱きついたものだ。

だが、母はときおり冷たい態度を取ることがあった。ルーシーが母を喜ばせられなかったときだ。授業中におしゃべりをしていたと書かれた手紙を学校から持って帰ったり、算数のテストでいい点数を取れなかったり、ちゃんとピアノの練習をしなかったりすると、母は口をきいてくれなかった。妹は何もしなくても愛されるのに、どうしてわたしは努力をしなければならないんだろうと、ルーシーはいつも思っていた。生死の境をさまよう病気をしてからというもの、アリスは甘やかされっぱなしだった。そのせいで、平気で話をさえぎったり、食事中に食べ物で遊んだり、ほかの人が持っているものをひったくったりするようになった。

それでも叱られることはなかった。

ある夜、両親が子供たちをベビーシッターに預けて食事に出かけようとしたとき、アリスがさんざん泣きわめいた。父と母はアリスをなだめるために外出を取りやめ、レストランの予約をキャンセルし、宅配ピザを注文した。そしておしゃれな服装のまま、キッチンでそのピザを食べた。天井の照明を受け、母の宝石がきらきらと輝いていた。

アリスはピザを持ってリビングルームへ行き、テレビをつけてアニメを見はじめた。ルーシーも自分の皿を手に、リビングルームへ向かおうとした。

「ルーシー」母が言った。「ちゃんとここで食べなさい」

「だって、アリスはテレビを見てるよ」

「あの子は小さいから仕方がないの」

珍しく父が口を挟んだ。「この子たちはふたつしか年が違わない。ルーシーが四歳のときは、食事中にうろうろ歩いたりしたら叱られていたぞ」

「アリスは病気をしてからまだ体重が戻っていないのよ」母は鋭い口調で言った。「ルーシー、座りなさい」

アリスだけずるい。ルーシーは目に涙がこみあげそうになった。もう一度、父が味方をしてくれないかと、できるだけのろのろとテーブルに戻った。だが、父は首を振り、黙りこんでしまった。

「おいしい」

母は珍しいご馳走にかぶりつくようにピザをほおばった。

「こっちのほうがいいわ。本当はあんまり外出したい気分じゃなかったのよ。うちだとのんびりできるもの」

父は何も言わずにさっさとピザを食べ終え、皿をシンクに置くと電話をかけに行った。

「学校からのお手紙だよ」ルーシーは書類を母に差しだした。

「今は手が離せないわ」母はまな板にのせたセロリを手際よく切っていた。ルーシーはじっと待った。母はため息をつき、ちらりと娘を見た。「なんのお手紙なの？」

「二年生の理科の自由研究。三週間で調べて発表するの」

母はセロリを切り終えて包丁を置き、書類を受けとった。そして、眉をひそめて内容に目を通した。「なんだか手間がかかりそうね。みんなが参加しなくちゃいけないの？」

ルーシーはうなずいた。

母は首を振った。「もう、いやね。学校ってところはすぐに親を駆りだすんだから」

「ママはなんにもしなくていいんだよ。わたしたちがするの」

「そんなこと言ったって、必要な材料の買い物とか、実験とか、発表の練習とか、ひとりじゃできないでしょう」

そのとき、仕事から帰宅した父がいつものごとく疲れた顔でキッチンに入ってきた。父はワシントン大学で天文学を教えるかたわら、アメリカ航空宇宙局《NASA》のコンサルタントを務めているためいつも忙しく、家族の一員というよりは、ただ一緒に住んでいるだけの人のように感じられることが多かった。夕食の時間に間に合うように帰ってきても、仕事の電話で話しこみ、結局、母と娘たちだけで食事をすませることも珍しくない。娘たちの友人や、担任や、サッカーのコーチの名前も知らないし、子供たちの予定にはまったく関心を示さない。だから、母の次の言葉を聞いて、ルーシーは驚いた。

「ルーシーが理科の自由研究をしないといけないから手伝ってあげて。わたしはアリスの幼稚園の先生のお手伝い係になったから忙しいのよ」母は父に学校からの書類を手渡すと、まな板の上のセロリを火にかけたスープの鍋に入れた。

「まいったな」父は困った顔で書類を読んだ。「そんな時間、取れないよ」

「時間は作るものよ」母は言った。

「うちの学生に手伝わせるってのはどうだ？」父は提案した。「課外活動として単位を認めてやることもできるぞ」

母は顔をしかめ、柔らかそうな唇を引き結んだ。

「あなた、自分の子供を他人《ひと》に押しつけるつもり？」

「冗談だよ」父は慌てて否定した。ルーシーは本当に冗談だろうかと思った。

「じゃあ、あなたが自由研究を見てくれる？」

「そうするしかないんだろう？」

「親子の絆が深まるわよ」

父はあきらめ顔で娘を見た。「パパに手伝ってほしいかい？」

「うん」

「わかった。で、どんな実験をするんだ？」

「実験じゃなくて、調べるの」ルーシーは答えた。「ガラスのこと」

「それよりも、宇宙についてやってみないか？　太陽系の模型を作ってもいいし、星の誕生について書いてもいいし――」

「ううん、パパ、ガラスがいいの」

「どうして？」

「どうしても」

ルーシーはガラスに魅入られていた。毎朝、ジュースの入ったグラスを見るたびに、光の美しさにうっとりした。明るい色の飲み物を入れるとなんてきれいなんだろうと思い、熱さや冷たさや振動がすぐに伝わることにも感心した。

父はルーシーを図書館へ連れていき、子供向けの本にはたいしたことが書かれていないからと言って、ガラスやガラス製品に関する大人向けの書物を借りた。そしてルーシーに、どうしてガラスが透明に見えるのか教えてくれた。物質は、分子が煉瓦を積んだように規則正しく並んでいると透明にはならない。でも、分子が不規則に並んでいると、光が分子と分子のあいだを通り抜けて透明に見える。水や、水飴や、ガラスがそうだ。

「じゃあ、問題を出すぞ」ふたりで発表用の大きな厚紙に図表を貼りつけながら、父が尋ねた。「ガラスは液体か、固体か？」

「固体みたいに見えるけど、本当は液体」

「賢い子だ。大きくなったら、パパのように科学者になるか？」

ルーシーは首を振った。

「じゃあ、何になりたいんだい？」

「ガラスの芸術家」そのころのルーシーはガラスで作品を作りたいと思うようになっていた。眠っているときも、キャンディみたいにさまざまな色をした窓ガラスが光を受けてきらきらと輝いているところや、ガラスが外国の深海魚や鳥や花のようにうねったり渦を巻いたりしているさまをよく夢に見た。

父は不安そうな顔をした。「芸術家じゃあ、生活できるほどお金は稼げないぞ。よっぽど有名にならないとお客さんに作品を買ってもらえないからな」

「じゃあ、有名な芸術家になる」ルーシーは厚紙に書いた文字に色を塗りながら、楽しそうに言った。

その週末、父はルーシーを地元の吹きガラス工房へ連れていった。そこで赤髭のおじさんが吹きガラスの基本的な工程を見せてくれた。ルーシーは許されるぎりぎりまで近寄り、食い入るように見つめた。おじさんはまず、砂のようなものを熱い溶解炉に放りこんだ。次に長い吹き竿を溶解炉に入れ、真っ赤に溶けたガラスを巻きとった。濡れた新聞紙でガラスの形を整えるときは、熱い金属と、汗と、焼けたインクと、焦げた新聞紙の臭いがした。

おじさんはずっと吹き竿をまわしながら、溶けたガラスを何度か重ねて巻きとり、オレンジ色のかたまりを大きくしていった。そしてフリットと呼ばれる粒状の色ガラスを表面につけ、さらに金属製の台に吹き竿をのせて回転させながら、その色ガラスを均等に伸ばした。ルーシーは目を丸くして見つめつづけた。その神秘的な工程や、ガラスの溶かし方、カットの方法、色付け、形作りのすべてを教えてほしかった。これほど強く何かを学びたいと思ったのは初めてだった。

工房を出る前に、父は作品をひとつ買ってくれた。熱気球を思わせる茶色い球体で、虹色のストライプ模様が描かれており、真鍮製の針金で作られた台にぶらさがっていた。その日はルーシーにとって、子供時代でいちばん幸せな日になった。

それから数日後の夕刻、空が深い紫色に染まるころ、ルーシーはサッカーの練習から帰宅した。すね当てをつけ、サッカー用のソックスをはいた足は棒のようになっていた。二階にあがり、自分の部屋へ行くと、ナイトテーブルの電気スタンドがついており、妹が何かを手にして立っていた。

ルーシーは顔をしかめた。この部屋には勝手に入るなと、アリスには何度も言ってある。ところが禁止されればされるほど、興味がわくものらしい。これまでにもよく人形やぬいぐるみがいつもと違うところに置かれていることがあり、そのたびにルーシーは妹のしわざではないかと思っていた。

ルーシーのあっという声にアリスが驚いて振り返り、はずみで手にしていたものを取り落とした。何かが割れる大きな音が響き、ふたりは飛びあがった。アリスはばつが悪そうな表情で、小さな顔を真っ赤にした。

板張りの床に飛び散ったガラスの破片を、ルーシーは声もなくじっと見つめた。父が買ってくれた吹きガラスの置物だった。「なんでここにいるの?」激しい怒りがわいてきた。「ここはわたしの部屋よ。これ、大事にしていたのに。出ていって!」

アリスはガラスの破片のなかに突っ立ったまま、わっと泣きだした。

その泣き声を聞いて、母が飛んできた。「アリス!」ガラスの破片を見ると、慌ててアリスを抱きあげた。「大丈夫? 怪我はない? どうしたの?」

「お姉ちゃんがびっくりさせた」アリスはしゃくりあげながら答えた。

「この子、わたしの吹きガラスを割っちゃったの!」ルーシーは声を張りあげて訴えた。「勝手にわたしの部屋に入りこんで、これを落として割ったのよ!」

母はアリスを抱いたまま、その頭をなでた。

「とにかく、ふたりとも怪我がなくてよかったわ」

「そんなのどうでもいい! この子、わたしのものを壊したんだから!」

母は困った顔になり、いらだちの表情を浮かべた。「ちょっと触ってみたかっただけよ。わざと割ったわけじゃないんだから、仕方がないでしょう?」

ルーシーは妹をにらみつけた。「アリスなんか大嫌い! もう絶対にわたしの部屋に入らないで！　今度、見つけたら叩くからね！」

それを聞いてアリスがまた泣きだし、母が顔を曇らせた。「ルーシー、いいかげんにして。妹には優しくしなくちゃだめでしょう？　この子は大きな病気をしたばかりなのよ」

「もう病気じゃないでしょ！」ルーシーは反論した。だがその声は、アリスのけたたましい泣き声にかき消された。

「アリスが泣きやんだら戻ってきて掃除するから、その破片に触っちゃだめよ。ガラスは危ないわ。吹きガラスならまた買ってあげるから」

「同じものはないもん」ルーシーはむっつりと答えた。だが、その返事も聞かずに、母はアリスを抱いたまま部屋を出ていった。

ルーシーは床に膝をついた。ガラスの破片はシャボン玉のような虹色の光を放っていた。うずくまって破片を見つめていると、涙で視界がぼやけた。さまざまな感情がこみあげた。怒りや悲しみ、割れてしまった吹きガラスへのあきらめきれない思い、それから、母に愛されたいと願う気持ち……。それらが肌からにじみだし、部屋のなかに広がっていく気がした。

電気スタンドのほの暗い明かりの下で、ガラスの破片が小さな光の点に変わった。ルーシーは自分の体に腕をまわし、目をしばたたいた。涙が止まり、息が震えた。小さな光の点々は床から舞いあがり、ルーシーのまわりをふわふわと飛んだ。ルーシーはびっくりして涙を拭き、軽やかに踊るいくつもの光を見つめた。そしてようやく、それがなんなのか理解した。

蛍だ。

そのとき初めて、奇跡は本当にあるのだと知った。

ガラスの破片はすべて蛍に変わり、群れをなして舞いながら、開いた窓のほうへゆっくりと進んだ。そして、そのまま夜の闇に飛んでいった。

しばらくして母が戻ってきたとき、ルーシーはベッドの端に座り、窓の外を見つめていた。

「ガラスはどうしたの？」母は尋ねた。

「もうない」ルーシーはぼんやりと答えた。

この不思議な出来事は自分だけの秘密にしておくつもりだった。なぜそんなことが起こったのかは想像もつかない。でも、あの割れたガラスには何か理由があって命が吹きこまれたのだということだけはわかった。ちょうどアスファルトの隙間に草が生え、花が咲くように。

「触っちゃだめって言ったでしょう？　よく指を切らなかったものね」

「ごめんなさい」ルーシーはナイトテーブルに置いてあった本を手に取り、適当にページを開いて読むふりをした。

母がため息をつく音が聞こえた。

「ルーシー、あなたはお姉ちゃんなんだから、もう少しアリスに優しくしなきゃだめよ」

「わかってる」

「あの子はまだ体が弱っているんだから」

ルーシーは本を読んでいるふりをしながら、ずっと口をきかなかった。やがて、母は部屋を出ていった。

アリスだけがしゃべっている夕食が終わったあと、ルーシーはテーブルの上を片付けるお手伝いをしながら、ずっと考えごとをしていた。あのときはわたしがいろいろなことを強く思っていたから、その気持ちが大きな力になって、ガラスの破片を蛍に変えたのかもしれない。もしかして、ガラスはわたしに何かを伝えようとしてるの？

ルーシーは書斎へ行った。父は電話をかけようとしているところだった。父が仕事の邪魔をされたくないと思っているのはわかっていたが、ルーシーにはどうしても尋ねたいことがあった。「パパ」そっと声をかけた。

父の肩がぴくりと動いたのを目にして、やっぱりいらだっているのだと思った。だが、受話器を戻して返事をしたときの声は優しかった。「なんだい？」

「蛍を見たら何か起きるの？」

「残念だけど、ワシントン州で蛍は見られないんだよ。ここはアメリカでもずっと北のほうだからね」

「ふうん。じゃあ、蛍には何か意味があるの？」

「人間が蛍を見てどう思うかということかい？」父は少し考えた。「蛍というのはね、昼間はまったく目立たないんだよ。それが蛍だって知らなければ、どこにでもいるありふれた虫にしか見えない。でも、夜になると自分の力で光るんだ。真っ暗闇のなかでこそ、いちばんきれいに見える昆虫なんだよ」ルーシーがうっとりとしているのを見て、父はほほえんだ。

「見かけが普通の虫にしちゃ、すばらしい才能だと思わないか？」

その日以来、魔法は起こるようになった。ルーシーがいちばんそれを必要としているときに。そして、今はやめてと思うときにも。

2

「わたし、少し人間不信になっているところがあって……」知りあって間もないころ、ルーシーはケヴィンに打ち明けた。

ケヴィンはルーシーを抱きしめてささやいた。「ぼくのことは信頼してくれても大丈夫だよ」

一緒に暮らしはじめて二年が経った今でも、ルーシーはケヴィンに出会えて本当によかったと思っている。彼は望むべくもない相手だった。細やかな気遣いができる人で、ルーシーが好きな花を一緒に住んでいる家の前庭に植えたり、昼間にとくに理由がなくても電話をかけてきたりした。社交的なケヴィンは、仕事場に引きこもっているルーシーを、よくパーティや、友人との食事に引っ張りだしてくれた。

以前のルーシーは仕事に打ちこむあまり、デートをする相手ができても、それ以上の関係にはなれずに終わっていた。職業はガラス工芸作家で、モザイクや、照明器具や、小さいものなら家具も作るが、いちばん好きなのはステンドグラスだ。恋愛より仕事のほうがはるかにおもしろく、その結果、ガラス工芸作家としては名が売れたが、真面目におつきあいをする恋人はできなかったというわけだ。だが、ケヴィンと知りあい、すべてが変わった。ケヴィンは心を許すこと、そして身を許すことの幸せを教えてくれた。ほかの誰よりも親しい間柄だと感じられる瞬間を何度も分かちあってきた。ただ、わずかながら埋められない距離があり、そのせいで互いの心の奥を理解しきれていないと感じるときがあった。

ガレージを改装した工房の半分ほど開いた窓から、四月のひんやりとした風が流れこんできた。工房は仕事道具でごちゃごちゃしている。まずはガラスを切ったり、並べたりするための作業台。これはガラスに下から光をあてられるように照明が内蔵されている。それから、はんだ付けステーションや、板ガラスを保管する棚や、電気炉などがある。工房の外には、看板としてガラスのモザイク画をぶらさげてあった。夜空を背景にブランコに乗る女性のシルエットを描いたもので、その絵の下には金色で縁取った丸みのある文字で〈星のブランコ〉とエッチングしてある。

近くの港から、カモメのにぎやかな鳴き声や、到着したフェリーの警笛が聞こえていた。ここサンフアン島はワシントン州の一部ではあるが、雰囲気はまったく別世界のようだ。太平洋から来る雨雲がオリンピック山脈にぶちあたり、そこで雨を降らせてしまうため、シアトルは雨天でも、サンフアン島ではさんさんと陽光が降り注いでいることはざらだ。島の海岸部には美しいビーチがあり、内陸部はモミやマツの樹木で覆われている。春や秋にはシャチの群れがサケを追いながら潮を吹きあげている姿も見られる。

ルーシーは接着剤となるモルタルを塗った天板の上に、ピースを慎重に並べていった。ビーチグラスや陶磁器のかけら、ムラーノガラス（イタリアのベネツィア近郊の島で製造されるガラス）、ミルフィオリ（色付きのガラス棒を溶かし、組みあわせて花模様にした装飾ガラス）などのピースを、渦巻き模様にカットしたガラスのまわりに並べ、モザイクを作っている。以前、ケヴィンがルーシーのスケッチブックを見てとてもきれいだと言った渦巻き模様のデザインをもとに、モザイクガラスのテーブルを制作しているところだった。ケヴィンへの誕生日プレゼントにするつもりだ。

作業に夢中になるあまり、昼食をとるのを忘れていた。昼過ぎ、工房のドアをノックする音がして、ケヴィンが入ってきた。

「あら」ルーシーはにっこりして、ケヴィンに見られないように制作中のテーブルにそっと布をかけた。「どうしたの？　もしかして、サンドイッチでも食べに行こうって誘いに来てくれたの？　お腹はぺこぺこよ」

ケヴィンは答えなかった。顔をこわばらせ、こちらに目を向けようとしない。

「話があるんだ」

「何？」

ケヴィンは緊張した面持ちで息を吐いた。「ぼくにはもう続けられない」

その表情から深刻な話だと悟り、ルーシーは凍りついた。

「何を……続けられないの？」

「ぼくらの関係だ」

彼女は頭が真っ白になり、何も考えられなかった。

「決してきみが悪いわけじゃない」ケヴィンは言った。「きみはすばらしい女性だ。それはわかってほしい。ただ、それだけではやっていけないというか……いや、違う、きみはぼくにはできすぎた人なんだ。でも、そのせいでぼくは窮屈に感じてしまう。息が詰まる気がするんだよ。理解してもらえるだろうか」

ルーシーは作業台にのっている使い残したガラスの破片に目をやった。ケヴィンから顔をそむけていれば、それ以上、話は進まないとでも思っているかのように。

「……ひどいやつだと思われたくないから、これだけは言わせてくれ。どっちも悪者になる必要はないからね。ルーシー、ぼくはずっときみに尽くしてきた。そうしないと、きみが不安になるからだ。だけど、そういう関係にはもう疲れたんだよ。ぼくの身にもなってみてほしい。だから、なんというか……しばらく距離を置きたいんだ」

「しばらく……？」ルーシーは無意識のうちにガラスカッターを手に取り、先端をカッティングオイルに浸していた。「つまり……別れたいということね」何をどう考えればいいのか、さっぱりわからない。自分が何をしているのか自覚のないままに、ガラスの破片を一枚引き寄せてL字型の定規をあて、ガラスカッターで傷をつけた。

「ほら、その言い方だよ。きみが何を考えてるかは手に取るようにわかる。いつか別れることになるんじゃないかと、きみはずっと不安に感じていた。だから、今、ぼくの話を聞いて、ああ、やっぱりわたしじゃだめだったんだと思っている。でも、これはそういうことじゃないんだ」ケヴィンは言葉を切り、ルーシーの手元を見た。彼女は傷をつけたガラスを、プライヤーを使って割った。「きみが悪いわけじゃない。だけど、ぼくが悪いわけでもない」ルーシーはガラスとプライヤーを作業台にそっと置いた。気が遠くなりそうだったが、それでもじっと座っていた。別れてくれと言われてこんなに驚くなんて、愚か者もいいところだわ。何か兆候はあったに違いないのに、それに気づかなかった。だから、これほどショックを受けている……。

「愛していると言ってくれたじゃない」懇願の口調になっていることに気づき、自分がいやになった。

「今でも愛してるさ。だから、こんな話をするのはつらいんだ。わかるかい？　ぼくだってきみと同じくらい傷ついてるんだよ」

「好きな女《ひと》でもできたの？」

「たとえそうだとしても、ぼくがしばらく距離を置きたいと思ってる理由とはなんの関係もない」

「〝しばらく〟だなんて、ちょっとカフェでコーヒーとベーグルでも食べてくるみたいな言い方をするけど、二度と戻ってくる気はないのよね」

「ほら、思ったとおりだ。やっぱりきみは裏切られたと感じてる。お互い、いやな話し合いになるのはわかってたんだ」

「楽しい話になるわけがないわ」

「すまない、悪かったよ。だけどいったい、何度、謝らせるつもりなんだ？　ぼくだって悔しいんだ。結局のところ、きみはぼくではだめだったわけだからね。もちろん、きみはそんなことは言わなかった。でも、そういうのはわかるものさ。ぼくがどれほど努力しようが、きみの不安は消せなかった。そしてぼくは、そんな毎日に疲れ果てている。こんなことを言っても気休めになるかどうかわからないが、こっちだって最低の気分なんだ」まだ納得できない顔のルーシーを見て、ケヴィンは小さくため息をついた。「もうひとつ、ぼくの口から言っておかなくちゃならないことがある。こんなことをほかの人から聞かされるのはいやだろうからね。きみとの関係がだめになったとき、相談できる相手が欲しかった。それで……ある友達に話したんだ。悩みを聞いてもらううち、ぼくらは親しくなった。ふたりとも止めようがなかった……自然な流れだった」

「それって誰かとつきあいだしたということ？　わたしと暮らしていながら？」

「きみとの仲は、ぼくのなかでは終わってたんだ。なかなか言いだせなかっただけでね。たしかに、もっと違うやり方もあっただろうとは思う。でも、いずれにしろ、もう一緒には暮らせない。別れたほうがお互いのためなんだよ。ただ、ぼくを含めて誰にとってもつらいのは、相手の女性がきみに近い人だってことで――」

「わたしに近い人？　誰？　友達？」

「それがその……つまり……アリスなんだ」

全身の皮膚が縮んだような気がした。高いところから落ちそうになってひやりとしたあと、いつまでもアドレナリンが出てちくちくしているときみたいな感覚だ。ルーシーは言葉が出なかった。

「ぼくも彼女もそんなつもりはなかったんだよ」ケヴィンは言った。

ルーシーはまばたきをして唾をのみこんだ。「そんなつもりって、どんなつもり？　あなた、わたしの妹とつきあっているの？　あの子を愛しているの？」

「最初からその気だったわけじゃない」

「寝たの？」

ケヴィンはばつが悪そうに黙りこんだ。

「出ていって」

「わかった。でも、どうかアリスのことは責めないでやってほしい」

「早く出ていって！」それ以上は聞きたくなかった。自分が何をしでかすかわからないし、それをケヴィンに見られるのは耐えられなかった。

ケヴィンはドアのほうへ進んだ。「落ち着いて考えられるようになったら、また話をしよう。きみとはずっと友達でいたい。それと……じつはアリスがもうすぐ引っ越してくることになってるんだ。だから、早めに次の住まいを探してくれないか」

ルーシーは返事をしなかった。ケヴィンが出ていったあとも、しばらく呆然としていた。

苦々しさがこみあげてくる。今さら驚くことでもない。いかにもアリスらしい振る舞いだ。後先考えず、望むものはすべて手に入れ、欲しいものは力ずくで奪いとる。家族はいつでもアリスを優先し、本人もそれが当然だと思ってきた。いっそ憎めたらどんなに楽だろう。だがアリスには、母の寂しげな一面を写しとったような、どこか憂鬱そうで傷つきやすい雰囲気があった。そのためルーシーは結局、いつもアリスの面倒を見るはめになった。外食をしたときは代金を支払い、せがまれれば金を渡し、服や靴を貸した。貸したものが返ってくることは一度もなかった。

アリスは頭の回転が速く、口は達者だが、何をしても長続きしたためしがない。しょっちゅう仕事を変え、計画を立てても途中で放りだし、相手が誰であれ深く知りあう前に関係を終わらせてしまう。セクシーで話がおもしろく、カリスマ的な魅力があって第一印象はすこぶるいいが、平凡な日々のつきあいがまともにできないため、安定した関係を結べないのだ。

この一年半は、長寿番組となっている昼の連続ドラマの脚本助手を務めていた。一年半というのは、これまでに就いた仕事のなかで最長記録だ。普段はシアトルで仕事をし、必要があればニューヨークへ行ってメインの脚本家たちと会い、ストーリーについて打ち合わせをする。ルーシーはケヴィンを妹に紹介し、二度ばかり三人で食事をした。アリスがとくにケヴィンに興味のあるそぶりを見せたことはなかったから、ルーシーはなんの疑いも抱いていなかった。たしかに姉のものは自分のものぐらいに考えている妹だが、まさか恋人を盗まれるとは思わなかった。

ケヴィンとアリスの交際はどんなふうにして始まったのだろうか。どちらのほうが積極的だったのだろう。わたしは彼にうんざりされるほど、愛に飢えた態度を取っていたというの？　もし、ケヴィンの言うように彼は悪くないのだとしたら、わたしがいけなかったということ？　だって、どちらかに非があるはずでしょう？

涙がこみあげそうになり、ルーシーはきつく目をつぶった。

あまりにつらすぎて、今は何も考えられない。これほどたくさんの思い出と、さまざまな感情をどうすればいいのだろう。

力なく腰をあげ、ドアのそばに立てかけてある三段変速ギアのついた自転車を取りに行った。シュウィン社のヴィンテージもので、ターコイズブルーの車体に、花飾りをあしらった前かごがついている。壁のフックにかけたヘルメットを手に取り、自転車を外に出した。

春の午後だというのに肌寒く、霧がかかっていた。空には石鹼の泡のような雲が浮かび、ダグラスモミの木々の先端がその雲を貫いている。冷たく湿った風がTシャツのなかに入りこみ、腕に鳥肌が立った。行くあてもなく自転車を走らせていると、脚が痛くなり、息が苦しくなってきた。路肩が広くなったところに小道を見つけ、自転車を降りた。島の西側にある湾へ続く道だ。自転車を押しながら、砂利道を進んだ。やがて、断崖の上に出た。赤い玄武岩と、白い石灰岩からなる岸壁で、岩はすっかり風化している。崖の下に目をやると、潮が引いた浜辺でカラスとカモメが餌をついばんでいるのが見えた。

その昔、サンフアン島の先住民族コースト・セイリッシュ族は、リーフネットと呼ばれる底敷網を使い、この海で二枚貝や、牡蠣や、鮭の漁をした。このあたりの海が豊かなのは、ある娘が海の精と結婚したからだと彼らは信じている。ある日、その娘が泳いでいると、海の精がハンサムな若者の姿となって現れ、ふたりは恋に落ちた。父親は泣く泣くふたりの結婚を許し、娘は若者とともに海へ消えた。それ以来、海の精は感謝の気持ちを込めて、島の人々に海の幸を贈りつづけているという伝説がある。

ルーシーはこの物語が好きだった。すべてをなげうって身を投じる大恋愛に惹かれるものを感じた。だが、そんな恋愛は、絵画や文学や音楽のなかにあるだけだ。現実の世界には存在しない。

少なくとも、ルーシーの人生には。

自転車を停め、ヘルメットをはずして、崖の下の浜辺へ向かった。浜辺はところどころにグレーの砂地が見えているものの、全体が石で覆われていて歩きにくく、いくつもの流木が打ちあげられている。ルーシーはゆっくりと進みながら、これからどうしようかと考えた。ケヴィンから、次の住まいを探してくれと言われた。今日の午後は恋人と、妹と、そして住処《すみか》を失ったというわけだ。

薄暗くなった空を覆うように、雲が低く垂れこめてきた。遠くの沖合にできた積乱雲がどしゃぶりの雨を降らせながら、こちらへ移動してきている。カラスが海面から上空へ舞いあがった。黒い翼の先端を指のように広げ、上昇気流にのって島の内陸部へ飛んでいく。嵐が来ようとしている。早く避難したほうがいい。だが、どこへ逃げるか考えることさえできなかった。

涙でぼやけた目で足元を見ると、丸石のなかにひとつ、光っているグリーンのかけらが見えた。腰をかがめて、それを拾った。船から海に捨てられた瓶は、うねりにもまれて割れ、岸に打ちあげられ、波と砂で洗われて艶のない丸いガラスになる。

そのビーチグラスを握りしめ、渚に大きく打ちつける波を見た。灰色に沈む海を眺めていると、やるせない怒りと、言いしれぬ悲しみと、行き場のない孤独感がこみあげてきた。こんな裏切り方をされると、もう何ひとつ自分に自信が持てなくなる。それがいちばんつらかった。よかれと思ってしてきたことがケヴィンを追いやる結果になってしまった。もう怖くて、一歩も前に進めないような気がする。

握りしめている手が熱くなってきた。てのひらに何かがうごめく感覚があり、思わず手を開いた。ビーチグラスはなくなり、一羽の蝶が青みがかった玉虫色の羽を広げようとしている。蝶はかすかに震えながらてのひらから舞い立ち、この世のものとは思えぬ青い輝きを放ちながら、休める場所を探して飛んでいった。

ルーシーは自嘲的な笑みをこぼした。

自分に不思議な力があるという事実を、これまで誰にも話したことはない。感情がひどく高ぶっているときにガラスに触れると、それが生き物に変わることがある。本当は幻なのかもしれないが、それとはわからないほど本物そっくりに見える。いつも、はかなげで、小さな生き物だ。どうしてそんな現象が起きるのだろうと、いろいろ考えたときもあった。だが、アインシュタインの〝人の生き方にはふたつしかない。すべてを奇跡だと思うか、奇跡など何もないと思うかだ〟という名言を知って考えが変わった。この経験を分子物理学的な現象と呼ぼうが、奇跡と呼ぼうが、実際起きていることに変わりはない。言葉による定義などどうでもいい。

　蝶の姿が見えなくなると、笑みが消えた。

　これまでの経験から、蝶が現れるのは、人生の新たな局面を受け入れなさいという意味だとわかっている。自分のまわりがすべて変わってしまっても、信念を持って生きていきなさいと。

　でも、今回は無理だ。こんな能力なんてなくなってしまえばいいのに。こんな力があるばかりに、自分はほかの人とは違うことを思い知らされる。

　視界の端で、ブルドッグが渚に沿ってこちらへ向かってくる姿をとらえた。そのうしろに黒髪の見知らぬ男性がいて、鋭い目でこちらを見ている。

　ルーシーは警戒した。いかにも戸外で働く職業に就いていそうな、がっしりした体格の男性だ。それに、人生の厳しい一面を見てきたような雰囲気を醸しだしている。別の場所で出会っていたら、もっと違った感想を抱いたかもしれない。だが、こんな誰もいない浜辺にふたりきりでいるのはごめんこうむりたい。

　浜辺から出ようと思い、先ほど来た細い道をのぼりはじめた。肩越しにちらりと振り返ると、男性があとをついてきている。胸に不安がこみあげ、ルーシーは足を速めた。風化が進んだ岩にスニーカーの先が引っかかり、つんのめって地面に両手をついた。

　彼女は焦った。落ち着くのよと言い聞かせながら立ちあがったとき、うしろから腕をつかまれ、はっとして振り返った。ダークブラウンの髪が顔にかかり、視界がかすむ。

「気をつけろよ」男性がぶっきらぼうに言った。

ルーシーは髪をかきあげ、用心しつつ相手を見た。顔はよく陽に焼け、目は鮮やかな青みがかったグリーンだ。荒っぽい雰囲気がなかなか魅力的で、強烈な存在感を放っている。まだ三〇歳にはなっていなさそうだが、落ち着きが感じられた。

「ついてこないで」ルーシーは言った。

「ついてきたりしてない。嵐が来る前に帰りたいだけだ。だが、あいにく道路へ出る道はこれしかなくてね。だから、さっさとのぼるか、そこをどくか、どっちかにしてくれ」

ルーシーは脇へどき、皮肉をこめて先にどうぞと手ぶりで示した。

「邪魔して悪かったわね」

男性がルーシーの手を見て、顔をしかめた。先ほど転んだときに岩でてのひらを切り、指のほうにまで血が垂れている。「トラックに救急箱があるが」

「平気よ」そうは言ったものの、本当はずきずきと痛かった。流れる血をジーンズでぬぐった。「たいしたことないわ」

「もう一方の手で傷口を押さえとけ」男性はそう言うと、こちらの頭のてっぺんから爪先までじろりと眺めた。「一緒に行こう」

「どうして？」

「きみがまた転ぶといけないから」

「もう転ばないわ」

「この道は傾斜がきつい。それにさっきから見てるかぎり、きみは足元がおぼつかない人みたいだからな」

ルーシーは信じられない思いで声をあげて笑った。

「まあ、よくもそんな失礼なことを……。わたし、あなたがどこの誰かも知らないのよ」

「サム・ノーランだ。フォルスベイに住んでる」雷の音が不吉にとどろき、サムは空を見あげた。「まずいな。急ごう」

「強引なのね」ルーシーはサムにつき添われ、おとなしく坂道をのぼった。

鼻息荒くあとをついてくるブルドッグに、サムは声をかけた。

「レンフィールド、頑張れ」

「島暮らしは長いの？」ルーシーは尋ねた。

「ああ、生まれも育ちもこの島だ。きみは？」

「わたしはここに来て二年くらい」声が暗くなった。「でも、もう引っ越さなきゃ」

「仕事の都合か？」

「違うわ」いつもなら見知らぬ男性に個人的なことを話したりしないが、今日はどういうわけか大胆になった。「さっき、恋人に捨てられたの」

サムがちらりとこちらを見た。「今日ってことか？」

「一時間ほど前よ」

「勘違いじゃないのか？　ただの喧嘩だとか」

「それはないわ。彼、もう別の女性とつきあっているから」

「そんなやつなら別れて正解だ」

「彼の味方をしないの？」ルーシーは皮肉な口ぶりで訊いた。

「なんでぼくがそいつをかばわなきゃならないんだ？」

「だって、男の人は浮気をしたくなるものでしょう。それが本能なんじゃないの？」

「冗談じゃない。男なんて一途なもんだよ。心変わりをするのはいつも女のほうだ」ふたりは細い坂道をのぼりつづけた。「あと少しだ。まだ血が出てるのか？」

ルーシーは傷口を押さえていた手をそっと離してみた。傷口から血がにじんだ。

「ちょっとましになったわ」

「出血が止まらないようなら、縫ったほうがいいかもな」それを聞いて、ルーシーは思わずよろめいた。サムがルーシーの肘をつかみ、青い顔をしているのを見て尋ねた。「縫合したことは？」

「ない。してみたいとも思わないわ。注射恐怖症だもの」

「針が怖いのか？」

「そうよ。どうせ、こいつばかかと思ってるんでしょう？」

サムは首を振り、唇にかすかな笑みを浮かべた。「ぼくのはもっとひどい」

「なんなの？」

「教えたくないな」

「蜘蛛？　高いところ？」ルーシーは尋ねた。「それとも、ピエロ恐怖症とか？」

サムが笑った。その笑顔は輝いて見えた。「全然違う」

道路へ出ると、サムはルーシーの肘から手を離した。そして、古びたブルーのピックアップトラックに歩み寄り、ドアを開けて車内をかきまわした。ブルドッグは不格好な足取りでトラックのそばへ行ってぺたんと尻をつき、ひだに埋もれそうな目で主人を見あげた。

ルーシーはそっとサムを観察した。筋肉質で引きしまった体に、色あせた古いコットンのTシャツを着て、腰より少し低い位置でジーンズをはいている。この土地の男性たちに共通した独特の雰囲気を身につけていた。つまり、骨の髄までしみついたしたたかさだ。ここ太平洋岸の北西部は、かつて冒険家や開拓者や兵士たちが多く入植した。当時はいつになったら次の物資を積んだ船が来るのかもわからず、近くの海や山で獲れるものでまかなうしかなかった。ある種の強さとユーモアを兼ね備えた者だけが、飢えや寒さや病気、それに敵の襲撃や死ぬほどの退屈を切り抜けて生き残ることができた。その気質は現代人にも受け継がれている。社会のしがらみより、自然の掟を優先する男たちだ。

「いったい何恐怖症なの？」ルーシーは訊いた。「ちゃんと教えてくれなきゃ、わたしのよりひどいかどうかわからないわ」

サムは赤十字のしるしがついた白いプラスチック製の救急箱を取りだした。消毒綿のパックを引き抜き、歯を使って破った。「手を出して」

ルーシーはしぶしぶ言われたとおりにした。そっと手を取られたとき、しびれるような感覚が走り、彼のたくましさやぬくもりが急に気になりだした。ルーシーは息を詰め、サムの青みがかったグリーンの目を見た。世の中には、こういう特別な雰囲気を持っている人がたまにいる。一瞬で女性の心をつかんでしまう男性だ。

「少し痛むよ」サムが傷口に消毒綿をあてた。

鋭い痛みに、ルーシーは声をもらした。

見ず知らずの人がどうしてここまでしてくれるのだろうと思いながら、うつむいているサムの豊かな黒髪に目をやる。

「その様子なら大丈夫そうだな」サムが言った。

「手の傷のこと？　それとも恋人と別れたこと？」

「男のほうだよ。きみは泣いちゃいない」

「今はまだショックを受けている段階だからよ。涙が出るのは第二段階。泣きながら、知り合いに怒りのメールを送りまくるわ。第三段階では、友達にしつこくつきまとう。しまいには避けられるほどにね」余計なおしゃべりをしているのはわかっていたが、止められなかった。「そして第四段階で、似合いもしないのに髪を短く切って、はきもしないのに高価な靴をいくつも買うというわけ」

「男はもっと簡単だ」サムが言った。「ビールを浴びるように飲んで、二、三日は髭を剃らず、電器店で何かひとつ買う」

「電器店？　トースターとか？」

「違うよ。リーフブローワー（落ち葉を吹き飛ばす機械）とか、チェーンソーとか、音がうるさいやつだ。使うと気分がすかっとする」

ルーシーは思わず苦笑した。

いったんはあの家に帰るしかない。だが、あそこへ戻れば、今朝とはまるで人生が変わってしまったことを思い知らされるだろう。ケヴィンとふたりで築きあげた住まいに入っていけるだろうか。ふたりで何度も直そうとしたけれど、今でも脚が一本ぐらついたままのキッチンテーブル。二五歳の誕生日にケヴィンがくれた、尻尾が振り子のように動く黒猫のヴィンテージ時計。アンティークショップで買ったふぞろいなナイフやフォークやスプーン。〈キング・エドワード・フォーク〉や〈ワルツ・オブ・スプリング・スプーン〉などという掘り出し物を見つけると、ふたりで大喜びしたものだ。だが、今となってはどれも、ふたりの関係が破綻した証拠でしかない。そんなものを見るのはつらすぎる。

サムはルーシーのてのひらに絆創膏を貼った。「これなら縫わなくてもよさそうだ。出血はほとんど止まってる」手を離すとき、かすかに名残惜しそうな様子を見せた。「きみの名前は？」

ルーシーは笑みを浮かべたまま首を振った。

「あなたがなんの恐怖症なのか教えてくれるのが先よ」

サムがこちらを見おろした。雨が強くなってきたせいで、頬に水滴が伝い、髪が濡れてさらに色濃く見える。「ピーナッツバター」

「どうして?」ルーシーは戸惑った。「アレルギーでもあるの?」

サムは首を振った。「上顎にくっつく感じがいやなんだ」

ルーシーは半信半疑だった。「それって本物の恐怖症?」

「もちろんさ」サムは小首をかしげ、印象的な目でじっとこちらを見た。名前を言うのを待っているのだろう。

「ルーシーよ」

「ルーシー」サムは穏やかな口調になった。「よかったら話を聞くよ。どこかでコーヒーでもどうだい?」

まだ出会ったばかりの体が大きくてハンサムな男性の顔を見て、われながら驚くほど、その誘いに応じてしまいたいと思った。だけど、そんなことをすれば、恋人に裏切られた顚末を湿っぽく話し、最後には泣きだしてしまうだろう。せっかく親切にしてくれた人に対して、それではあまりに申し訳ない。「ありがとう。でも、もう行かなきゃ」ぐずぐずしていると、甘えてしまいそうで怖かった。

「トラックで送ろうか。自転車は荷台にのせればいい」

ほろりときた。ルーシーは首を振り、サムに背を向けた。

「レインシャドー・ロードの突きあたりに住んでる」背後でサムが言った。「フォルスベイにあるブドウ園だ。今度、遊びにおいで。ワインをご馳走するよ。なんでもきみの好きなことを話せばいい」そこで言葉を切り、しばらくして言った。「いつでもいいから」

ルーシーは肩越しに振り返り、力なくサムを見た。「ありがとう。だけど、行けないわ」

自転車に近寄り、スタンドをあげてサドルにまたがった。

「どうして？」

「わたしが別れた人って、最初はちょうどあなたみたいな感じだったのよ。優しくて、親切で……。もう同じことは繰り返したくないわ」

雨のなか、自転車を出した。柔らかくなった地面にタイヤの跡がついた。サムがこちらを見ているのはわかっていたが、ルーシーは振り返らなかった。

3

自宅のあるフォルスベイに向かってウェストサイド・ロードを車で走っていると、ブルドッグのレンフィールドが窓に鼻をこすりつけ、開けてほしそうな仕草をした。

「だめだ」サムは言った。「雨が入ってくるだろう？　それに、おまえは頭が重いから窓から落ちる」

レンフィールドは座席に腰をおろし、恨めしそうにサムを見た。

「だいたい、そんな鼻ぺちゃじゃなければ、彼女を匂いで追えたかもしれないんだぞ。たまには役に立てよ」サムは片手をハンドルにかけたまま、もう一方の手でブルドッグの頭をなでた。

先ほど出会った女性の姿を思い浮かべた。悲しみに暮れた顔、ダークブラウンの美しい髪、オーシャングリーンの瞳。あの目をのぞきこむと、月の光のなかに沈んでいくような気分になる。彼女をどうしたいのかは自分でもよくわからないが、とにかくもう一度会いたかった。

雨がさらに強くなり、サムはワイパーの速度をあげた。今年の春は雨が多い。それはつまり、ブドウの木が病気にかかりやすいということだ。だが、幸いにもサムのブドウ園には海風がよく入る。その海風が効率よく葉や幹を乾かしてくれるように、ブドウの木は風向きと並行に植えてあった。

ブドウ栽培は科学であり、芸術であり、サムのような人間にとっては一種の宗教だ。サムは一〇代のころからブドウ栽培に関する書物を読みあさり、苗木の栽培所でアルバイトをしたり、サンファン島やロペス島のブドウ園で見習いをしたりした。

ワシントン州立大学でブドウ栽培学について学んだあと、カリフォルニアのワイン醸造所で働いた。そこで貯めた金のほとんどを注ぎこんで、ようやくサンファン島のフォルスベイに一五エーカーほどの土地を買った。そして、その三分の一の面積に、赤ワイン用品種のシラーと、白ワイン用品種のリースリングと、育てるのが難しいとされている赤ワイン用品種のピノ・ノワールを植えた。

だが、ブドウの木が成木になるまでは別の収入源がいる。いつかは醸造設備を持ち、自分のブドウ園で栽培したブドウでワインを造りたいと考えているが、夢が叶うまでは妥協も必要だということくらいはわかっていた。

そこで安くて質のいい外国のワインを樽で買いつけ、他所で設備を借りてブレンドと瓶詰めを行い、五種類の赤ワインと二種類の白ワインを製造して、地元の酒屋やレストランに卸した。そのワインには航海に由来する名前をつけた。〈スリー・シーツ〉や〈ダウン・ザ・ハッチ〉や〈キールホール〉などだ。〈スリー・シーツ〉とは船の帆を調整する三本のロープのことで、これが緩むと船が酒に酔ったような動きをすることから、〝泥酔〟を意味する。

〈ダウン・ザ・ハッチ〉とは、喉を船のハッチに見立て、〝酒を喉へおろせ〟という表現が〝乾杯〟の言葉になる。〈キールホール〉は昔、規律違反をした水夫に船のキール、つまり船底をくぐらせた罰のことだ。この商売は大儲けというわけにはいかなかったが、安定した収入源にはなり、将来性も見こめた。

「いつかはこのブドウ園でひと財産作ってみせるからな」

サムがそう言うと、兄のマークはいつもこう返した。

「そのブドウ園を始めるための借金なら作ったよな」

サムは一五エーカーの土地についてきたヴィクトリア朝様式の大きな家の前で車を停めた。今では古びているが、それでもどことなく気品が感じられ、かつての美しさが想像される建物だ。一〇〇年以上前に造船工が建築したもので、ポーチやバルコニーや出窓がたくさんつけられている。

ただ、長いあいだに何度も所有者や住人が変わったせいで、内部はかなりずさんな改造が施されていた。部屋を広くするために壁が取り払われていたり、そうかと思うと薄っぺらな合板で空間が仕切られていたりした。配管や電気系統の工事もいいかげんで、ろくにメンテナンスもなされていない。しかも、家屋の重みで地盤が沈下し、床が傾いている部屋がいくつかある。それにステンドグラスがあったとおぼしきところにはアルミサッシの窓が入っていた。

そんなひどい状態ではあるが、この家には愛さずにはいられない魅力があった。昔から放っておかれた片隅や、がたが来た階段には物語が感じられる。これまで暮らしてきた人々の思い出が壁にしみついているのだ。

サムは兄弟の手を借りて、建物の構造を修理し、主に使う部屋は内装をすべて壊して改築し、床を平らに張り替えた。すべての改修工事が終わるまでにはまだ何年もかかるだろう。だが、今やサムにとってこの家は特別な存在になっていた。建物が自分を必要としているような気がして仕方がなかった。

驚いたことに、弟のアレックスまでもがこの家を気に入っていた。まだこの物件を買う前に初めて家のなかを見せたとき、アレックスはこう言った。「こいつはなかなかの上玉だ」弟は開発業者《ディベロッパー》なので、建物の構造や改修には詳しい。「かなり手をかけなきゃならないだろうが、それだけの価値はあるぞ」

「いくらぐらいかけたら、きれいになる？」サムは尋ねた。「とりあえずは、寝ているあいだに屋根が落っこちてこないようにしたいんだが」

その質問を聞き、アレックスは愉快そうな目をした。

「一〇〇ドル札を一週間、トイレに流しつづけるくらいの財力があれば、なんとかなるだろう」

サムはそれでもめげずにこの物件を購入し、自分で改築を始めた。アレックスは仕事で雇っている建設作業員を引き連れてきて、難しい工事を手伝ってくれた。玄関ポーチの上部にある梁の交換や、傷んだ根太《ねだ》の修理などだ。

「兄貴のためにやってるんじゃない」サムが感謝の言葉を述べると、アレックスはそう答えた。「ホリーのためさ」

一年前、雨が降った四月のある日、たったひとりの妹であるヴィクトリアが自動車事故で亡くなった。ヴィクトリアには六歳の娘がいたが、父親が誰なのかはいっさい明かさなかった。孤児となったホリーにとっていちばん近い親戚は、三人のおじ、つまりマークとサムとアレックスだけとなった。

長兄のマークが後見人に指名されていたが、マークはサムに子育てを手伝ってほしいと頼んだ。

「無理だ」サムは答えた。「ぼくは家族がどういうものかさえ知らないんだ」

「こっちだってそうさ。同じ両親に育てられたんだからな」

「ぼくらに子育てなんてできっこないよ。子供の人生をめちゃくちゃにするだけだ。ましてや相手は小さな女の子なんだぞ」

「サム、落ち着け」マークは不安そうな顔になった。

「保護者会はどうする？　公衆トイレは男性用へ連れていくのか？　考えれば考えるほど難しいことだらけだ」

「なんとかするさ。だから、とにかくあの子とふたりでここに住まわせてほしい」

「ぼくのセックスライフはどうしてくれる？」

マークはじろりとこちらをにらんだ。

「そっちのほうが大事なのか？」

「底の浅い男でね」

だが、もちろんサムも最後には三人で暮らすことに同意した。兄にしてみれば自分から望んだわけでもないのに、とんだ責任を引き受けるはめになったのだ。そう思うと、知らん顔を決めこむことはできない。それに、死んだ妹への負い目もあった。ヴィクトリアのことはずっと放っておきっぱなしで、力になってやったこともなかった。だから、せめて遺された子供のためには何かしたかった。

それにしても、まさかこれほどあっさりとホリーに心を奪われるとは思いもしなかった。学校で一生懸命に作った図工の作品や、パスタのネックレス。ときどき見せる母親の面影。鼻の頭にしわを寄せて笑う顔。アイスキャンディの棒を糊でつないで箱を作っているときの夢中になっている表情。おしゃべりする動物の絵本を楽しそうに読む様子。そのひとつひとつがかわいくて仕方がない。人生に子供が加わると、知らず知らずのうちに大きな影響を受け、習慣や意見が変わる。これまでとはまったく違うことを心配したり、望んだりするようになるのだ。

だからこそ、誰も引きとりたがらないような、皮膚炎を患っているうえに股関節が悪いブルドッグをもらい受けるなどという愚かなことをしたのだろう。

「ほら、着いたぞ」レンフィールドをトラックからおろし、そっと地面に置いた。レンフィールドは主人について、玄関のほうへよたよたと歩いた。

玄関ポーチでは、弟のアレックスが古ぼけた籐椅子に沈みこみ、ビールを飲んでいた。

「やあ」サムは弟に声をかけ、レンフィールドが特製スロープをちゃんとのぼっているかどうか確かめた。ブルドッグは階段をあがるのが得意ではない。「どうした?」

アレックスはいつものスーツ姿ではなく、すりきれたジーンズに古いスウェットという格好だった。無精髭が伸び、昼間からずっと飲んでいるのか不機嫌そうな顔をしている。

両親もよくこんな表情をしていたことを思いだし、サムは背筋が寒くなった。両親が飲んでいる酒は、ほかの人が飲む酒とは別物ではないかとよく思ったものだ。ほかの人は酔うと陽気になったり、セクシーになったりするのに、アランとジェシカのノーラン夫妻は怪物に豹変した。

アレックスはそこまで悪い酔い方はしないが、それでも酒が入ると気難しくなる。兄弟でもなければそばに近寄りたくないと思う相手に変わるのだ。

「昼から仕事を休んだ」アレックスは瓶に残ったビールを飲み干した。

アレックスには四年間連れ添ったダーシーという妻がいるが、現在、離婚協議中だ。ダーシーはそもそも最初から関わるべきではない相手だったのだ。今ではビーバーが木をかじり倒すように婚前契約書を食いつくし、アレックスが慎重に築きあげた秩序正しい人生を根こそぎひっくり返そうとしている。

「弁護士と話はしたのか?」サムは尋ねた。

「昨日したよ」

「で?」

「家も、金の大半も、ダーシーのものになる。せめて腎臓は取らないでくれと弁護士が泣きついてるところだ」

「残念だよ。いい夫婦になってくれればと思っていたんだがな」サムは心にもない言葉を口にした。正直なところ、ダーシーのことはずっと好きになれなかった。玉の輿に乗ることだけを人生の目標にしている女性だ。きっと、アレックスよりも金持ちの男を見つけたのだろう。ブドウ園を賭けてもいい。

「結婚した当初から、うまくいくわけはないと思ってた」

「だったら、なんで一緒になったんだ?」

「節税対策かな」ブルドッグがアレックスの脚を頭でつついた。アレックスは戸惑った顔で見おろし、かがみこんでレンフィールドの背中をなでた。「考えてもみろ」サムのほうへ顔を向けた。「おれたちはあの両親の息子だぞ。観葉植物が枯れるより長く結婚生活が続いたら、そっちのほうが驚きだ」

「ぼくは結婚しないから、そんな心配もない」サムは言った。

「そりゃあ賢い選択だな」

「賢いとかそういう問題じゃない。ただ、誰と親しくなっても、いつ別れても平気だという気持ちがつきまとうんだ」

そのとき、家の開け放たれた窓から焦げくさい臭いが流れてきた。「なんだ?」サムは訊いた。

「兄貴が夕食を作ってる」アレックスが答えた。

玄関のドアが勢いよく開いてホリーが姿を現し、サムを見つけるとうれしそうな甲高い声をあげて飛びついてきた。サムは笑いながら姪を受けとめた。サムが家に帰ると、ホリーはいつも何週間ぶりかというはしゃぎようで迎えてくれる。

「おかえりなさい！」

「おちびちゃん、ただいま」サムはことさらに大きな音をたてて、ホリーの頬にキスをした。

「学校は楽しかったか？」

「ダンカン先生がフランス語を教えてくれた。でも、わたし、フランス語なら知ってるって言ったの！」

「どんなフランス語だい？」

「赤《ルージュ》、白《ブラン》、辛口《セック》、甘口《ドゥー》。誰に習ったのって先生に訊かれたから、おじさんだって答えたの。おじさんはワインを造る人だって言ったんだ。そしたら、先生、ワインを造る人のことをフランス語ではどう言うのかわからなくて、一緒に辞書で調べたんだけど、やっぱりわからなかった」

「フランス語にそういう言葉はないからな」

ホリーはびっくりした顔をした。「なんで？」

「いちばん近いのは〝ヴィニュロン〟だけど、それはブドウを栽培する人という意味なんだ。

ワインを造るのは人間ではなくて自然の恵みだとフランス人は考えているからね」

ホリーはサムの鼻に自分の鼻先をくっつけた。「サムおじさんが自分のブドウでワインを造るようになったら、そのワインにわたしの名前をつけてくれる？」

「いいよ。赤と白のどっちがいい？」

「ピンク！」ホリーが断言する。

サムはぎょっとしたような顔をしてみせた。「ピンクは造らないんだけどな」

ホリーはサムの表情を見て大笑いした。「ピンク色でしゅわっとしてるのがいい！」身をよじってサムの腕を抜けだし、ブルドッグのそばにしゃがみこんだ。

「今日の夕食はなんだい？」サムは尋ねた。

「わかんない」ホリーはレンフィールドの首筋をなでた。「でも、燃えてたよ」

「じゃあ、今夜は〈マーケット・シェフ〉へフィッシュ・タコスを食べに行こうか」サムは言った。「マークおじさんにそう言ってきてくれるかい？」

ホリーがうれしそうな顔でアレックスを見た。「一緒に行く？」

アレックスは首を振った。「腹が減ってない」

ホリーは心配そうな顔をした。「まだリコンキョウギチューなの？」

「そうだ」アレックスは答えた。

「それが終わったら、また誰かと結婚する？」

「今の結婚がいやだったことを忘れたらな」

「アレックスおじさんの言うことなんか聞かなくていいぞ」サムは慌てて口を挟んだ。「結婚はいいもんだ」せいぜい本心からの言葉に聞こえるように芝居をした。

「結婚ってのは、ハロウィンに箱入りのレーズンをもらうようなもんだ」アレックスが続けた。「みんなからうまいぞと言われるが、中身はしょせんレーズンだ」

「わたし、レーズン好きだけどな」ホリーが言った。

サムはホリーにほほえんでみせた。「ぼくもだ」

「ソファの下にブドウを放っておくとね、レーズンになるんだよ」

サムは眉をひそめた。「なんでそんなことを知ってるんだ？」

ホリーは気まずい顔をした。「わかんない！」明るくそう言うと、家のなかへ駆けていった。レンフィールドがよたよたとあとを追う。

サムは弟へ厳しい表情を向けた。「頼むから、おまえの結婚観を七歳の姪に披露するのはやめてくれないかな。せめて八歳までは夢を壊さないでやりたいんだ」

「わかったよ」アレックスは空になったビール瓶をポーチの手すりに置いた。「だけど、おれだったら、むなしい夢は見させないようにするね。結婚なんてものは、よく言っても時代遅れの制度で、悪く言うなら洗脳さ。自分にぴったりの相手なんてこの世にいるわけがないし、たとえいたとしても相手もそう思うとはかぎらない。人生はおとぎ話とは違うんだってことを教えておかないと、あの子が世間に出てから苦労するだけだぞ」

アレックスは砂利敷きの私道に停めてある車のほうへ歩いていった。「やれやれ」サムはぼそりと言い、走り去るBMWを見送った。玄関ポーチの柱にもたれかかり、かつてはリンゴだったものが、今はブドウ園に変わっている畑に目をやった。

だが、たしかにアレックスの言うとおりだ。ノーラン家の人間は結婚してもどうせ失敗する。人間関係を長続きさせる遺伝子がどういうものなのかは知らないが、それを持ちあわせていないからだ。マークだけは例外かもしれないが……。いずれにしても結婚は、それによって受けるかもしれない恩恵よりリスクのほうが大きい。女性が嫌いなわけではない。一緒にいれば楽しいし、ベッドをともにすることもある。だが、深い仲になると、女性は感情を絡めてくる。気楽な関係だと互いに割りきってつきあっていたはずなのに、将来の約束を欲しがるようになるのだ。そして、こちらがそれに応じられないとわかると、さっさと離れていく。未練がないのはこちらも同じだが。

おかげで、まだ自由を手放してもいいと思うほどの女性には出会っていない。もし、そんな女性と巡りあったら、どうするべきかはわかっている。一目散に逃げるまでだ。

4

雨がますます強くなってきた。どこにも行くあてがないとき、ルーシーはいつも友人のジャスティンとゾーイを訪ねる。ふたりはフライデーハーバーのフェリーターミナルから徒歩二分のところで、朝食付きの小さなホテル〈アーティスト・ポイント〉(画家の目から見た絶景の場所という意味)を経営している。大邸宅を改装した建物でポーチが広く、ベーカー山のなだらかな山頂を望める一枚ガラスの大きな窓がいくつもあるのが特徴だ。

ジャスティンとゾーイはいとこ同士だが、ちっとも似ていない。ジャスティンは体を鍛えており引きしまっていて、自分がどこまで自転車をこいだり、走ったり、泳いだりできるか、いつも試しているようなところがある。じっと座っていても、今にも立ちあがって何かをしそうな雰囲気のある女性だ。純情ぶったり、嘘をついたりする能力はこれっぽっちもなく、周囲の人たちがいささか困惑するほどひたすら明るく前向きに生きている。問題に直面しても迷ったりせず、ときにはよく考える前に行動に出てしまう。

一方、ゾーイは料理の材料を量るように慎重に決断をくだす。青空市場や農産物直売所をぶらぶらと見て歩くのが大好きで、いい有機栽培の果物や野菜がないかと探したり、ベリーのジャムや、ラベンダーから採れる蜂蜜や、島で作られた新鮮なバターを買ったりするのに生きがいを感じている。料理は資格を取るほど学び、充分な知識があるが、自分の勘も大事にする。ハードカバーの本と古い映画を好み、手紙は手書きだ。ヴィンテージのブローチを集め、それを寝室にあるアンティークの仕立て用のマネキンにつけている。

ゾーイには結婚していた時期もあるが、一年ほどで離婚し、ジャスティンに誘われて〈アーティスト・ポイント〉を手伝うことにした。ずっとレストランやベーカリーショップなどで働き、いつかは自分のカフェを持ちたいという夢があったものの、経営や経理のことを考えると一歩踏みだせずにいた。だから、ジャスティンと一緒にホテルを開くというのは、ゾーイにとっても願ったり叶ったりの話だったのだ。

「わたしはビジネスをしたいの」以前、ジャスティンはルーシーに語った。「もちろん掃除だってするし、その気になれば壊れた配管の修理くらいしてみせるわ。でも、料理だけは絶対に無理。でも、ほら、ゾーイはキッチンに立たせたら神様だから」

たしかにそのとおりだ。ゾーイはキッチンに入ると生き生きする。なんの造作もなく、マスカルポーネを雪のようなフロスティングにしてのせたバナナマフィンや、ブラウンシュガーのクラストがとろけるシナモンコーヒーケーキなどを作りあげる。午後になるとホテルの談話室では、ゾーイが用意したコーヒーやスイーツが提供された。アフタヌーンティー用の三段になった皿に、クリームチーズを挟んだパンプキンクッキーや、ペーパーウエイトほど重さのあるブラウニーや、砂糖衣のついた果物がたっぷりのったタルトが盛られるのだ。

これまで何人もの男性にデートを申しこまれたが、ゾーイはすべて断った。まだ離婚の傷が癒えていないからだ。ゾーイは結婚したあとに、当時の夫であるクリスがゲイだとわかって愕然とした。ただし、友達はそれを聞いても誰も驚かなかった。

「みんな、気づいてたわよ」ジャスティンはそっけなく言った。「結婚前に教えてあげたのに、あなたが違うって言い張ったんじゃない」

「だって、そんなふうには見えなかったんだもの」

「サラ・ジェシカ・パーカーのことがあんなに好きでも？」

「そんな男の人はいっぱいいるわ」ゾーイは抵抗した。

「でも、髭を剃ったあとに、サラ・ジェシカ・パーカーの香水をつける男性は少ないと思うわよ」

「シトラスっぽい香りだから、別におかしくなかったし……」

「アスペンへスキーをしに行ったわよね」

「ゲイじゃなくてもスキーくらい行くわよ」

「わざわざゲイ・スキー・ウィークに？」ジャスティンに指摘され、さすがのゾーイもあれは変だったと認めた。「それに、彼はよく言ってたわよね。人は誰でも同性を好きになる素質を持ってるって」

「進歩的な考え方の人だと思ったの」

「違うわよ。ゲイだからそう言うの。ノンケがそんなこと考えるわけないじゃない」

困ったことに、ゾーイの父親は理由のいかんを問わず離婚には反対だった。ふたりでカウンセリングを受ければ問題は解決するはずだと主張し、ゾーイにもっと夫の気を引けと忠告した。クリスの家族はゾーイを責めた。クリスがゲイになったのはあなたと結婚したあとだというのがその言い分だ。ゾーイ自身は、夫がゲイだとわかってもそれで怒ったりはしなかったが、それが理由で捨てられたことは恨んでいた。

「夫がほかの男のもとに走るなんて屈辱的だわ」以前、ゾーイはルーシーにそう言った。「女の人みんなに申し訳ない気分よ。だって女なのに、男に男を取られたんだもの」

人は裏切られたときに悔しいと感じる。そして、本当は自分を責める必要などまったくないのに、裏切られたのはこちらに非があったからだと考えてしまう。

「どうしたの！」裏口のドアを開けたジャスティンが、ルーシーの姿を見て声をあげた。「ひどい顔をしてるわよ。ほら、早くキッチンへいらっしゃい」

「ずぶ濡れだから、床を汚しちゃうわ」ルーシーは答えた。

「靴を脱げばいいわよ」

「電話もしないで急に来たりしてごめんね」ルーシーは泥のこびりついたスニーカーを脱いだ。

「いいのよ。どうせ暇だから」

ルーシーはジャスティンについて広くて暖かいキッチンへ入った。壁紙はさくらんぼのかわいらしい絵柄だ。小麦粉と、熱したバターと、溶けたチョコレートの匂いがした。ゾーイがオーブンからマフィン型を取りだした。豊かな胸に細い腰をしていて、ブロンドの髪を頭のてっぺんでまとめ、カールした房を顔の脇に垂らしている姿は、昔のピンナップ・ガールのようだ。

ゾーイは笑顔を見せた。「あら、ルーシー、ちょっと味見しない？ チョコレートトリコッタマフィンの新しいレシピを試してみたの」

ルーシーは黙って首を振った。暖かくて居心地のいいキッチンにいると、かえってみじめな気分になった。涙がこみあげそうになり、慌てて喉元を押さえた。

ジャスティンが心配そうな顔でこちらを見た。「何があったの、ルーシー？」

「ひどいこと」声が詰まった。

「ケヴィンと喧嘩でもした？」

「違う」震える息をのみこむ。「別れてくれと言われたの」

ルーシーはすぐにテーブルに連れていかれ、椅子に座らされた。濡れた髪を拭くのと鼻をかむために、ゾーイが紙ナプキンを渡してくれた。ジャスティンはショットグラスにウイスキーを注いだ。ルーシーがなめらかで喉がかっとなる液体を口にしているあいだに、ジャスティンは別のショットグラスにまたウイスキーを注いだ。

「ちょっと、ジャスティン！」ゾーイが言う。「まだ一杯目だって飲み終わっていないのに」

「ルーシーのためじゃないわ。これはわたしのよ」

ゾーイはあきれ顔で笑いながら首を振り、皿にのせたマフィンを持ってルーシーの向かい側に座った。「どうぞ。焼きたてのマフィンを食べれば、たいていのことはどうでもいいと思えるようになるわ」

「ありがとう。でも、今は何も食べられない」

「チョコレートがたっぷり入っているわよ」チョコレートにはすばらしい薬効があると言わんばかりの口ぶりだ。

ルーシーはため息をつき、温かいマフィンを半分に割った。

「それで、理由はなんなの？」ジャスティンが尋ね、マフィンにかぶりついた。

「ほかにつきあっている相手がいるらしいわ」ルーシーは力なく答えた。「わたしも今日、初めて知ったの」

「ひどい！」ゾーイが声をあげた。「あの男ときたら最低ね。人間のくずというかなんというか……」

「とんだウジ虫野郎だわ」ジャスティンがぴしゃりと言い放った。

「だけど、ルーシー、こんなことを言うのもなんだけど……」ゾーイが言った。「じつはケヴィンならそれぐらいのことはしかねないとずっと思っていたの」

「どうして？」ジャスティンが訊く。

「恋人がいるくせに、平気でほかの女性を物色するような目で眺めていたもの。わたしの胸を見ていることだって何度もあったわ」

「そりゃあ、それだけ大きければ見たくもなるわよ」ジャスティンが言った。

ゾーイはその言葉を無視して話を続けた。

「そもそも安定した関係を結べる男じゃないのよ。車を追いかけるのが好きな犬と同じね。車が欲しいわけじゃなくて、追いかけるのが楽しいだけ」

「ほかにつきあってる相手って誰なの？」ジャスティンが尋ねた。

「わたしの妹。アリスよ」

ふたりは一様に目を丸くした。

「信じられない」ゾーイが言った。「ケヴィンが嘘をついているんじゃないの？」

「なんでそんなことであいつが嘘をつかなきゃいけないのよ」ジャスティンが言った。

ゾーイは心配そうな顔でルーシーを見た。「アリスには確かめた？」

「いいえ。そのとおりだって言われたら、返す言葉がないから」ルーシーはみじめ極まりない気分になった。

「このあばずれ、地獄に堕ちろって言ってやればいいのよ」

ルーシーはショットグラスのウイスキーを飲み干した。「喧嘩は苦手なの」

「じゃあ、わたしが電話してあげる」ジャスティンが言う。「喧嘩は大好きよ」

「今夜はどうするつもり？」ゾーイが静かに訊いた。「泊まるところが欲しいんじゃないの？」

「そうね。ケヴィンには早く次の住まいを見つけてくれと言われたわ。アリスが引っ越してくるらしいの」

ジャスティンがむせそうになった。

「シアトルから？　あなたたちが住んでいた家に？　ずうずうしいにもほどがあるわ」

ルーシーはマフィンをひと口かじった。リコッタチーズの柔らかい風味がチョコレートとよく合っている。「島を出ようかと思っているの。あのふたりとしょっちゅう顔を合わせるなんて耐えられないもの」

「わたしだったら絶対にそんなことはしないわね」ジャスティンが言った。「チャンスがあるたびにふたりの前に出ていって、せいぜいばつの悪い思いをさせてやるわ」

「島には友達がいるじゃない」ゾーイが言う。「島を出るなんて言わないで。みんながあなたを応援しているわ」

「そうかしら」

「もちろんよ。どうしてそうかしらなんて思うの？」

「だって、島でできた友達って、ほとんどがケヴィンの紹介よ。あなたたちだってそう。ケヴィンと別れたら、みんな彼のほうにつくわ」

「そういうやつもいるかもしれないけど」ジャスティンが口を挟んだ。「わたしたちは違うわよ。ずっとここにいなさい。もれなく、わたしたちからのすばらしい忠告がついてくるから」

「ずっと泊まっていてもいい部屋なんてあるの？」

「それが、ひとつあるのよ」ゾーイが答える。「そこはいつでも空いているの」暗い顔でジャスティンを見た。

ジャスティンは申し訳なさそうに言った。「エドヴァルド・ムンクの部屋よ」

「《叫び》を描いた人？」ルーシーは尋ねた。

「ほかにもいい絵はあるんだけれどね」ジャスティンが言った。「《叫び》が代表作だから置いてはあるけど、《橋の上の少女たち》みたいな絵も描いていて、それも飾ってあるわ」

「でも、だめなのよ」ゾーイがつけ加えた。「みんな、《叫び》しか見ないの。だからわたしは初めから反対したのに。誰も《叫び》を見ながら眠りたいなんて思わないわよって」

「いいわね」ルーシーは言った。「恋人に振られたばかりの女にはもってこいの部屋だわ」

ジャスティンは優しい目でルーシーを見た。「好きなだけいていいのよ」

「そして、いつかルーシーがここを出られる日が来たら」ゾーイが続けた。「あの部屋の絵は別の画家のにしましょう」

ジャスティンは顔をしかめた。「誰にするの？」

「ピカソよ」ゾーイはきっぱりと言った。

「ムンクはだめで、みっつ目がある女性や、四角いおっぱいを描いた画家はいいわけ？」

「だって、ピカソの部屋はないのかってよく訊かれるんだもの」

ジャスティンはため息をついてルーシーを見た。「そのマフィンを食べ終わったら、家まで車で送るわ。荷物を取ってこなきゃいけないでしょう？」

「ケヴィンと鉢合わせするかも」ルーシーは沈んだ声で言った。

「ジャスティンにとっては望むところよ」ゾーイが元気づける。

ジャスティンはおどろおどろしい笑みを浮かべた。

「できれば生身のケヴィンに、車に乗ってるときに遭遇したいものね」

〈アーティスト・ポイント〉に落ち着いてから二日目の夜、ルーシーは意を決して妹のアリスに電話をかけることにした。これまでの人生、アリスが望むものはすべて譲ってきた。その結果がこれかと思うと複雑な感情がこみあげる。姉の恋人を奪ってもいい権利が自分にはあると、アリスは本当に思っているのだろうか。

携帯電話を手にしてベッドに座った。ムンクの部屋は温かみがあり、居心地がよかった。壁は派手な赤みがかったブラウンで、真っ白で縁取りされ、ベッドには幾何学模様の上掛けがかかっていた。壁にかけられたジークレー版画の《橋の上の少女たち》や《アスガードストランドの夏の夜》もよかった。ただ、《叫び》だけは強烈だった。大きく口を開いた人物の苦悩が手に取るように伝わってきて、ひとたびそれを見てしまうと、たしかにほかの絵など目に入らなくなる。

妹の短縮ダイヤルを押し、《叫び》の赤く染まった空や、青黒いフィヨルドや、両耳を押さえて口を開けている人物に目をやった。今の自分には彼の気持ちがよくわかる。

電話がつながり、胃がぎゅっと縮んだ。

「もしもし」アリスが警戒した口調で電話に出た。

「わたしよ」ルーシーは浅く息を吸いこんだ。「ケヴィンもそこにいるの？」

「ええ」

ふたりは黙りこんだ。

こんな沈黙は初めてだ。互いの冷ややかさに息が詰まる。どんなふうに話をするか幾通りも考えてあったが、いざとなると言葉が出てこなかった。

アリスが先に口を開いた。「なんて言えばいいのかわからないわ」

その言葉を聞いて、怒りがこみあげた。おぼれかけた人が救命具にしがみつくように、ルーシーはその怒りの感情にすがりついて勇気を振り絞った。

「どうしてこんなことをしたのか説明して」

「理由なんてない。お互い自分を止められなかっただけよ」

「たとえ感情は抑えられなくても、やり方はほかにもあったはずでしょう」

「わかってるわよ。姉さんの言いそうなことくらい、全部察しがつく。こんなことを言っても仕方がないだろうけど、ごめんなさい。悪かったと思ってるわ」

「あなたがごめんなさいと言うたびに、わたしはいいわと答えてきた。でも、今度ばかりはそんなことは言えない。きっといつまでも許せないでしょうね。いったい、いつからなの」

「いつからって、デートしはじめたのが？　それとも——」

「体の関係を持ったのがよ。いつが最初なの」

「三、四カ月前くらい。クリスマスのころからよ」

「そんな……」ルーシーは言葉を失った。室内の空気がいっきに薄くなった気がした。陸に打ちあげられた魚のように呼吸が苦しい。

「でも、それほど頻繁に会ってたわけじゃないわ」アリスが急いで取り繕った。「なかなか都合が合わなくて」

「わたしの目を盗まなきゃいけないものね」

「たしかに、ほかにやりようはあったのかもしれない。でも、わたしがケヴィンを奪ったわけじゃないわよ。姉さんたちの関係はすでに壊れてたもの。どっちみちうまくいかなかったんだから」

「そうかしら？　二年間も一緒に暮らしてきたし、つい先週だって夜をともにしたわ。わたしにはすべてがうまくいっているように見えた」

本当に言いたい言葉はなかなかすらすらとは出てこなかった。辛辣な物言いをするのは得意ではない。だが、今はきついことを言ってもいい気がした。そういうときもあるはずだ。アリスが黙りこんだのは、今でもケヴィンと姉のあいだに体の関係があると知ってショックを受けたのだろう。

「あなたは先々のことを何も考えていない」ルーシーは言った。「わたしがそう簡単にあなたを許して、ケヴィンのことも忘れて、家族が集まったときには普通に世間話のひとつでもすると思っているの？」

「少し時間がかかるだろうってことはわかってるつもりよ」

「時間なんてかからない。だって、いくら歳月が経ったところで、そんなふうにはなれっこないもの。アリス、あなたはわたしを傷つけただけじゃない。家族関係をぶち壊したのよ。自分のしたことがわかっている？　そこまでしてケヴィンを奪いたかったの？」

「わたしたち、愛しあってるわ」

「ケヴィンが愛しているのは自分自身だけ。わたしを平気で裏切るような人よ。あなたのことだって裏切るかもしれないとは思わないの？　そんなやましい形で始まった関係が長続きするはずがないわ」

「彼にとって、わたしと姉さんは違うのよ」

「その根拠は？」

「どういう意味？」

「違いはなんだと訊いているの。どうしてわたしはだめで、あなたはいいのよ」

「ケヴィンは一緒にいて自分らしくいられる相手を求めてる。でも、姉さんは完璧すぎるの。姉さんの価値観になんて、誰もついていけないわ」

「わたしは自分が完璧だなんて思ったことはないわ」声が震えた。

「でも、態度に出てるのよ」

「自分がしたことをわたしのせいにするつもり？」

「姉さんがどれほど口うるさいか、わたしたちはよく冗談のネタにしたわ」アリスは情け容赦なく続けた。「ケヴィンが言ってたわよ。靴下を片方でも床に落としておこうものなら、姉さんはそれに耐えられないって。そんなふうになんでもかんでも自分の思いどおりにすることばかりに気が行ってるから、相手がそれをいやがってるのに気づかないんだわ。ケヴィンがわたしのほうを好きになるのも当然よ。わたしは姉さんみたいなことは言わないもの。その性格を変えないと、これからもずっと恋人に振られっぱなしね」

「だからといって、あなたが盗みとってもいいことにはならないわ」ルーシーは震える声で言い、アリスの返事を待たずに電話を切った。

5

ケヴィンと別れたあと、心の整理をつけようとしていろいろ考え、精も根も尽き果てた。それは、これまでの出来事をひとつひとつ思いだし、そのときの会話をよくよく吟味し、乾燥機から引っ張りだした靴下の左右を合わせるように、気になることを見つけだしてはつなげていく作業だった。そんな苦労をしてわかったのは、今にして思えば兆候はいくつもあったのに、どうして見逃してしまったのだろうということだ。

「みんな日々の生活に忙しくて、そのときは気づかないものよ」ジャスティンが言った。「たいていの人は、歯医者の予約を忘れちゃいけないとか、遅刻しないように仕事へ行かなきゃとか、金魚鉢の掃除をしようとか、そんなことを考えながら毎日を過ごしてるもの」

「あんなに嘘が上手な人だったなんて」ルーシーは言った。「彼のことはよく理解しているつもりだったのに、本当は何も知らなかったのね」

「裏切りというのはそういうものなの。相手をすっかり安心させてから傷つけるのよ」

「ケヴィンの目的がわたしを傷つけることだったとは思わないけど」ルーシーは答えた。「ただ、どこかの時点で、わたしから心が離れてしまったのね。それなのに、何も気づかなかった。もしかしたらケヴィンは、本当にアリスを愛してしまっただけかもしれないわ」

「そうかしら」ジャスティンが言う。「ケヴィンはあなたと別れるためにアリスを利用しただけだと思うわ。そして、今度はアリスにつかまってしまったというわけね」

「たとえそうだとしても、どうしてわたしと別れたくなったのか、その理由を知りたい」

「そんなことより、今のあなたに必要なのは新しい相手よ」

ルーシーは首を振った。

「どうしていつもうまくいかないのかわかるまで、しばらく恋人はいらないわ」

ジャスティンは聞いていなかった。「すてきな男をたくさん知ってるの。誰かと結びつけてあげる」彼女はフライデーハーバーのあらゆる人脈に通じていた。慈善募金活動や島民マラソンに参加し、女性のための護身術講座のスポンサーになっている。男性との交際は空港でボディチェックを受けるほどの長さしか続かないが、別れた相手とも友達でいられる特技を持っていた。「もっとも、これまでのように高望みをされると少し難しいけど」

「高望みなんてしていないわよ」ルーシーは反論した。「身のまわりのことは自分でできるけどナルシストではなくて、ちゃんと働いているけど仕事の虫じゃなくて、自分に自信はあるけど傲慢ではなくて……それに三〇歳にもなって親と一緒に住んでいたりしなくて、初デートのときにロマンティックな雰囲気のレストランで一緒に食事をしたからといって、即わたしの服を脱がそうなんてしない人がいいだけよ」

「はいはい」ジャスティンは答えた。「そういうもろもろの条件は忘れなさい。そうしたら、そこそこいい男が見つかるわよ。たとえばドゥエインみたいな」

ドゥエインはジャスティンの現在の恋人で、革の服を着て、ハーレーダビッドソンのショベルヘッド八一年型を乗りまわしているバイク乗りだ。

「そういえば、話したかしら？　わたし今、〈ホグ・ヘヴン〉の仕事をしているのよ」ルーシーは言った。〈ホグ・ヘヴン〉は〝ブタの天国〟という意味のバイク乗りたちが造った教会で、ドゥエインもそこに属している。

「いいえ、聞いてないわ」

「礼拝室の正面にあるステンドグラスの窓を新しくしてほしいと頼まれたの。向こうからおもしろい提案があったので、採用させてもらったわ。十字架の横棒をオートバイのハンドルバーにするの」

「かっこいいじゃない。それにしてもあなたに仕事を頼むなんて、あの人たちによくそんな資金があったわね」

「それがないのよ」ルーシーは苦笑した。「でも、とてもいい人たちだから断れなくて……。だから、交換条件をつけて引き受けることにしたの。わたしは彼らのためにステンドグラスを作る。それで将来、わたしに助けが必要になったときは、彼らが駆けつけてくれるってわけ」

ケヴィンと暮らしていた家を出て〈アーティスト・ポイント〉に移ったあと、ルーシーは丸二日間工房にこもった。一度だけ〈アーティスト・ポイント〉に帰り、三時間ばかり仮眠を取ったが、夜が明ける前にまた工房へ戻った。そしてステンドグラスが形をなしてくるにつれ、いつも以上に仕事に没頭した。

〈ホグ・ヘヴン〉は、もともとは映画館だった古い建物を教会として使っている。そのため礼拝室は狭く、窓といえば、映画のスクリーンがあった正面の壁にあとからつけたステンドグラスの窓がひとつあるだけだ。礼拝室の横幅は六メートルほどしかなく、通路を挟んで六席ずつの会衆席が並んでいる。「わたしたちは天国へ行きたいと思っている」牧師はそう言った。「地獄はわたしたちが来るのをいやがるからね」その言葉を聞き、デザインが決まった。

このステンドグラスの制作には、鉛線を使ってガラスを組むレッドケイム技法と呼ばれる古典的な手法と、鮮やかな色のフラッシュグラスを大きなガラスの下に部分的に貼りつける新しい手法を用いた。フラッシュグラスを使うことで、色に深みが出るからだ。鉛線とガラスのあいだにパテを詰め、仕上げをした。

午前二時、ステンドグラスが完成した。ルーシーは作業台から一歩さがり、作品を眺めながら深い満足感を覚えた。思い描いたとおりの出来だ。荘厳で美しく、斬新さもある。バイク乗りの教会にはぴったりだ。

創作に携わるのはいい。余計なことを考えずにすむ。ルーシーは輝きを放つ半透明のガラスを指先でなでた。ガラスはわたしを裏切らない。

ルーシーはケヴィンと別れたことをまだ両親に伝えていなかった。考える時間が欲しかったからという理由もあるが、きっともうアリスが電話をかけ、自分に都合のいい話をしているだろうと思ったからだ。両親と無駄な口論をして神経をすり減らすのはごめんだった。どうせ両親はアリスの肩を持ち、あなたは黙って身を引きなさいと言うに決まっている。

父のフィリップがカリフォルニア工科大学で教えることになったため、両親は大学近くのコンドミニアムに引っ越していた。シアトルを二、三カ月おきに訪れ、娘たちと会ったり、友人や同僚と旧交を温めたりしている。前回会ったとき、ルーシーは両親をがっかりさせてしまった。以前、誕生日のプレゼントに高額の小切手をもらったのだが、それをケヴィンの新艇のジェットスキーを買うのに使ってしまったからだ。

「自分のために何かすてきなものを買ってくれればいいと思っていたのに」ルーシーとふたりきりになったとき、母のチェリスはやんわりと小言を言った。「あるいは車を修理して、塗装しなおすとか。あなたのためになる使い方をしてほしかったのよ」

「ケヴィンが喜んでくれれば、わたしもうれしいわ」

「小切手をもらってからどれくらいで、ケヴィンはジェットスキーが欲しいと言いだしたの？」

その質問にいらだちを覚え、ルーシーは適当に答えた。

「ケヴィンは何も言っていない。わたしがプレゼントしようと思ったのよ」

もちろん、嘘だった。それは母も見抜いていたはずだ。ただ、両親が恋人を気に入っていないことに気づき、それが心に引っかかった。今、その恋人が長女を捨てて次女のもとに走ったと知ったら、両親はどう思うだろう。それでアリスが幸せならと、なんとか折り合いをつけようとするかもしれない。

ところが、両親が暮らすパサデナから電話をかけてきた母は、想像していたのとは様子が違った。

「たった今、アリスと話したわ。何があったのか聞いたわよ。まったくもう信じられない」

「わたしも最初は信じられなかった」ルーシーは答えた。「でも、ケヴィンに家を出ていってくれと言われて、現実なんだと思ったわ」

「何かおかしいところはなかったの？　いったいどうしてこんなことになってしまったわけ？」

「さっぱりわからない」

「アリスが言うには、あなたとケヴィンは問題を抱えていたそうじゃないの」

「わたしたちのあいだの問題は……」ルーシーは答えた。「アリスよ」

「アリスには言ったのよ。お父さんもわたしもあなたには失望したって。あなたの味方をするわけにはいかないとも伝えておいたわ。ここはひとつきっぱり言っておくのがあの子のためだと思ってね」

ルーシーは一瞬、言葉に詰まった。「嘘でしょう？」

「どうしてそんなに驚くのよ」

うろたえるあまり笑ってしまった。「だって、アリスが何をしようが、これまでに一度だってお父さんやお母さんが失望したことなんてないもの。だから今回も、さっさとアリスとケヴィンの仲を受け入れて、早く立ちなおれと言われるものだとばかり思っていたわ」

「ねえ、あなたは彼と二年間も一緒に暮らしてきたのよ。そんなに簡単に立ちなおれるはずがないじゃない」長い間があった。「まさか本気でわたしたちがアリスの味方をするとでも思っていたの？」

母が本心から驚いていることがまだ信じられず、ルーシーは笑いが止まらなかった。

「お母さんはいつだってアリスのすることを認めてきたでしょう？　いいことだろうが、悪いことだろうが」

母はしばらく黙りこんだ。「たしかにそうね。わたしはあの子の好きにさせすぎたかもしれない。アリスはあなたより手のかかる子供だったのよ。何をしてもあなたほど優秀じゃなかったし。髄膜炎を患ってからというもの、あの子は変わってしまった。気まぐれで落ちこみやすくなったの」

「甘やかされて育ったせいよ」

「何もそんな言い方をしなくてもいいじゃないの」母がとがめるように言った。

「わたしも悪かったのよ」ルーシーは取り繕った。「わたしだってあの子のわがままを許してきたんだから。みんなして、何もできない子供みたいに扱ってしまったのね。だけど、たとえいくらかは髄膜炎の後遺症があるとしても、そろそろもう少し責任ある行動を取れるようになるべきよ」

「ねえ、こっちへ遊びにいらっしゃいな。二、三日だけでもどう？　飛行機のチケット代くらい出すわよ」

母が明らかに話題を変えようとしているのがおかしくて、ルーシーは笑みをこぼした。

「ありがとう。気持ちはうれしいわ。でも、そっちへ行ったら何もすることがなくて、いやなことばかり考えてしまいそう。ここで忙しくしているほうがいいわ」

「何かしてほしいことはない？」

「大丈夫よ。時間が解決してくれると思う。ただ、あのふたりにばったり会ってしまうのが怖いだけ。どんな態度を取ればいいのかわからないもの」

「あのふたりがデートしたいときは、ケヴィンがシアトルに通ってくれるのを願うしかないわね。アリスを島に呼び寄せるんじゃなくて」

ルーシーは困惑して目をしばたたいた。「アリスはこっちへ来るのよ」

「どういう意味？」

「あの子、話さなかった？　この島でケヴィンと一緒に暮らすの」

「なんですって？」母は絶句した。「まさか、あなたと彼が住んでいた家に引っ越すわけじゃないでしょうね」

「そのまさかよ」

「シアトルの住まいはどうするの？」

「さあ、知らない」ルーシーはそっけなく答えた。「わたしにでも貸そうという魂胆じゃないかしら」

「悪い冗談はやめてちょうだい」

「ごめんなさい。でも……アリスはずけずけとわたしの人生に入りこんできた。まるではき慣れたサンダルでも引っかけるように平然とね。始末に負えないことに、あの子はそれを悪いとも思っていないわ。姉のものは自分のものぐらいに考えている。自分が望めば、わたしがすべてを差しだすはずだってね」

「わたしがいけないのよ。あの子をそんなふうに育ててしまったから――」

「ちょっと待ってよ」つい、口調がきつくなった。ルーシーは大きく息をつき、声を和らげた。「お願いだから、一度くらいはアリスが悪いと認めたらどう？　一〇〇万とおりもの言い訳を探すんじゃなくて、あの子がひどいことをしたと言ってよ。だって、アリスがわたしの家の、わたしのベッドで、わたしの恋人と寝ているんだと思うと、あの子を責める以外に気持ちの持っていき場がないわ」

「でもね、ルーシー、こんなことを言うのはまだ早いかもしれないけれど、あなたたちは姉妹なのよ。いつかアリスが心から謝ってきたら、どうか許してやってほしいの。わたしたちは家族なんだから」

「今、そんなことを言われても、受け入れられるわけがないわじゃない……お母さん、わたし、もう行かなくちゃ」母が力になろうとしてくれているのはわかったが、この話はどこまでいっても平行線をたどるだけだ。うわべだけの会話ならいくらでもできるが、深い話になると、母はいつもどう考えるべきか、どう感じるべきか指図してくる。だから、友人に恋の悩みを相談することはあっても、母にそういう話はまずしない。

「わたしにはあなたの気持ちがわからないと思っているんでしょう?」母は言った。「でも、そんなことはないわ」

「へえ、そう?」ルーシーは次の言葉を待ちながら、ムンクの《生命のダンス》にぼんやりと目を向けた。夏の夜、何組かのカップルがダンスを踊っている脇に、ふたりの女性が立っている。左側にいる白いドレスの女性は、無邪気で希望に満ちているように見える。だが、右側にいる黒いドレスの女性は体をこわばらせ、失恋したかのような表情をしている。

「結婚する前にね、わたしはある男の人とつきあっていたの」母が言った。「心から愛していたわ。でも、ある日、わたしの親友と恋愛関係にあると言われた」

母から秘密を打ち明けられるなどというのは初めての経験だった。ルーシーは声も出せず、ただ携帯電話を握りしめた。

「悲しいなんてものじゃなかったわ。ああいう心の状態を神経衰弱というのかしらね。忘れもしないわ。ベッドから出ることさえできなかった。心が重すぎて、身動きもできない感じよ」

「かわいそうに」ルーシーの声がかすれた。「お母さんにそんな過去があったなんて、想像もしなかった。さぞ苦しかったでしょうね」

「いちばんつらかったのは、親友と恋人の両方をいっぺんに失ったことよ。ふたりともわたしには申し訳なく思っていたんだろうけど、お互いに夢中だったから、ほかはどうでもよかったんでしょうね。ふたりは結婚したわ。あとになって、その親友だった友人が謝ってきたとき、わたしはその謝罪を受け入れた」

「本心から許したの？」ルーシーは尋ねずにいられなかった。

母は悲しそうな声で笑った。「口ではね。それが精いっぱいだった。でも、それでよかったのよ。結婚してから一年ほどして、その友人は不治の病で亡くなったから」

「相手の男の人は？　そのあと会ったりしたの？」

「ええ」母は穏やかながら乾いた口調になった。「結局、その人と結婚したの。そして、ふたりの娘ができたわ」

ルーシーは目を大きく見開いた。お父さんがお母さんとは再婚だったなんて。しかも、その前に愛している女性がいて、その人に死なれたというの？　だから、あんなふうに家にいてもどこか孤独を好むところがあるのかしら？

どの家族にも秘密はあるものなのだ。両親の心のなかにも。

「どうして今、わたしに話してくれたの？」ルーシーはようやく声を出した。

「まだ愛していたから結婚したのよ。たとえフィリップが同じようには思ってくれていないとわかっていてもね。あのときのフィリップは悲しみに暮れていて、ひたすら孤独で、そばにいてくれる人を必要としていた。それは愛とは言えない」

「お父さんはお母さんを愛しているわよ」ルーシーは主張した。

「あの人なりのやり方でね。だから、いい結婚生活を送っているわ。でも、わたしはフィリップにとって二番目だということは頭から離れない。ルーシー、あなたにはそんな思いをしてほしくないの。あなたを月とも太陽ともあがめてくれる男性と結婚しなさい」

「そんな人はいないわ」

「大丈夫、ちゃんといるわよ。たとえ、そうじゃない人と関わってしまったとしても、そういう人と巡りあったときに拒絶してはだめよ」

6

〈アーティスト・ポイント〉で暮らすようになってから二カ月後、ルーシーは次のアパートメントの候補をいくつかに絞った。だが、どれもそれぞれに問題があった。まわりに隣家がひとつもないとか、家賃が高いとか、気が滅入るほど暗いとか、そういったことだ。早く次の住まいを決めなくてはいけないと思いつつも、ジャスティンとゾーイがいつまでもここにいていいと言ってくれるせいで、つい甘えていた。

ジャスティンとゾーイと一緒に暮らすのは、とても居心地がよかった。恋人に振られた心の傷を抱える者にとって、ふたりの存在はすばらしい解毒剤になっていた。孤独を感じて気分が沈んだときは、キッチンに行けばゾーイがいたし、外に出たければジャスティンについて走ればよかった。自由奔放でエネルギッシュなジャスティンのそばにいて、自分だけが落ちこんでいることはとても難しい。

「ひとり、いい男がいるのよ」ある日の午後、ジャスティンは高らかに宣言した。三人で月例の〈静かなる読書の夕べ〉の準備をしているときだった。それはゾーイの提案で始まったイベントだった。誰でも参加でき、好きな本を持ちこむか、こちらで用意した本のなかからおもしろそうなものを選ぶ。そして一階にある広い談話室のクッションがよくきいたソファやひとり用の椅子でくつろぎ、ワインやチーズを味わいながら本を読む。最初、ジャスティンは鼻で笑っていた。「本なんて家でも読めるのに、誰がわざわざここまで来て読書をしたいと思うの？」

だが、そんなジャスティンをゾーイは根気よく説得した。その結果、イベントは大成功を見た。たとえ天気の悪い日でも、列をなすほどの人が集まったのだ。

「本当はルーシーにすすめたいんだけど、ゾーイのほうが独り身が長いのよね」ジャスティンが続けた。「つまり、トリアージみたいなものよ。状態が悪い人のほうを優先しなくちゃと思うわけ」

ゾーイは首を振り、談話室にあるアンティークのサイドボードに、チーズを盛ったトレイを置いた。「トリアージなんかしてもらわなくてもいいわ。そのときが来たら、ちゃんといい人に出会うものなんだから。そんなのは自然の流れに任せたら？」

「そんなのに任せておいたら時間がかかりすぎる」ジャスティンは反論した。「それに、そろそろ誰かとデートのひとつもしなきゃだめよ。よくない兆候が出てるもの」

「なんのこと？」ゾーイが尋ねた。

「バイロンのことばかりかまってる。ちょっと甘やかしすぎよ」

バイロンとはゾーイが飼っているオスのペルシャ猫の名前だ。ゾーイは暇があると、バイロンの世話をしている。猫のトイレはマホガニー製で、ベッドはブルーのベルベット地、いくつもある首輪はラインストーンがびっしりついたおしゃれなものばかりだ。定期的に入浴させ、せっせとグルーミングをし、高級キャットフードを磁器の皿で食べさせている。

「バイロンはわたしよりいい暮らしをしてるわ」ジャスティンが言う。

「わたしよりすてきなアクセサリーをたくさん持っているのも確かね」ルーシーもつけ加えた。

ゾーイは顔をしかめた。「恋人ができたとしたって、きっとバイロンと過ごす時間のほうが長いに決まっているわよ」

ジャスティンはからかうような顔をした。「毛玉を吐く男が好きなの?」

「そんなわけがないでしょう。でも、バイロンは食事の時間には絶対に遅れないし、わたしがどんなに買い物しても怒ったりしないわ」

「ゾーイは去勢された男に弱いのよね」ジャスティンは続けた。「でも、相手がサムならきっとうまくいくと思う。あなたは料理が得意だし、サムはワインを造るし。お似合いのふたりよ」

ゾーイは眉をひそめた。

「サムって、小学生のころ変わった子だった、あのサム・ノーラン?」

その名前を聞き、ルーシーは抱えていた数冊の本を思わず取り落としそうになった。本を抱えなおし、花柄のソファの前にあるコーヒーテーブルに置いた。

「別に変わった子じゃなかったわよ」ジャスティンが言い返す。

「だって、いつもルービックキューブをやりながら歩いていたじゃないの。『ロード・オブ・ザ・リング』のゴラムが指輪をいじるみたいに」

ジャスティンは声をあげて笑った。「ああ、そうだったわね」

「それにすごく痩せていて、風が強い日はみんなで支えなくちゃいけないくらいだった。そんな子がすてきな男の人に成長しているとはとても思えないわ」

「それが、今じゃセクシーなのよ」ジャスティンは意味ありげに言った。

「あなたのお眼鏡にはかなったかもしれないけれど」ゾーイは答えた。「あなたとわたしじゃ趣味が違うから」

ジャスティンは目を丸くした。「あら、わたしの恋人は好みじゃないとでもいうの?」

ゾーイは困ったように肩をすくめた。「わからないわ。顔が見えないし」

「それ、どういう意味よ」

「頬髭に隠れているってことよ。それにいくつもタトゥーを入れているでしょう」

「みっつだけよ」ジャスティンは反論した。

「それより何より、キンドルみたいな人なのよね。簡単に心のなかが読めちゃう」

「わたしはタトゥーが好き。でも、ゾーイ、安心していいわよ。サムはタトゥーなんて入れてないから。ピアスもつけてない」ゾーイが口を開きかけたが、ジャスティンは無視して続けた。「それに頬髭もなし」鼻を鳴らす。「今度、写真を見せてあげる。そうしたらわかるわ」

「ジャスティンの言うとおりよ」ルーシーはゾーイに言った。「会ったことがあるけど、本当にセクシーだったわよ」

ふたりは驚いた顔でルーシーを見た。

「サムに会っておきながら、よく黙っていられたわね」ジャスティンが言った。

「一度だけだし、一緒にいた時間も短かったから。それに、あなたたちの知り合いだなんて思わなかったんだもの」

「幼なじみよ」

「だったら、どうしてここへは一度も来たことがないの？」ゾーイが尋ねた。

「二年ほど前にブドウ園を経営するようになって、それからはめちゃくちゃ忙しいのよ。スタッフはいるけれど、彼自身もよく働いてるわ」ジャスティンはルーシーに顔を向けた。「サムと会ったのはどういう状況だったの？」

ルーシーはワイングラスをサイドボードに置いた。「自転車に乗っていて、その……ちょっと停まったの。そのときに少ししゃべったというだけ。たいした話じゃないわ」

「ジャスティンはどうして自分で口説こうと思わないの？」ゾーイが尋ねた。

「つきあってたわ、中学生のときに。あなたがエヴァレットに引っ越したあとよ。まあ、ひと夏の恋ってとこね。新学期が始まると、なんとなく終わっちゃった。でも、それからもずっと友達よ」

ジャスティンはひと息ついた。

「彼はね、誰とも長くは続かないの。真剣な交際をしたいとは思ってないのよ。結婚はしないと宣言してるわ」意味ありげに間を置いた。「嘘だと思ったら、あのデニース・ラウスマンに訊いてごらんなさい」

ルーシーはその名前に聞き覚えがあった。華やかなブロンドの報道記者で、つい先日、シアトルでいちばんセクシーなリポーターを選ぶ投票で一位になった女性だ。

「つきあってたの?」

「そうよ。彼女は島に別荘を持ってるの。場所はロシェハーバーよ。一年ぐらい交際してたかしら。サムに首ったけだったわ。でも、結婚しようと言わせることはできなかった。だから、あきらめたというわけ。その次はローラ・デルフランシア」

「誰、それ?」ゾーイが尋ねる。

「〈パシフィック・マウンテン・キャピタル〉の経営者よ。ハイテクやクリーンエネルギー関連のベンチャー企業に投資してるわ。おしゃれでエレガントなうえに、とんでもなくお金持ち。それでも彼と結婚することはできなかった」

「そんなにすごい女性たちがサム・ノーランに惹かれるなんて信じられない」ゾーイは言った。「あんなに変わった子だったのに、よっぽど垢抜けたのね」

「変わった人の名誉のために言っておくけど」ジャスティンは続けた。「そういう人たちってベッドではなかなかいいものよ。想像力がたくましいから、何かと独創的なの。小道具を使うのも大好きだし」思わず声をあげて笑ったふたりに、グラスに入ったワインを差しだした。「ほら、飲んでみて。サムのことをどう言おうが、このワインを飲んだら気が変わるから」

「彼が造ったの？」ルーシーは深紅の液体をグラスのなかでまわした。

「ええ。名前は〈キールホール〉。シラーとカベルネのブレンドよ」

ルーシーはワインをひと口飲んだ。喉越しがよく、フルーティで、クリーミーな味わいがあり、最後にはかすかにモカの香りが残る。「おいしい」思わずささやいた。「これをただで飲ませてもらえるなら、デートしてみる価値はあるかも」

「電話番号は渡したの？」ジャスティンが尋ねた。

ルーシーは首を振った。

「だって、ケヴィンに別れようと言われたばかりのときだったもの」

「任せておきなさい。わたしが引きあわせてあげるから。ゾーイに異存がなければの話だけど」

「わたしなら、まったくかまわないわ」ゾーイが断言する。「全然、興味ないもの」

ジャスティンは高らかに笑った。「ゾーイ、残念だったわね。ルーシー、おめでとう」

「わたしだって興味なんかないわよ」ルーシーは言った。「まだケヴィンと別れてたったの二カ月よ。普通、交際していた期間の半分くらいはおとなしくしているものでしょう？　わたしの場合は二年間のつきあいだったから、やっぱり一年くらいは待たなくちゃ」

「違うわ」ジャスティンが声をあげた。「一年につき一カ月で充分。だから、二年なら二カ月でいいのよ」

「そんなのはどうでもいいじゃない」ゾーイが口を挟んだ。「ルーシー、自分の直感を信じてみれば？　心の準備ができれば、自分でそうとわかるものよ」

「男の人に関するかぎり、わたしの直感はまったくあてにならないもの」ルーシーは答えた。「この前、蛍の生息数が減少しているという記事を読んだのよ。数が減ったのは、人工照明が増えたからだって。ポーチの電灯や、道路の街灯や、看板の照明なんかに惑わされて、蛍が交尾の合図となる光を見つけられないらしいわ」

「あらら、かわいそうに」ゾーイが言った。

「そうでしょう？」ルーシーは続けた。「完璧な相手を見つけたと思って、せっせとお尻を光らせて寄っていったら、ライターの炎だったというわけよ。そんなのは耐えられない」

ジャスティンはふたりを眺めながら、ゆっくりと首を振った。「人生は楽しい宴《うたげ》だっていうのに、あなたたちは慢性の消化不良を抱えてるようなものね」

ルーシーは〈静かなる読書の夕べ〉の支度を手伝ったあと、自室に戻った。脚を組んでベッドに座り、膝にノートパソコンをのせ、電子メールが来ていないかどうか確かめた。すると、学生のころ世話になった教授であり、心の師とも仰ぐアラン・スペルマン博士から、一通のメールが来ていた。ニューヨークにある世界的に有名なミッチェル・アート・センターの芸術産業コーディネーターに、最近になって選ばれたと聞いている。

愛しのルーシーへ

先だって話したアーティスト・イン・レジデンス事業の件を覚えていますか。期間は一年間、費用は全額支給で、世界中から集まったアーティストと一緒に仕事ができるプログラムです。きみの能力なら、間違いなく選ばれるでしょう。きみは芸術家として独自の感性を持っていますから。ただ、現代芸術家の多くが、その可能性を追求しきれていないのもまた事実です。この奨学金を受ければ、現在のきみの状況では、不可能とは言わないまでも挑戦するのが難しい制作活動に、自由に携わることができます。

募集要項を添付しておきます。気持ちが決まったら連絡をください。関係者にはすでにきみのことを伝えてあります。皆、きみに期待しています。

アラン・スペルマン

ニューヨークで一年間、ガラスについて勉強したり、さまざまな手法や制作を試してみたりできる千載一遇のチャンスだ。

添付ファイルをクリックし、募集要項に目を通した。一ページの企画書と説明書、それに自分の作品を写した二〇枚のデジタル画像を送るよう書かれている。ルーシーは、一瞬ためらい、そして考えた。

新しい場所……新しい出発。

だが、応募者は多いだろうし、そのなかから自分が選ばれる可能性は薄い。試しても無駄に終わるだけの気がする。

これをチャンスだと思うなんて、自分を何様だと思っているの？　ルーシーはそう自分に問いかけた。

そのとき、別の考えが頭に浮かんだ。たとえ選ばれなくても、失うものは何もないわ。

7

「ルーシー、話があるの」携帯電話に母からのメッセージが残されていた。「内々の話ができる状況になったら、なるべく早くに電話をちょうだい。大事な話よ」

母が急いでいるのは伝わってきたが、ルーシーはまだ電話をかけていなかった。きっと妹の件だと思ったからだ。一日ぐらいはアリスのことを考えず、話しもせずに過ごしたい。そこで午後は、できあがった作品をまとめて梱包し、フライデーハーバーでルーシーの作品を取り扱ってくれる店へ持っていくことにした。

「まあ、すてき!」店の主人であり友人でもあるスーザン・シバーグは、ルーシーが持ちこんだガラスモザイクの作品を見るなり声をあげた。それは女性の靴のシリーズ物だった。パンプス、ハイヒールのサンダル、ウェッジソール・シューズ、それにスニーカーもある。

「こんな靴をはいてみたいもんだわ。きっと、誰かがまとめて買っていくわよ。あなたの作品を棚に飾っておくのは難しいんだから。だって、すぐに売れちゃうんだもの」

「それはうれしいわ」ルーシーは答えた。

「どれもかわいくて……なんというか、独特の雰囲気があるのよね。このごろの作品はとくにそう。あなたに何か特注で頼もうかと思っているお客さんもいるのよ」

「いつでも引き受けるわ。仕事に没頭できるのはありがたいもの」

「ええ、忙しいのはいいことよ」スーザンはステンドグラスの電気スタンドを箱から出しながら、同情に満ちたまなざしをした。「忘れたいことが多すぎるものね」ルーシーがなんの話かわからない顔をしているのを見て、つけ加えた。「ほら、ケヴィンとあなたの妹さんのこと」

ルーシーは携帯電話のスケジュール管理のアプリケーションに気を取られているふりをした。「一緒に住んでいること?」

「それもあるけど……結婚するらしいじゃない」

「結婚?」ルーシーは呆然とした。一瞬で地面に氷が張ったような気がした。どっちへ行こうとしても、滑って転ぶしかない。

スーザンは顔色を変えた。

「知らなかったの? ああ、ごめんなさい。わたしの口から伝えることになるなんて」

「あのふたり、婚約したの?」信じられない。アリスはどうやってケヴィンを仕向けたのだろう。

「いつかは結婚してもいいと思ってる」以前、ケヴィンはそう言った。「でも、急ぐ必要はないと思うんだ。好きな女性とはずっと一緒にいたいと思う。それって結婚するのと同じだろ?」

「次元がまったく別だと思うけど」

「そうかもしれない。だけど、結婚なんてしょせんただの制度さ。そんなものに従いたいのかい?」

ところが、どうやらケヴィンはその制度に従うことにしたらしい。アリスのために。もしかして本気でアリスを愛しているのだろうか。

嫉妬しているわけではない。あの人なら相手が誰だろうが、どうせまた平然と裏切る気がする。ただ、ケヴィンが妹と結婚するという話を聞き、自分はどこがだめだったのだろうと思ってしまっただけだ。もしかするとアリスが言ったように、うるさくあれこれ要求しすぎたのかもしれない。わたしなんかを愛してくれる男の人たちを、きっと邪険に扱ってきたのだろう。

「ごめんなさい」スーザンがまた謝った。「妹さんが結婚式や披露パーティに使う場所を探して、ウエディング・プランナーと一緒に車で島をまわっているのよ」

ルーシーの手のなかで携帯電話が振動した。それをバッグに押しこみ、ぎこちなく笑みを浮かべた。「だから、母が何度も電話をかけてくるのね」

「ねえ、顔色が悪いんじゃない? 奥で休んでいったら? よかったらコーヒーでも淹れるわ」

「いいえ、平気。でも、今日の仕事はもう切りあげることにするわ」渦巻いていた感情が、悲しみと、戸惑いと、怒りに分離しはじめた。

「何かわたしにできることはない?」スーザンの尋ねる声が聞こえた。

ルーシーはとっさに首を振った。「気にしないで。大丈夫だから」バッグを肩にかけなおし、店の外へ出ようとしたとき、背後からまたスーザンの声が聞こえた。

「ケヴィンとは親しいわけじゃないし、妹さんのことはよく知らないけど、これまで見聞きした話から考えると、あのふたりはお互いに釣りあっている相手なんだと思うわ。いい意味じゃなくてね」

指先でドアのガラスに触れ、そのひんやりとした確かな感触に、ルーシーは心が落ち着いた。振り返って、スーザンに弱々しい笑みを向ける。「気にしないでね。なんとかなるから」

自分の車へ戻り、イグニッションキーをまわした。だが、車はうんともすんとも言わなかった。ヒステリックな笑いがこみあげた。

「嘘でしょう?」何度も試してみた。それでもエンジンはかからない。ヘッドライトがつくところをみると、バッテリーがあがったわけではないらしい。

〈アーティスト・ポイント〉はここから近いため、徒歩で帰れば問題ない。だが、これからボンネットの中身と格闘して、どこからか修理代を捻出しなければならないと思うと、気が滅入った。ルーシーはハンドルに頭を押しつけた。以前ならこういうトラブルはケヴィンが対処してくれた。エンジンオイルとワイパーブレードを交換し、お安いご用だと言ったものだ。

自分で車のメンテナンスをしなければならないのが独り身の女の悲しいところだ。一杯、飲みたくなった。こんな気分を忘れられる強いお酒が欲しい。

使い物にならなくなった車を降り、港の近くにあるバーへ向かった。フェリーの荷物の積みおろしが見える店だ。一八〇〇年代、カナダのフレイザー渓谷でゴールドラッシュがあったころには、島を通過していく一攫千金を夢見る人々向けの社交場だった。ゴールドラッシュが終わると客層が変わり、兵士や開拓者、それにハドソン湾で働く労働者が来るようになった。そして現在は、由緒正しい趣のあるバーになっている。

バッグのなかの携帯電話が鳴った。ルーシーはバッグに手を突っこみ、リップグロスや小銭やチューインガムのパックに埋もれた携帯電話を引っ張りだした。ジャスティンからだった。電話に出る声が暗くなった。「もしもし」

「今、どこにいるの？」単刀直入に尋ねられた。

「フライデーハーバーを歩いている」

「スーザンが電話をくれたわ。事情を聞いてびっくり」

「こっちもよ」ルーシーは答えた。「まさかケヴィンがわたしの義理の弟になるなんて」

「スーザンがしきりに申し訳ないって言ってた」

「そんなふうに思う必要はないのに。いずれどこからか耳に入ることだもの。今朝、携帯に母のメッセージが入っていたの。きっとその件で電話をかけてきたのよ」

「ルーシー、大丈夫？」

「あんまり。でも、これから一杯飲みに行くつもりだから、そうしたら大丈夫になるわ。よかったら、一緒にどう？」

「帰っておいでよ。マルガリータを作ってあげるから」

「ありがとう」ルーシーは言った。「でも、そこは静かすぎるわ。今はにぎやかなところに行きたい気分なの。悩み多き人々に囲まれていたい」

「わかった」ジャスティンは答えた。「それで、どこの――」

ふいに通話が途切れた。携帯電話の画面を見ると、バッテリー切れの表示が出ている。

「まったくもう」

役に立たなくなった携帯電話をバッグに放りこみ、バーの薄暗い店内に入った。古い建物独特の、少しかびくさくて懐かしい匂いがした。

まだ午後の早い時間なので、客は少なかった。ルーシーはカウンターの端に座った。いちばん目立たない席だ。レモンドロップを注文した。レモンとウォッカとトリプルセックを使ったカクテルだ。冷たい液体が心地よく喉を滑り落ちた。

「氷山にキスされたみたいでしょう？」ブロンドのマーティという名の女性バーテンダーが、にっこりして声をかけてきた。

ルーシーはいっきにカクテルを飲み干し、うなずいてグラスを脇へ押しやった。

「もう一杯、お願い」

「ペースが速いわね。おつまみでもどう？　ナチョスとか、ハラペーニョ・ポッパーとか」

「カクテルだけでいいわ」

バーテンダーは探るような目をした。「このあと運転したりしないわよね?」

ルーシーは苦笑した。「車はさっき故障したところよ」

「今日はついてないのね」

「ここのところ、ずっとそうなの」

バーテンダーは二杯目のカクテルを作るのに時間をかけた。ルーシーは椅子を回転させ、店内を見まわした。カウンターの反対側の端と、いくつかのテーブル席に客がいる。そのテーブルのひとつで、五、六人のバイク乗りが豪快にビールを飲みながら大声でしゃべっていた。

気づいたときにはもう遅かった。バイク乗りの教会〈ホグ・ヘヴン〉のメンバーたちだ。ジャスティンの恋人のドゥエインもいた。ルーシーが顔をそむける前に、彼はこちらを見た。

ドゥエインがテーブル席から手招きした。

ルーシーは首を振り、小さく手を振ってカウンターに向きなおった。

だが、ドゥエインは気のいい人だ。大きな体でのしのしとこちらへ歩いてきて、ぽんと背中に手を置いた。

「元気か? 調子はどうだ?」

「一杯だけ飲もうと思って立ち寄ったの」ルーシーは仕方なく笑みを浮かべた。「そっちはどう?」

「まあまあさ。おれたちのテーブルで一緒に飲まないか? みんな教会のメンツばっかりだ」

「ありがとう、うれしいわ。でも、今はひとりでいたい気分なの」

「どうした？」ルーシーが答えづらそうにしているのを見て、ドゥエインは続けた。「困ってるなら、なんでも力になるぞ。そういう約束だろ？」

その頰髭に覆われた大きな顔を見ていると、ルーシーは心が落ち着いた。

「わかってる。あなたたちはわたしの守護天使よ」

「で、何があった？」

「ふたつほど」ルーシーは答えた。「車が死んだの。まだ息があるとしても、昏睡状態だわ」

「バッテリーか？」

「違うと思うけど、よくわからない」

「任せとけ」ドゥエインは即答した。「もうひとつは？」

「ひどく気が滅入っているの。誰かわたしの心を新聞紙ですくいとって、ごみ箱に捨ててくれないかしら」

ドゥエインがかわいそうにという顔になった。「男と別れたんだってな。ジャスティンから聞いた。そいつにちょっとばかしヤキ入れてやろうか？」

ルーシーは笑ってみせた。「あなたたちに犯罪行為をさせるわけにはいかないわ」

「今さらひとつ罪状が増えたところでどうってことないさ。そんなのはしょっちゅうだ」愉快そうな口調だ。「だから、教会を作ったんだ。それに、そいつは少しぐらい荒っぽく扱われても文句が言えないようなことをしたそうじゃないか」頬髭に覆われた顔で、にやりとする。「聖書にもあるだろ？〝こうしてあなたは彼の頭に燃える炭火を積む。あとは主が報いてくださる〟とさ」

「車だけで充分よ」ルーシーはそう言い、訊かれるままに車の駐車場所を教え、キーを手渡した。

「ぴかぴかの新品にして、一両日中に届けるよ」ドゥエインは言った。

「ありがとう。心から感謝しているわ」

「本当にこっちのテーブルに来ないのか？」

「ええ。今日は遠慮しておく」

「わかった。でも、ちゃんと目は光らせておいてやるから安心しろ」ドゥエインは店の隅に目をやった。そこには、生バンドの演奏のための楽器が準備されていた。「今夜はこむからな」

「何かあるの？」ルーシーは尋ねた。

「〝ブタ戦争記念日〟のイベントさ」

ルーシーは目を見開いた。「今日だったっけ？」

「六月一五日だからな」ドゥエインはルーシーの肩をぽんぽんと叩き、仲間のほうへ戻っていった。

「さっさと帰ろう」ルーシーはつぶやき、二杯目のカクテルに口をつけた。とてもではないが、お祭り騒ぎをする気分にはなれない。

ブタ戦争記念日の由来は一八五九年にさかのぼる。その年の六月一五日、イギリスのハドソン湾会社が飼っていたブタが、アメリカ人のライマン・カトラーのじゃがいも畑に入りこんだ。作物が食い荒らされているのを見つけたカトラーは、その大きなブタを撃ち殺した。それがきっかけでイギリスとアメリカが軍事介入し、両国はサンフアン島で一三年間もにらみあいを続けた。結局、戦争は仲裁によって終結して、サンフアン島はアメリカの領土となった。この長きにわたる争いのなかで、命を落としたのはじゃがいも畑を荒らしたブタだけだった。それから約一五〇年後、ブタ戦争が始まった日には、サンフアン島の人々は豚肉を食べ、一個艦隊を浮かべられそうなほどの量のビールを飲んでお祝いする。

ルーシーが二杯目のカクテルを飲み終えるころには、すでにバンドが演奏を始め、大皿に盛られたポークリブが無料で振る舞われ、店内は陽気な客たちでにぎわっていた。ルーシーはバーテンダーに合図して勘定を頼んだ。

「もう一杯どうだい？　おごるよ」隣に座っている男性が声をかけてきた。

「ありがとう。でも、もう帰るところなの」

「ひとつ、つまめば？」男性はポークリブの皿をすすめた。

「お腹はすいていないから」

「ただだぜ」

ルーシーはその男性の顔に見覚えがあることに気づき、眉をひそめた。ケヴィンのところの造園会社で働いている人だ。たしか、ポールといっただろうか。目がぼんやりとし、息にも酒の匂いがまじっているところをみると、相当早い時間から飲んでいるのだろう。

「おや？」相手が誰だかわかったらしく、男性が気まずそうな顔をした。「ケヴィンの彼女じゃないか」

「もう違うわ」

「ああ、そうだった。きみは古いほうだ」

「古い？」その言い方に、ルーシーはむっとした。

「つまり……以前のってことだよ。あの……ビールをご馳走させてくれ」ポールは腕を伸ばし、トレイに並んだ大きなプラスチック製のマグカップをひとつ手に取った。

「ありがとう。だけど、結構よ」ポールがビールをこぼしそうになりながらマグカップをこちらに向けたので、ルーシーは体をうしろに引いた。

「いいから、ほら」

「ビールはいらないの」ルーシーはマグカップを押しやった。そのとき、店が混雑しているせいで、ほかの客の体がポールにぶつかった。まるでスローモーションのようにマグカップがルーシーの胸にあたり、中身がぶちまけられた。シャツとブラジャーが冷たい液体でびしょ濡れになった感覚に驚き、ルーシーは小さく悲鳴をあげた。

一瞬、周囲の人たちが沈黙してこちらを見た。同情の色を浮かべている客もいれば、冷ややかな目をしている客もいる。ルーシーが酔っ払って自分でビールをこぼしたと思っている人も多いのだろう。

屈辱と怒りを覚え、濡れて体に張りついたシャツをつまみあげた。

状況に気づいたバーテンダーが、カウンター越しにペーパータオルをロールごと手渡してくれた。

ドゥエインとその仲間がやってきた。ドゥエインは大きな手でポールのシャツをつかみ、相手が椅子から浮くほどの力で引っ張りあげた。「うちのルーシーにビールをかけやがったな？　そんなことをして、ただですむと思うなよ」

バーテンダーがすかさず止めに入った。「店のなかで喧嘩はよして」

「ぼくは何もしてない」ポールが早口で言った。「彼女がビールを受けとろうとしたとき、マグカップが手から落ちたんだ」

「わたしは受けとろうとなんてしていないわ」ルーシーはいらだった。

誰かが人混みを縫って近寄ってきて、ルーシーの背中にそっと手を置いた。ルーシーはびくっとして振り返り、その青みがかったグリーンの目を見てはっとした。

サム・ノーラン。

どうしてこんなときに……。

「ルーシー、何かされたのか？」サムが鋭い視線でポールを見た。ポールは身をすくませた。

「いいえ」ルーシーはささやき、両腕で胸のあたりを隠した。シャツが濡れたせいで、体の線が透けて見えている。「ビールを浴びて……ちょっと寒いだけ」

「ここを出よう」サムはカウンターにあるルーシーのバッグをつかんだ。そのバッグをルーシーに渡し、バーテンダーに向かって尋ねた。「マーティ、いくらだ?」

「店のおごりよ」バーテンダーは答えた。

「すまない」サムはドゥエインのほうへ顔を向けた。「おい、ドゥエイン、手足の骨でも折ってやろうなんて思うなよ。どうせこいつは酔っ払って、何をしたかわかっちゃいないんだから」

「そんなことは思ってないさ」ドゥエインは言った。「ただ、ちょいと海に落としてやろうかと考えているだけだ。浮かびあがってきたところをさらに二度ばかり押しこんで、寒さに震えあがらせてやってもいいけどな」

「気分が悪くなってきた」ポールが小声で言う。

ルーシーは少し申し訳なくなった。「ドゥエイン、もういいから、放っておいてあげて」

「考えとくよ」サムがルーシーをかばいながら人混みを抜けようとするのを見て、ドゥエインは不服そうな顔で目を細めた。「おい、ノーラン、変な気を起こしたりしたら、次に海に落ちるのはおまえだぞ」

サムは苦笑した。「いつから彼女の保護者になったんだ?」

「ルーシーはジャスティンの友達だ」ドゥエインは答えた。「だから、あんたがルーシーに妙なまねをしたら、おれはあんたのケツを蹴とばさなきゃならん」

「おまえなんかに負けないよ」そう言うと、サムはにやりとした。「ジャスティンは怖いけどな……」ルーシーのために人混みをかきわけて、店の外に出た。

ルーシーは歩道で足を止め、サムを振り向いた。記憶にあるとおりハンサムで、強烈な存在感を放っている。「あなたは店に戻って」彼女はそっけなく言った。「ひとりで大丈夫だから」

サムは首を振った。「どうせ帰るところだったんだ。客が多すぎる」

「だったら、どうして来たの？」

「弟と一杯やろうと思ったんだ。弟は今日、離婚が成立したんでね。でも、ブタ戦争記念日だと気づいたとたん、店を出ていったよ」

「わたしもそうするべきだったわ」濡れたシャツが風に吹かれ、寒さで体が震えた。「早く帰って着替えなきゃ」

「どこに住んでいるんだ？」

「〈アーティスト・ポイント〉」

「ジャスティンのところか。じゃあ、送るよ」

「ひとりになりたいの。どうせ近いし」

「そんな格好で歩くのはよくない。隣の土産物店がまだ開いているみたいだから、Tシャツを買ってやるよ」

「自分で払うわ」無愛想な態度を取っているのはわかっていたが、あまりにみじめで明るく振る舞うことができなかった。ルーシーはさっさと土産物店に入った。サムがあとからついてくる。

「まあ、ずぶ濡れじゃない！」レジのそばにいた、髪をブルーに染めた年配女性が驚いた。「どうしたの？」

「酔っ払いにビールをかけられたんです」ルーシーは答えた。

「かわいそうに」女性はサムを見て、顔を輝かせた。「ちょっと、サム、その酔っ払いって、まさかあなたのことじゃないわよね？」

「ミセス・オヘア、ぼくがそんなことするわけがないのはよくご存じでしょう。ぼくは酒に飲まれたりしませんよ」サムがにやりとする。「彼女が着替えられる場所はありますか？」

「ええ、洗面所を使って」ミセス・オヘアは背後のドアを手で示した。「どんなシャツがいいかしら」

「普通のTシャツでいいです」

「ぼくが見繕っておくよ」サムがルーシーに言った。「先に奥へ入って、体を拭くといい」

ルーシーはためらったものの、おとなしくうなずいた。「変なのは選ばないでね。どくろの絵とか、くだらない格言とか、汚い言葉とか、そんなのはいやよ」

「ぼくを疑ってるな？　傷ついたよ」

「あなたがどんな人だか知らないもの」

「ミセス・オヘアが保証してくれる」サムはカウンターに両手をついて身を乗りだし、同意を促すようにミセス・オヘアを見た。「ぼくがどんなにいいやつか話してやってくださいよ。ほら、天使みたいだって」

ミセス・オヘアはルーシーに言った。「羊の皮をかぶった狼よ」

「ちょっと語順を間違えたみたいだ。本当は、狼の皮をかぶった羊と言いたかったんだよ」

小柄なミセス・オヘアがだまされちゃだめよとばかりにゆっくり首を振ったのを見て、ルーシーはおかしくなり、思わず笑いだしそうになった。「間違えていないみたいよ」

ルーシーはクローゼットほどの広さの洗面所に入り、シャツを脱いでごみ箱に放りこんだ。ブラジャーも濡れていたので、それも捨てた。どうせもう使い古しだ。湯を出してペーパータオルを濡らし、それで胸や腕を拭いた。

「どうやってバイク乗りたちを味方につけたんだい？」ドアの向こうから、サムの尋ねる声がした。

「あの人たちの教会のステンドグラスを作ったの。それで、なんというか……彼らはわたしのことを身内だと思うようになったみたい」

「ステンドグラス？　それが仕事なのか？　もしかしてきみはガラス工芸作家？」

「ええ」

「楽しそうな仕事だな」

「そうね」

「Tシャツを持ってきたから、手を出してくれ」

ルーシーはドアを少し開き、腕を外へ突きだした。手渡されたのはブラウンのTシャツだった。ピンク色の文字で、分子の構造式が描かれている。

「これは何？」

ドア越しにくぐもった声が聞こえた。「テオブロミン」

「それ、なんなの？」

「チョコレートに入っていて、食べた人を幸せにする物質さ。いやなら、ほかのを取ってこようか？」

今日はひどい一日だったが、そのTシャツを見て少し気分が和らいだ。「これがいいわ。チョコレートは大好きだもの」Tシャツを着ると、伸縮性のある生地が肌に心地よかった。ドアを開け、洗面所を出た。

近くで待っていたサムが、ルーシーの全身にすばやく目を走らせた。「よく似合ってる」

「変わり者になった気分よ」ルーシーは答えた。「体はビールくさいし、ブラは捨てちゃったし」

「男冥利に尽きるな」

ルーシーは笑いを嚙み殺し、レジへ進んだ。「おいくらですか？」

ミセス・オヘアはサムを指さした。「お勘定はすんでいるわ」

「誕生日のプレゼントだと思ってくれ」ルーシーの表情に気づき、サムが答えた。「誕生日はいつ？」

「十一月よ」

「ちょっと早いプレゼントになってしまったな」

「気持ちはうれしいけれど――」

「別に見返りは要求しない」少し間を置いてつけ加えた。「いや、ひとつだけ」

「何？」

「フルネームを教えてくれないかな」

「ルーシー・マリン」

サムは一歩前に出て、握手をしようと手を差しだした。ルーシーはしばらくためらったあと、その手を握った。サムの手は温かく、少しざらついていて、たこができていた。肉体労働をしている男性の手だ。熱が腕を駆けあがり、ルーシーは慌てて手を引き抜いた。

「〈アーティスト・ポイント〉まで送ろう」サムが言った。

ルーシーは首を振った。「弟さんを見つけて、そばにいてあげたら？　今日、離婚が成立したんだったら、きっと落ちこんでいるわ」

「あいつは明日も落ちこんでいるさ。だから、明日、そばにいることにする」

レジのそばで会話を聞いていたミセス・オヘアが口を挟んだ。「アレックスに言っておいて。別れたほうがよかったのよって。島にだっていい女の子がたくさんいるんだから、次はそのなかから選ぶのね」

「島のいい女の子たちは、あんなやつを選んだりしませんよ」サムはそう言うと、ルーシーのあとについて店を出た。「しつこい男だと思われるのは不本意だけど、きみが無事に帰るかどうか見届けないと気になって仕方がない。だから、一緒に歩きたくないなら、少し離れてついていってもいいかな」

「少しって、どれくらい?」ルーシーは尋ねた。

「裁判所から出る接近禁止命令の距離くらい。一〇〇メートルほどかな」

ルーシーもこれには笑わずにいられなかった。

「そんなに離れなくていいわ。どうぞ、送ってちょうだい」

サムはルーシーと並んで歩きだした。

日が暮れはじめていた。空がオレンジ色とピンク色に染まり、雲の縁が金色に輝いている。

こんな状況でなければ楽しめただろう。

「で、今はどの段階なんだい?」サムが尋ねた。

「段階って……? ああ、恋人に振られたあとのこと? そうね、第二段階の終わりくらいかしら」

「知り合いに怒りのメールを送りまくるってところ?」

「そうよ」

「髪は切らないほうがいい」

「なんですって?」

「次の段階では髪を短く切って、靴を買うんだろう? でも、そんなきれいな髪を切ってしまうのはもったいない」

「ありがとう」ルーシーは気恥ずかしくなり、髪を耳にかけた。「でも、それは第四段階よ」

ふたりは通りの角で足を止めた。

「マヒという銘柄のワイン、知ってるかい？」サムは目の前の店を指さした。「このワインバーは格別にうまいマヒを置いているんだ。よかったらここで食事でもどう？」

ルーシーは窓越しに店内を見た。キャンドルライトの灯る、落ち着いた雰囲気の店だ。振り返ると、サムがじっとこちらを見ていた。さりげない表情の下に何かを隠している。それは光の明暗がくっきりと描かれた絵画のように、はっきりわかる種類のものではなかった。彼はジャスティンが言うほど単純な性格ではないのかもしれないとルーシーは思った。

「ありがとう。でも、それで何がどうなるものでもないわ」

「別に深い意味はないよ。ただの食事だ」ルーシーがためらっているのを見て、サムは続けた。「このまま家に帰っても、ぼくは冷凍食品を電子レンジで温めて食べるだけだ。かわいそうだと思わないか？」

「ええ」

「それは、〝ええ、一緒に食事をするわ〟という返事？」

「〝ええ、かわいそうだとは思わないわ〟という意味よ」

「冷たいな」そう言いつつも、サムの目は楽しそうに生き生きと輝いている。

ふたりはまた歩きはじめた。

「〈アーティスト・ポイント〉にはいつまで滞在する予定なんだい？」

「早く出なきゃとは思っているんだけど。今、次の住まいを探しているところなの」ルーシーは自嘲気味に笑った。「でも、残念ながら、わたしの経済力で借りられるところは、どれもあまり魅力的じゃなくて」

「希望の物件は？」

「部屋はひとつで充分。静かなところがいいけれど、あまり辺鄙《へんぴ》な場所はいや。できれば海が見えるとうれしいわ」ルーシーは言葉を切った。「そういえば、わたしたちには共通の友達がいるみたいね」

「ジャスティンがそう言ったのか？」

「違うの？」

「それは彼女がぼくのことをどう説明したかによるな」

「とてもすてきな人だから、デートしてみればとすすめられたわ」

「よし、だったらジャスティンは友達だ」

「いっときの相手としてはもってこいだとも言っていた。一緒にいて楽しいし、結婚しようなんて絶対に言いださないし」

「それで、きみはなんと返事したんだ？」

「興味がないって。また愚かな過ちを犯すのはごめんだわ」

「ぼくとデートをするのは、とても賢い過ちだと思うけど？」その言い方がおかしくて、ルーシーは笑ってしまった。

「どう賢いのよ」

「ぼくは嫉妬しないいし、守れない約束も口にしない。だから、余計なことに気をわずらわされずにデートできる」

「うまいセールストーク。」

「セールストークでその気になったら、次は試乗だろう？」

ルーシーはほほえんで首を振った。

ふたりは〈アーティスト・ポイント〉に着き、玄関の前で足を止めた。

ルーシーはサムに顔を向けた。「Tシャツをありがとう。それに、バーからわたしを連れだしてくれたことも。今日は大変な一日だったけど、最後は楽しかったわ」

「どういたしまして」サムは言葉を切った。「さっき話していた次の住まいの話なんだけど、ひとつ心当たりがあるんだ。兄貴がコンドミニアムを所有していてね。でも、ホリーと一緒にぼくのところで暮らすようになってからは、ずっと人に貸してるんだ。海が見えるぞ」

「ホリーって？」

「七歳の姪っ子だよ。去年、妹が亡くなって、後見人に指名されていた兄貴が引きとったんだ。ぼくも手伝っている」

意外な話を聞き、ルーシーはまじまじとサムを見た。「子育てを？」

サムが軽くうなずく。

「住まいまで提供して？」

サムは肩をすくめた。「広さだけはある家なんだ」口調はさりげないが、表情が読めなくなった。「それで……さっきのコンドミニアムの件だけど、今はちょうど空いているし、兄貴はまだ借り手を探しているはずだと思う。兄貴に訊いてみるよ。よかったら、一度見てみないか？」

「そうね……」ルーシーは慎重に考えた。海の見えるコンドミニアムの物件など、なかなかあるものではない。一見するだけの価値はありそうだ。「でも、わたしに手が届くかしら。家賃はいくらなの？」

「それも訊いておく」サムは携帯電話を取りだした。「きみの電話番号は？」ルーシーがためらっているのを見て、つけ加えた。「ストーカーになんかならないよ。断られれば、あきらめはいいほうなんだ」

サムには気さくな魅力があり、それに抗うのは難しい。ルーシーは電話番号を教え、つい笑みをこぼした。この人とデートをする気持ちになれないのは本当に残念だ。

だが、サムと関わるのはやめたほうがいい。希望を持ち、答えを待ち、そしてまたすべてを失うのはごめんだ。ふたたび勇気を出して誰かと交際しようと思えるまでには、数カ月、もしかすると数年ぐらいかかるかもしれない。それに、たとえそんなときが来たとしても、この人はだめだ。彼は表面的なつきあいしか望んでいないのだから。

サムが携帯電話を尻のポケットにしまった。「コンドミニアムの件、よろしく頼むわね」

ルーシーは淡々として見えるようにと願いながら、ぎこちなく握手を求めた。「連絡を待っているわ」

サムはうれしそうな顔で、しっかりと手を握りしめた。

温かくて頼もしい手だった。握られているのがとても心地よい。誰かに触れられるのは久しぶりだ。爪先から頭のてっぺんまで熱くなったが、それでも手を離すことができなかった。

そんな彼女の様子を見て、サムは何を考えているのかわからない表情になった。そしてルーシーの手を引っ張り、体を引き寄せ、顔を傾けた。「試乗のことなんだけど……」

ルーシーは頭のなかが真っ白になった。心臓がどくんどくんと鳴っている。ほんの少しだけ赤みの残るダークブルーの空をぼんやりと見あげた。軽く抱きしめられ、優しく背中をなでられた。サムの体は温かくて、たくましかった。ルーシーは膝が震えた。

ぼうっとしたまま声を出すこともできず、頬に手をあてられた。サムの顔が近づいてきて、そっとキスをされた。ルーシーは思わず唇を開いた。欲求が理性をうわまわった瞬間だった。

キスに惑わされ、どうせ失うものなど何もないのだからと一瞬考えたが、すぐにこんなことをしてはいけないという思いが頭をよぎった。しかし、舌先が触れたのを感じると、知らず知らずのうちに彼の首筋へ手を伸ばしていた。鼓動が高鳴り、体が熱くなる。

サムが顔を離した。ルーシーがしっかりと自分で立てるようになるまで、彼は体を抱きしめてくれていた。ルーシーはまだ放心していたが、それでもなんとかサムから離れ、玄関先の短い階段をあがった。

「早いうちに電話するよ」背後でサムの声がした。

ルーシーは足を止め、肩越しに振り返った。「やめておいたほうがいいわ」かすれた声で言った。

電話の話をしているのではないということは、ふたりともわかっていた。

「強引にことを進めようなんて思っちゃいない。きみのペースでいいんだ」

ふと、笑いがこぼれた。「そんなことをわざわざ言わなければならないというのが、すでにわたしのペースではない証拠よ」ルーシーは振り向きもせずに玄関に入った。

8

「早すぎるよ」アリスが結婚の話題を持ちだすと、ケヴィンは即座にそう答えた。「きみはまだ引っ越してきたばかりじゃないか」

アリスは不満いっぱいの目でケヴィンをにらんだ。

「だったら、どれくらい待てばいいわけ？」

「どれくらいと言われても……」ケヴィンは言葉に詰まった。

「半年？　一年？　いつまでも待つのはごめんよ。あなたくらいの年の男の人は、みんな結婚してるわ。何が問題なの？　愛してるって言ってくれたじゃない」

「それはそうだけど――」

「これ以上、わたしの何を知る必要があるの？　どんなことが引っかかってるわけ？　わたしじゃだめだというなら、別れてもいいのよ」

「そんなことは言ってないじゃないか」

アリスは脚本助手の仕事を失ったこともあり、ここで何か手を打たなければならないと心に決めていた。エージェントから電話があり、視聴率があまりに低いため、昼の連続ドラマ

『心のままに』の放映が打ちきられたと聞かされたのだ。それは突然の中止で、ストーリーを完結させることすらせず、すでにその枠はクイズ番組に変わっていた。ケーブルテレビへ売りこんでくれているという話だが、それが決まるまで仕事はなく、わずかな貯金で食いつながなくてはならない。

ケヴィンと結婚すれば、それも含めていっぺんにみっつの問題が解決されるはずだった。まず、働かなくてもよくなる。それから、ケヴィンが愛しているのはこの自分だと姉に証明できる。そして、両親も自分たちの関係を認めないわけにはいかない。母と一緒に結婚式の計画を立てれば、みんなが盛りあがり、ルーシーも傷ついたプライドを捨てて、立ちなおらざるをえなくなるだろう。

婚約指輪をはめるなり、アリスは勝ち誇った気分で両親の自宅に電話をかけた。ところが、おめでとうと言われるどころか、厳しく非難されたことに愕然とした。

「もう日取りは決めてしまったの？」母は尋ねた。

「まだよ。お母さんに相談してからと思って――」

「わたしに相談する必要はないわ」母はアリスの言葉をさえぎった。「あなたが望むなら、お父さんと一緒に結婚式には出席するけれど、その支度や費用は自分でなんとかしなさい」

「そんな……自分の娘が結婚するのよ。なのに、ほったらかしにするつもり？」

「わたしとお父さんや、ルーシーの心の傷が癒えたら、そのときは喜んで援助しましょう。でも、今のあなたは、ルーシーの不幸の上に自分の幸せを築こうとしている。ルーシーの気持ちを考えると、あなたとケヴィンの結婚を応援することはできないわ。月々の仕送りも、もうないものと思ってちょうだい」

「娘を見捨てる気なの?」アリスは気が動転して泣きだした。「ひどいわ!」

「そう思っているのはあなただけじゃないわよ。あなたのせいで、みんながつらい思いをしている。これから祝日や、あなたたちどちらかの出産や、病気のときなど、家族として集まるべき機会はいくらでもあるのに、今のままではそれも叶わないわ」

アリスは憤慨し、この会話を逐一ケヴィンの前で再現してみせた。ケヴィンは肩をすくめ、結婚式を延期するほうがいいと言った。

「姉さんが吹っきれるまで待たなくちゃならないの? あの人、一生、独身を貫くかもしれないわよ。わたしたちにいやがらせをするためだけに」

「だからって、無理やり誰かとつきあわせることもできないだろう」

アリスは考えた。「じゃあ、姉さんがまたデートをするようになればいいわけね。そしたら、もう被害者ぶった顔はできなくなる。両親も、姉さんが立ちなおったと認めるしかなくなるわ。わたしたちの結婚資金も出してくれるだろうし、すべてがまたもとどおりうまくいくはず」

「相手の男はどうするんだ?」

「あなた、島にたくさん友達がいるんでしょ。誰かいい人はいないの?」

ケヴィンは驚いた顔をした。「おいおい、だんだん話がおかしくなってるぞ。元恋人と自分の友達をくっつけるなんて勘弁してくれ」

「仲のいい友達じゃないほうがいいわ。並の男でいいのよ。ちょっと見た目がよくて、姉さんが気に入りそうなら」

「たとえ、そんなやつがいたとしても、いったいどうやってふたりを……」

アリスが怖い顔をしているのを見て、ケヴィンは口をつぐんだ。

「わかったよ。じゃあ、ノーランとこのどっちかはどうだ？　アレックスは離婚するって聞いてるし」

「離婚するような人はだめ。姉さんがいやがるに決まってる」

「じゃあ、二番目のサムはどうだ？　独身で、ブドウ園を経営してる」

「それがいいわ。じゃあ、どうやってふたりをくっつける？」

「まさか、ぼくにあいだに入れっていうのか？」

「それはだめよ。こっそりことを運ばなくちゃ。わたしやあなたが紹介したら、姉さんは意地でもその人とはデートしないもの」

自分たちが表に出ることなく、誰かと誰かをつきあわせるにはどうしたらいいのか、ケヴィンはない知恵を絞った。「アリス、本気でこんなことを――」

「するのよ」

「まあ、サムにになら、ひとつ貸しがないこともないが……」ケヴィンは考えた。「二年ほど前に、ブドウ園の整地を手伝ったんだ。ただ同然でね」

「それよ！　そのことをうまく利用して、サム・ノーランに姉さんを連れだしてもらって」

ホリーを連れてブドウ園に出ようと、サムは姪の細い体をひょいと肩の上にのせた。ホリーはきゃっきゃっと笑って喜んだ。「高い高い！　見て！　わたし、高い！」

ホリーはタンポポの綿毛かと思うほど軽く、サムの額をつかんでいる手も小さい。

「朝食のあと、手を洗えと言っただろう？」

「洗わなかったって、どうしてわかるの？」

「にちゃにちゃしてる」

頭の上で、また笑い声があがった。今朝は、スモア・パンケーキを作って食べた。スモアとは、本来、焼きマシュマロと板チョコレートをグラハムクラッカーに挟んだデザートだが、それをパンケーキに応用したのがサムとホリーの創作メニュー、スモア・パンケーキだ。兄のマークがいたら、そんなものは絶対に食べさせてもらえない。だが、昨晩、マークは婚約者のマギーの家に泊まった。そういうときサムは、家のなかの決まりを少しだけ破ってもいいことにしている。

ホリーの足首を握り、トラクターのエンジンをかけようとしているスタッフに声をかけた。トラクターには、四、五列のブドウの木をいっぺんに覆えるほどの大きなネットがのせられている。

ホリーはサムの頭にしっかりと腕をまわした。ホリーの手で目が半分ほど隠れた。

「今日、お手伝いしたら、おキュウリョウはどれくらい?」

サムは笑みをこぼした。肩にのっている体重の軽さも、砂糖の香りがする甘い息も、ずっとはしゃいでいる元気のよさも、すべてがかわいくて仕方がない。ホリーと出会うまでは、ピンク色と紫色が好きで、ラメ入り糊とぬいぐるみとおとぎ話を愛する小さな女の子というのは謎の生き物だった。

ノーラン家では厳正なる男女平等の精神にのっとり、いまだ独身のおじふたりは、ホリーに釣りや、キャッチボールや、釘の打ち方を教えている。そんなふうに育てられても、ホリーはリボンや、きらきらするものや、ふわふわしたものが大好きだ。今、かぶっている野球帽もピンク色で、銀色のティアラの刺繍が施されている。

先日、サムはホリーに何枚かの新しい服を買い、もう小さくなったものを片付けた。ホリーが成長するにつれ、服やおもちゃが新しいものに変わるばかりか、ちょっとした言いまわしや習慣までが失われつつある。そこでサムは思い出の品をいくつか箱に入れて屋根裏にしまい、いつかホリーに話せるようにと、ホリーの母親との笑える出来事や、心温まる思い出をメモに書きとめている。

ときどき、ホリーがいかにかわいくて、どれほど賢いか、妹のヴィクトリアと話せたらいいのにと思うときがある。ホリーがどんどん変わっていくことや、ホリーのおかげで自分たちも変わっていることを語りたい。妹が生きていたときには思いも寄らなかったことが、今ならわかる。シングルマザーとして子供を育てるのはどれほど大変だっただろう。ちょっとした買い物に出かけるだけでもひと苦労だ。ホリーを外へ連れだそうとすると、いつも靴を探しだすだけで一五分はかかる。

だが、ホリーを育てていると、思いもしなかった喜びが味わえることも多い。ホリーに靴紐の結び方を教えたのはサムだ。それまでホリーの持っていた靴はすべてマジックテープが使われていた。だから靴紐タイプの靴を買ってきたとき、ホリーは紐を結べなかった。六歳なのでそろそろできるだろうと思い、サムはホリーに蝶結びのやり方を教えた。

ホリーが眉根を寄せて一生懸命に蝶結びを作っている姿を見ていると、胸に熱いものがこみあげてきて、目が潤んだ。これが父親の感情というものに違いないと悟った。妹のヴィクトリアにその話をしたかったし、妹が生きているときは、いくらでも機会はありながら何ひとつ手を貸さなかったことを申し訳なく思った。

だが、ノーラン家の人間は皆、そうなのだ。

ライトのつくスニーカーが、胸の上で軽くばたばたと動いた。「ねえ、おキュウリョウはどんだけなの?」ホリーがまた訊いてきた。

「今日はふたりとも、ただで働くんだ」

「それはホーリツを破ってるよ」

「ああ、ホリー、ホリー。児童労働法に違反したからといって、サムおじさんを警察に突きだしたりはしないだろう?」

「する」ホリーは楽しそうに言った。

「じゃあ、一ドルでどうだ」

「五ドル」

「なら、一ドルと、今日の午後、フライデーハーバーでアイスクリームを食べるのは？」

「それでいい！」

今日は日曜日だ。まだ朝なので、あたりにはもやがかかり、海は穏やかで、朝日を反射して銀色に輝いている。だが、ブドウ園にはすでにトラクターのエンジン音が響いていた。

「なんでブドウの木にネットをかけるの？」

「鳥がブドウの実を食べないようにするためだよ」

「なんでもっと早くにしないの？」

「花のときや、実ができたばかりのころは大丈夫なんだ。でも、そろそろ着色期《ヴェレゾン》に入るからね」

「ヴェレゾンって何？」

「ブドウの実がどんどん大きくなって、色がついて、甘くなる時期のことさ。つまり、ブドウの実が大人になるってことだな。ぼくみたいに」

サムは足を止め、そっとホリーをおろした。

「どうしてヴェレゾンって言うの？　普通に大きくなる時期って言えばいいのに」ホリーが訊いた。

「フランス語なのさ。響きがきれいだろう」

すべてのブドウの木をネットで覆うには二、三日かかる。ネットをかけることで、鳥がブドウの実を食べるのを防げるし、スタッフが成長の悪い房を摘みとる作業もやりやすくなる。何枚かネットをかけ終わると、サムはまたホリーを肩にのせた。ネットの端にブドウの蔓を通す作業のやり方を、スタッフのひとりがホリーに教えた。

ホリーは小さな手でその作業をまねた。手元を見あげているホリーのピンク色の野球帽が朝日を受けて輝いている。「お空を縫ってるみたい」ホリーが言った。サムはほほえんだ。

昼どきになり、スタッフが休憩に入った。サムはホリーを先に家へ帰し、手を洗っておくようにと言いつけた。そしてひとりでブドウ園を歩き、葉のささやきに耳を傾け、木に触れた。そうしていると、蔓がかすかに震えるのがわかった。幹が根から水を吸いあげ、葉が日光を吸収し、実が糖分をためることで、重く柔らかくなりはじめているのがてのひらに感じられる。

木の上で手を動かすと、葉が手のほうへなびくのが見えた。

近所の家の庭をいじっていた子供のころから、植物とはどこか心が通じあう感覚があった。その家に住んでいたのはフレッドとメアリーのハービンソン夫妻で、年を取ったふたりには子供がいなかった。サムが一〇歳ごろのとき、誕生日のプレゼントにもらったブーメランで遊んでいたら、そのブーメランがハービンソン家の窓を割ってしまった。

フレッドがブーメランを持って、おぼつかない足取りで外へ出てきた。背が高く、体つきはオークの木のようにごつごつしていたが、それでも地味で無骨で厳しそうな顔には優しさも感じられた。「逃げなくていい」今にも走りだそうとしていたサムは、その言葉を聞いて思いとどまり、おずおずと相手を見あげた。

「ブーメランは返してあげよう」フレッドは言った。「だが、窓ガラスを割ったのだから、少しは働きなさい。うちの奥さんが、庭の草むしりをしてほしいと言っている」

フレッドは背が高くてひょろっとしていたが、メアリーは背が低くてぽっちゃりしていた。サムは第一印象でメアリーが大好きになった。メアリーはどれが草花でどれが雑草か教えてくれた。サムはさっそく仕事に取りかかった。

ハービンソン家の庭で草をむしったり、メアリーに言われるままに球根を植えたり、種をまいたりしているうちに、植物が言葉こそ使わないものの、自分に何かを語りかけているような気がしてきた。だから夫妻の許可を求めることなく、道具小屋から小さなスコップを持ちだしてサクラソウをもっと日のあたる場所へ移したり、ヒエンソウやシャスタデイジーの苗を言われたところとは違う場所に植えたりした。

ブーメランを返してもらってからも、毎日放課後になるとハービンソン家へ通った。キッチンテーブルで宿題をしていると、メアリーがいつも冷たいミルクと塩味のクラッカーを出してくれた。サムはハービンソン家にあるガーデニングの本を読みあさった。サムが頼むと、メアリーはなんでも用意してくれた。土、藻、種粉、砕いた卵の殻、石灰、ドロマイト。それに、市場で売れ残った魚の頭までもらってきてくれた。それらを使ってせっせと庭いじりをした結果、ハービンソン家の庭はさまざまな色の花が咲き乱れるようになった。その見事なさまは、道行く人が思わず車を停めて眺めるほどだった。

「すごいわ、サム」メアリーはうれしそうに言い、しわの寄った顔に優しげな表情を浮かべてにっこりした。サムはその笑顔が大好きだった。「あなたにはガーデニングの才能があるのね」

才能というのとは少し違うとサムは思っていた。サムは庭と心が通いあっている。ほかの人は気づいていないが、地球は生きていて、感覚も持っているのだということがサムにはわかっていた。誰に教えられなくても、月の満ち欠けに応じてどの種をまくべきか、植物がどれくらいの水や日光を必要としているのか、土には何を加えればいいのか、マリーゴールドを植えることでどうやってアブラムシの数を調整するかといったことを、本能的に感じとれた。

サムはメアリーのためにハービンソン家の裏庭に菜園を作り、大きくて味のいい野菜やさまざまなハーブを収穫した。カボチャはきゅうりの横に植えてほしがっているとか、豆はセロリの隣はいいけれど玉ねぎの隣はだめだとか、カリフラワーは絶対にトマトと並べてはいけないとか、そういうことが直感でわかるのだ。サムが菜園の手入れをしているときは、蜂が飛んできても刺さなかったし、蠅は寄ってこなかったし、木々はできるかぎり枝を伸ばしてサムのために日陰を作ろうとした。

将来、ブドウ園を持ったらどうかとサムにすすめたのはメアリーだった。

「ワインは飲むものじゃなくて、愛するものなのよ。生きるために必要なの」

サムは子供時代を思い起こしながら、ブドウ園の端にある一本の木を見に行った。その一本だけは、ほかの木とはまったく違っていた。大きくてこぶが多く、生きてはいるが葉が茂らない。堅いつぼみがあるだけで、実がつかないのだ。サムがどれほど手をかけてもだめだった。それに、心を通いあわせることもできなかった。この木は何も語りかけてこない。

このブドウの木は、ここレインシャドー・ロードに土地を買い、周辺を見てまわったときに見つけたものだ。一見したところ、ヨーロッパ人がアメリカに入植したときに持ちこんだヴィニフェラ種のようだが、それはありえなかった。当時のヴィニフェラ種はヨーロッパとは違う昆虫や病気や気候のせいで全滅した。そこでフランス人はヴィニフェラ種をアメリカ産のブドウの木とかけあわせ、病気に強い台木に接ぎ木をしなくても実をつける品種を作ったのだ。もしかすると、この木は当時の改良品種の生き残りかもしれない。だが、それにしても、これまでに見聞きしたどの品種にも似ていなかった。写真とサンプルを専門家に送ってみたが、それでも品種は明らかにならなかった。

「おまえはどうしてほしいんだ？」サムは大きな葉にそっと手をあてた。「教えてくれよ」

ほかの木なら、こうしていると土や根のエネルギーを感じとることができるし、気温や湿度、日光や栄養素など、木が何を求めているのかも伝わってくる。だが、この木は傷ついたまま、サムの存在に気づくこともなく、ただ黙りこくっていた。

ブドウ園を離れ、昼食を作るためにキッチンへ行った。冷蔵庫からミルクとチーズを取りだし、グリルチーズサンドイッチを焼く準備をしていると、玄関のベルが鳴った。

ケヴィン・ピアソンだった。顔を見るのはおよそ二年ぶりだ。ケヴィンとは別に友人でもなんでもないが、同じ島で育てば関わり合いは避けられない。ケヴィンは昔からハンサムで人気があり、スポーツが得意で、いつも美人とつきあっていた。

それに比べてサムは痩せていて、いつも科学月刊誌『ポピュラーサイエンス』の最新号か、『指輪物語』を書いたトールキンの小説を読んでいた。妹を除けば三人兄弟の真ん中で、フォルス湾の潮だまりに生息している二枚貝やシャコやゴカイにばかり興味を持っている変わった子供だったため、父からはあまりかわいがられなかった。スポーツはできたが、兄のマークのように楽しむことはなく、弟のアレックスほど打ちこむこともなかった。

ケヴィンについては強烈な記憶がひとつある。中学一年生のとき、医学か科学の分野で活躍している人を取材するという理科の自由研究の宿題で、ケヴィンとペアを組まされた。ふたりは島の薬剤師を選び、話を聞いて発表の内容を大きな紙にまとめ、薬理学の歴史についてレポートを書かなければならなかった。ところがケヴィンは少しも協力しようとせず、結局サムがひとりで宿題を完成させた。評価は〝A〟だった。もちろん、ケヴィンにも〝A〟が与えられた。何もしていないくせにおまえまで〝A〟を取るのはおかしいとサムが言うと、ケヴィンはさげすみの目でこちらを見た。

「ぼくが何もしなかったのは、おまえんちに行っちゃだめだと父さんに言われてたからさ」

ケヴィンは言った。「おまえの父親と母親は酔っ払いだもんな」

サムは反論できなかった。

「だったら、ぼくをそっちへ呼べばよかったじゃないか」サムはぶすっとして言い返した。「発表用の大きな紙だって書かなきゃいけなかったのに」

「わかんないやつだな。おまえなんかをうちに呼べるわけないだろ？　どこの親も、自分ちの子がノーランの子供と友達になるのはいやがるんだよ」

返す言葉がなかった。たしかに両親は派手に喧嘩をするし、子供たちの前だろうが、近所の人が見ていようが、かまわず怒鳴りあう。ついでに金やセックスのことなど、黙っていればいいことまで口走ってしまう。両親が互いを傷つけ、おとしめているかたわらで、子供たちは学んだ。できるものなら両親とはいっさい関わりあいたくないと。

そのあと、一三歳ぐらいのときだったか、父が海難事故で亡くなった。それをきっかけに、ノーラン家は家庭としての機能を失った。家族そろって食事をする機会はなくなり、何時に寝ようが誰もうるさく言わなくなった。五年後に母が酒の飲みすぎで他界したときも、誰も驚かなかった。ノーラン家の子供たちは母の死をそれなりに悲しみはしたが、それでもどこかほっとした気持ちがあったのは事実だ。もうこれで真夜中に電話がかかってきて、母が店で飲みすぎて大騒ぎしたうえに車の運転ができなくなったので、迎えに来てくれと言われることはなくなった。もう屈辱的な冗談をささやかれることはないし、降ってわいたように問題が発生することもない。

それから時が流れ、サムはレインシャドー・ロードに土地を買い、そこをブドウ園にするために重機が必要になって、造園業を始めたと聞いたケヴィンに連絡を取った。ビールを飲みながら冗談を交わし、いくらか昔話さえした。ケヴィンは心ばかりの謝礼で、快く整地を引き受けてくれた。

だが、今日ケヴィン・ピアソンがここを訪ねてくる理由にはまったく心あたりがなかった。サムは握手するために手を差しだした。「やあ、久しぶりだな」

「元気か？」ケヴィンは言った。

ふたりは互いをちらちらと見やった。おかしなものだとサムは思った。子供のころは自宅に呼んではいけないと言われていたろくでなしのノーラン家の息子の住まいを、今この男は訪ねている。昔はいじめっ子といじめられっ子だったが、今はもう意地悪をすることも、ばかにすることもできない。対等の関係になったのだ。

ケヴィンはカーキ色のズボンのポケットに両手を突っこみ、玄関のなかに入ると、ぼんやりと笑みを浮かべて玄関ホールを見まわした。「ずいぶん改装が進んだな」

「おかげで忙しくしてるよ」サムは愛想よく答えた。

「マークとふたりで姪っ子の面倒を見てるんだって？」ケヴィンは口ごもった。「ヴィクトリアのことは心から残念に思うよ。すてきな女性だったのにな」

ろくでなしノーラン家の娘でもか？　サムはそう思ったが、口には出さなかった。

「これから、その姪っ子と昼食をとるんだ。おまえも食べていくか？」

「いや、いい。そんなに長くいられるわけじゃないから」

「グリルチーズサンドイッチを作ってたところなんだ。キッチンで話を聞いてもいいか？」

「もちろん」ケヴィンはあとをついてきた。「じつは頼みごとがあって来たんだ。結果的にはぼくに感謝することになるかもしれないが」

サムは戸棚からフライパンを取りだし、オリーブオイルを入れた。独身男性にとっては定番のビールとピザという食事ではホリーは育たないことに早い時期に気づき、それからは料理に取り組みだした。まだまだ覚える事柄はたくさんあるが、とりあえず家族三人を餓死させない程度の料理は作れるようになった。

電子レンジ使用可の皿にトマトスープを入れながら、ケヴィンに尋ねた。

「で、その頼みごとってのはなんだ？」

「二カ月ほど前に恋人と別れたんだ。ところが、ちょっと面倒なことになってね」

「ストーカー行為でもされているのか？」

「いや。そういうわけじゃないんだが、彼女が誰ともデートをしようとしないんだよ」

熱いフライパンにチーズサンドイッチを落とした。パンの焼けるいい音がしてきた。

「別れたばかりなんだから、そんなものだろう」

「まあね。でも、早く立ちなおってほしいんだ。それで……誰かいい相手はいないかと思ったわけだ。彼女が楽しくデートできるような男さ。聞いたところによると、おまえ、今は誰ともつきあってないんだよな？」

ケヴィンが話をどこへ持っていこうとしているかに気づき、サムは目を丸くして大笑いした。「おまえのおさがりなんかに興味はないし、感謝することには絶対にならない」

「そんなにひどい女性じゃないぞ。すばらしい人で、セクシーで……いや、セクシーというのはちょっと違うが、でも美人だ。それにとても優しい」

「そんなにいい相手なら、どうして別れたんだ？」

「それは……彼女の妹といい仲になってしまったんだ」

サムはケヴィンをにらみつけた。

「好きになってしまったんだから仕方がないだろ？」ケヴィンは反論した。

「そうだな。だが、ぼくはそんな危険物を引き受けるつもりはない」

「なんだ、その危険物ってのは？」ケヴィンがきょとんとする。

「そんなことがあったあとなら、精神的に荒れてるだろう。割れたガラスの破片みたいに鋭くとがった状態かもしれない」サムは慣れた手つきでチーズサンドイッチを裏返した。

「そんなことはないさ。もう心の傷は癒えてる。ただ、当人がそれに気づいてないだけなんだ」

「デートするかどうかなんて本人の意思に任せておけばいいじゃないか。どうしてそんなに介入したがるんだ？」

「向こうの家族がちょっとね。じつは、アリスと婚約したんだ」

「それが妹の名前か？　そりゃあ、おめでとう」

「ありがとう。だが……あっちの両親が怒ってて、結婚式の準備も手伝わないし、費用も出さないと言ってるんだ。アリスはまた仲のいい家族に戻ってほしいと思ってるが、姉のほうがまた誰かとデートでもするようにならないかぎり、それは難しい」

「せいぜい頑張ってくれ」

「おまえにはひとつ貸しがある」

サムは眉をひそめ、トマトスープを電子レンジに入れてスタートボタンを押した。

「やっぱりそうきたか」

「あのときはきれいに整地してやっただろ？　それに、野生のブドウの木もちゃんと移し替えた」

それは本当だった。ブドウの木があった場所はのちに道路ができる予定の土地だったため、あのとき移植しておかなければ、今ごろは引っこ抜かれていたはずだ。それに、ケヴィンは手間のかかる難しい仕事をきれいに仕上げてくれたばかりか、費用も請求しなかった。

だから、たしかに借りはある。

「何回、連れだせばいいんだ？」サムはそっけなく尋ねた。

「二回ほどでいい。一度は酒でも飲んで、もう一度は食事ってのはどうだ」

サムは湯気の立つグリルチーズサンドイッチを皿に移し、ホリーの分を四つの三角形に切りわけた。「その彼女が誘いに応じるかどうかはわからないが、とにかく首尾よく連れだせたらそれで貸し借りはなしだ。いいか？」

「もちろんだ」ケヴィンは即答した。

「どうやってぼくと引きあわせるつもりだ？」

「それが……」ケヴィンはばつの悪そうな顔をした。「そこのところは自分でなんとかしてほしいんだ。ぼくが関わったりしたら、彼女はいやがるに決まってるから」

サムは信じられない思いでケヴィンを見た。「それじゃあ、ぼくはおまえの傷ついた元恋人を自力で探しだし、ぼくとデートするように自分で説得しろというのか？」

「まあ、そういうわけだ」

「断る。それくらいなら、整地代を支払ったほうがましだ」

「金なんかいらない。とにかく、彼女をどこかに連れていってほしいんだ。一回は酒、一回は食事」

「男娼になった気分だね」サムは嫌みを言った。

「寝ろと頼んでるわけじゃない。だいたい彼女は――」

「ダンショーって何？」ホリーがキッチンに来てサムの腰に腕をまわし、笑顔で見あげた。

「ダンショウっていうのは……」サムはホリーのピンク色の野球帽をくるりとまわし、つばをうしろに向けた。「談笑というのは、みんなで仲よく話すことだよ。でも、マークおじさんの前で使っちゃだめだ。ぼくが唇をむしりとられてしまう」ホリーに引っ張られ、サムは腰をかがめた。

「この人、誰？」ホリーがささやく。

「昔からの友達だ」サムは答えた。グリルチーズサンドイッチをのせた皿を手渡し、ホリーをテーブルに座らせ、トマトスープを取りに戻った。ケヴィンにちらりと目をやり、尋ねた。

「写真はあるのか？」

ケヴィンが尻のポケットから携帯電話を取りだし、画面をスクロールさせた。

「あった。あとでおまえの携帯に送っとくよ」

サムは携帯電話を受けとり、画面に表示された女性の写真に目をやった。そして、それが誰だかわかると、思わず息を止めた。

「ガラス工芸作家なんだ」ケヴィンの説明する声が聞こえた。「名前はルーシー・マリン。今は〈アーティスト・ポイント〉で暮らしてる。フライデーハーバーに工房があって、そこでステンドグラスとか、ランプシェードとか、モザイクとか、そんなのを作ってる。な、美人だろ？」

おもしろいことになったとサムは思った。ルーシーとはすでに面識があり、昨晩、〈アーティスト・ポイント〉まで送ったことを話そうかとも考えた。だが、しばらくは黙っておくことにした。

気まずい沈黙のなか、テーブルからホリーの声がした。

「サムおじさん、トマトスープは？」

「ほら、どうぞ」サムはスープの皿をテーブルに置き、ナプキン代わりにキッチンペーパーを一枚引きちぎると、その端をホリーの襟元に押しこんだ。

そして、ケヴィンに向きなおった。

「やってくれるか？」ケヴィンが訊いた。

「いいよ」サムは気軽に答え、ドアを手で示した。「玄関まで送ろう」

「ルーシーが気に入れば、アリスにも会ってみるといい。妹のほうが断然、セクシーだぞ」

自分のほうがいい女を選んだと言わんばかりの口調だ。

「そうか」サムは答えた。「だが、ぼくはこっちのほうが好みだ」

「わかった」ケヴィンはほっとしたというよりは不思議そうな顔をした。「それにしても正直なところ、こんなに簡単に引き受けてもらえるとは思ってなかったよ」

「かまわないさ。だが、ひとつだけわからないことがある」

「なんだ？」

「どうしてルーシーと別れたんだ？　若くてセクシーなほうがよかったなんて、くだらないことを言うなよ。そんなのはどうでもいい。本当の理由はなんだ」

ケヴィンが不意を突かれた表情をした。何もないところでつまずき、目に見えない石でも落ちていたんじゃないかと振り返ったときのような顔だ。「ルーシーのことはもうすべてわかってしまったというか……要するに、飽きたんだよ。だから、もう終わりにしたわけさ」

サムがかすかに笑ったのを見て、ケヴィンは顔をしかめた。「何がおかしい？」

「別に何も」ケヴィンに話すつもりはなかったが、思わず苦笑したのは、こと男女交際に関しては、自分のしていることもケヴィンとたいして変わりはないと思ったからだ。自分は女性と長く安定した関係を結ぶことができないし、またそうしたいとも願っていない。

サムはケヴィンを玄関まで送り、ドアを開けた。

「首尾よくいったかどうか、ぼくはどうしたらわかる？」ケヴィンが尋ねた。

「そのうち噂が耳に届くさ」今夜、ルーシーに電話をかけることを、ケヴィンに話すつもりはなかった。

「できればすぐに知りたい。うまくいったら、携帯にメールをくれないか」

サムはドアにもたれかかり、からかうような顔をした。「携帯にもパソコンにもメールはしないし、パワーポイントを使ったプレゼンテーションもなしだ。約束どおり、ルーシーはデートに誘いだす。だが、いつそうしようが、そのあとどうなろうが、おまえには関係ない」

9

翌朝、ルーシーは携帯電話にサム・ノーランからのメッセージが残っていることに気がついた。

「コンドミニアムの件、オーケーだ。きれいな港の景色が見える部屋だよ。〈アーティスト・ポイント〉から徒歩二分。興味があったら電話をくれ」

勇気を奮い起こして折り返しの電話をかけたのは昼ごろだった。いつもなら、したいことがあれば、実行に移すのをためらったりしない。だが、ケヴィンと別れてからというもの、それまでは考えなかったことまで気になりだした。とりわけ、自分自身に関しては。

この二年間はケヴィンとの生活にどっぷりとつかり、友人とはあまりつきあいがなかったし、自分の意見や希望も脇へ置いてきた。もしかすると、その代償としてケヴィンに口うるさくなったのだろうか？　そんなことを考えると、自分に自信が持てなくなり、どう行動すればいいのかわからなくなる。ただ、ひとつだけ、はっきりしていることがあった。それはサム・ノーランとは軽い気持ちで遊ばないほうがいいということだ。彼とデートをしたところで、真剣な交際に発展する見込みはない。

昨晩、ジャスティンに相談したとき、彼女はこう言った。

「別に真剣な交際じゃなくてもいいんじゃない？」

「だって、先がないとわかっているのにつきあっても仕方がないわ」

「わたしの経験から言えば、そんなつきあいだって得るものは大きいわよ。目的地に着くのと旅を楽しむのと、どっちが大事だと思う？」

「旅を楽しむほうだと言わせたいんだろうけど」ルーシーはむっつりと答えた。「今のわたしには目的地も大事なの」

ジャスティンが笑った。「だったら、サムのことは道端にあるオブジェだと思いなさいよ。それも、とびきりおもしろいやつ。ちょっとくらい立ち寄って、眺めてみてもいいんじゃない？」

ルーシーはくだらないという目でちらりとジャスティンを見た。「かの有名な、紐で作った世界最大のボールとか？　車で作ったストーンヘンジならぬカーヘンジとか？」

皮肉のつもりだったが、ジャスティンは大真面目に答えた。

「そのとおり！　移動遊園地でもいいわ。ジェットコースターに乗れるわよ」

「ジェットコースターなんて大嫌い」ルーシーは答えた。「目はまわるし、気持ち悪くなるし。それに、どうせぐるりとまわって同じ場所に戻ってくるだけだもの」

ルーシーの招待で、その日の午後、サムが工房を訪ねてきた。黒いポロシャツとすりきれたジーンズという格好で、陽に焼けた顔に青みがかったグリーンの目を輝かせている。ルーシーは妙に動揺しながら、サムを工房に招き入れた。

「いいところだな」サムが室内を見まわした。

「もとはガレージだったのを、オーナーが改装したの」ルーシーは、照明が内蔵された作業台や、はんだ付けステーションや、ステンドグラスを作るためにカットしたガラスを見せた。棚の一画には防水性の高いパテの缶や、道具やブラシが並んでいる。しかし、なんといっても工房でいちばん存在感があるのは、床から天井まであるもうひとつの棚で、そこにはさまざまなガラスが垂直に保管されていた。「いいものを見つけると、つい手元に置きたくなってしまうのよ。アンティークのガラスもあるわ。いつか歴史的建造物の修復に使えるんじゃないかと思って」

「これはなんだい？」サムは銀色のまじった青みがかったグリーンのガラスを指さした。

「きれいだな」

ルーシーはそばに寄り、そのガラスを指でなぞった。「二〇年ほど前のものよ。タコマで公共施設に巨大なアート作品を作ろうとしたんだけど、予算不足でだめになったの。そのときに作られた試作のガラスが、ある人の納屋にずっと置きっぱなしにされていてね。その人はこのガラスを手放したいと思っていて、たまたま共通の友人がいたものだから、その人を通じてわたしがただ同然で頂戴したというわけ」

「何に使うんだ？」熱心に語るルーシーの様子を見て、サムはほほえんだ。

「まだ決めていない。でも、特別なものに使いたいわ。このブルーとグリーンの発色がなんとも言えずいいでしょう」ルーシーはちらりとサムを見あげ、つい何も考えずに言ってしまった。「あなたの瞳みたい」

サムが眉をつりあげた。

「変な意味はないのよ」ルーシーは慌ててつけ加えた。

「もう遅い。自分に都合のいいように聞いてしまったよ」サムは部屋の隅にある電気炉のほうへ行った。「窯だね。何度ぐらいまであがるんだ？」

「八〇〇度ちょっとよ。ガラスを柔らかくするために使っているの。型にはめて焼くときもあるわ」

「吹きガラスは？」

ルーシーは首を振った。「吹きガラスをするには、ずっと高温を保てる溶解炉が必要なの。それに、昔やってみたけど、わたし向きじゃないと思ったわ。わたしはやっぱりステンドグラスのほうが好き」

「どうして？」

「光を創作できるから。ステンドグラスは世界をどういうふうに見るかということを表現するアートなの。だから、感情が作品に出るわ」

サムは作業台にあるスピーカーを顎で示した。「音楽を聴きながら仕事をするのかい？」

「ええ、だいたいはね。複雑なカットをしているときは静かなほうがいいけれど、それ以外はそのときの気分でいろんな曲をかけているの」

サムはさらに工房のなかを見てまわった。「ガラスに興味を持ったのはいつごろから?」

「小学校の二年生のときよ。父が吹きガラス工房へ連れていってくれてね。それがきっかけで、ガラスのとりこになったわ。長いあいだ仕事を休んでいると、無性にガラスをいじりたくなる。仕事は瞑想みたいなものよ。仕事があるから、自分らしくいられるの」

サムは作業台に戻り、ルーシーが描いた下絵に目をやった。

「ガラスは男? それとも女?」

ルーシーは驚いて笑い声をあげた。そんなことを尋ねられたのは初めてだ。じっくりと考えてみた。ガラスはパートナーのようなものだ。こちらがどうこうしようとするのではなく、ガラスにしたいようにさせるのが大事だ。また、ガラスを扱うときは力も必要ながら、優しさも欠かせない。「女性だと思う」ルーシーは答えた。「ワインはどっちなの?」

「フランス語では男性名詞だ。でも、ぼくにとっては、もちろんワインによって違う」サムは笑顔を見せた。「この業界には、ワインを男性的だとか女性的だとかいうのはおかしいという意見があってね。たとえば軽くて繊細に仕上がったシャルドネは女性的だとか、こくがあって香り高いカベルネは男性的だとか。でも、そうとしか表現しようがないものもあるのにな」またステンドグラスの下絵に目をやった。「自分の作品を手放すのが寂しくなるときはないのかい?」

「いつもよ」ルーシーは自嘲気味に笑った。「でも、それなりに慣れたわ」

しばらくするとふたりは工房をあとにし、フライデーハーバーを歩いてコンドミニアムへ向かった。途中にはきらびやかな画廊やしゃれたレストランがあり、そのあいだに押しこまれるように昔ながらのアイスクリームショップやコーヒーショップが並んでいる。空気は湿り、ときおり入港するフェリーの警笛が聞こえるものの、いたってのんびりとした雰囲気だ。船のディーゼルエンジンと潮の香りにまじって、陽焼け止めとシーフード・フライの匂いが漂っていた。

サムの兄が所有するコンドミニアムは、ウェスト・ストリートに面した多目的施設のなかにあった。ところどころ階段状になった遊歩道がフロント・ストリートまで続き、モダンでスタイリッシュな建物は窓が大きく、広いバルコニーがついている。室内に入ったルーシーは、驚きを隠しきれずに声をあげた。壁と床は空と大地をイメージした色でまとめられ、現代的なデザインの家具が置かれている。

「どうだい？」すべての窓から見える景色を確かめていると、背後からサムが尋ねた。

「とてもすてき」ルーシーはしみじみと言った。「でも、わたしには手が届かないわ」

「どうしてそう思うんだ？　まだ家賃の話もしていないのに」

「これまで住んできたのはたいした部屋じゃないけど、そこだってわたしにとっては高かったもの」

「兄貴は早く誰かに貸したがってるんだ。でも、ここは万人向きじゃなくてね」

「こんなすてきな部屋を気に入らない人がいるの？」

「階段を使わなければならないし、プライバシーを考えると窓が大きすぎる」

「わたしには完璧だわ」

「じゃあ、きみに貸そう」

「どういう意味？」ルーシーは警戒した。

「きみが支払える金額にすればいい」

ルーシーは首を振った。「借りを作るのは気に入らないの」

「借りを作ることにはならないさ」

「なるわよ。便宜を図ってもらったら、お返しをしなくちゃと思うわ。まして金銭的な便宜ならなおさらよ」

サムがむっとした顔になった。「ぼくがそんなことで有利に立とうとする人間に見えるのか？」彼が近づいてきた。ルーシーは反射的にあとずさりしたものの、御影石を使ったカウンターにぶつかり、それ以上うしろへさがれなくなった。「いつの日か、黒いシルクハットをかぶって口髭をもてあそびながら、家賃の代わりに体の関係を要求するような男に見えるかい？」

「もちろん、そういうわけじゃないけど」サムがカウンターのルーシーの両脇に手をついた。追いつめられた形になり、ルーシーは落ち着かない気分になった。「とにかく、わたしがいやなの」

サムがさらに迫ってきた。体こそ触れていないが、あまりに距離が近いため、陽に焼けた喉が目の前に見える。

「ルーシー」サムは言った。「きみは警戒しすぎだ。ぼくは無理強いするつもりはない。そりゃあ、きみがぼくを友達以上に見てくれたら、ぼくはフライドポテトをくわえた鳥さながらに舞いあがってしまうだろう。でも、そんなふうにならなくてもかまわないから、とにかくケヴィン・ピアソンみたいな男とは一緒にしないでほしい」

ルーシーは驚いて目をしばたたいた。息が苦しい。「ど、どうしてケヴィンのことを?」

「昨日うちへ来て、きみのことで頼みがあると言った」

「彼が……あなたの家へ? ケヴィンと知り合いなの?」

「知り合いなんてもんじゃないね。中学一年のときは、ふたりで力を合わせるべき理科の自由研究を、すべてぼくひとりでやった間柄だ」

「ケヴィンはなんて言ったの? あなたに何を頼んだの?」

「きみの妹さんと結婚するらしいな。ところがご両親が怒っていて、妹さんがきみとの関係をなんとかしないかぎり、結婚費用は出さないと言っているらしい」

「結婚費用のことは知らなかったわ。妹はさぞ頭に来ているでしょうね。ずっと仕送りを受けていたから」

サムはカウンターを押してルーシーから離れ、スツールに乱暴に腰をおろした。「そこで、ケヴィンとアリスは考えた。この問題を解決するには、きみを誰かとくっつけるのがいちばんだと。きみが男と交際するようになって、脳内物質がわんさと出れば、もう自分たちが結婚しても気にならなくなるんじゃないかとね」

「それであなたが指名されたわけ？」ルーシーは信じられない思いで尋ねた。「わたしの脳内物質を出す係に？」

「そういうことだ」

ルーシーは息もできないほどの怒りに包まれた。「わたしはどうすればいいのよ」

サムが肩をすくめる。「きみがしたいようにすればいい」

「たとえあなたと出かけてもいいと思っていたとしても、それはもう無理ね。あのふたりに笑われるだけだもの。だまされやすいやつだって」

「笑い返してやればいいさ」

「そんなのはどうでもいい。それより、いっさい関わりたくないわ」

「わかった」サムは答えた。「ケヴィンには断られたと言っておくよ。どうやらぼくは好みじゃないらしいってね。だけど、そうしたらケヴィンたちは次の男を送りこんでくるだけだと思うぞ」

ルーシーはヒステリックに笑った。「信じられない。あのふたりったら、よくそんなくだらない作戦を思いついたわね。どうしてわたしを放っておいてくれないの？」

「それは、ご両親が結婚資金を出すのに条件をつけたからだろう」

「どんな条件よ」

「きみが幸せになること」

「ばかみたい！」ルーシーは声をあげた。「うちの家族はみんな変だわ」

「その点ではきっと、ノーラン家にはかなわないだろうな」

ルーシーはもうサムの話を聞いていなかった。「今になって何よ。これまでに何千回だって、わたしの味方になってくれてもよさそうなときがあったのに、両親はそうしてくれなかった。なのに、急にわたしの幸せを願うようになったですって？　冗談じゃないわ。みんな、消えていなくなればいい。あなたもよ」

「おいおい、ぼくはただ知っていることを伝えただけだぞ」

「ああ、そうね」ルーシーはサムをにらみつけた。「あなたは問題の根源じゃない。それどころか、問題を解決してくれる人よ。なんといっても、脳内物質を出す係なんだから。いいわよ、だったらさっさと仕事をしなさい」

サムはまばたきした。「なんの話だ？」

「脳内物質をわんさと出させてみてよ。みんながそれで喜ぶのなら、わたしも異存はないわ。せいぜいムードたっぷりに熱いひとときを味わわせてちょうだい」

サムが半信半疑の顔になった。「じゃあ、先にランチでもどうだい？」

「いいえ」ルーシーは激怒していた。「さっさとすませましょう。寝室はどこ？」

サムはこの状況を楽しむべきか、それとも心配すべきか、迷っている表情を見せた。「復讐するためにぼくと寝たいというなら、喜んで力になるが……。でも、その前に、誰に対して怒ってるのか教えてくれないか」

「みんなよ。わたし自身も含めてね」

「だったら、ぼくと寝たところで誰にも復讐はできないんじゃないか？　まあ、ぼくとしてはうれしい話だけれどね。でも、それはこの際、どうでもいい」サムはルーシーに近づき、両方の肩に手を置いて、落ち着けというように軽く揺さぶった。「ほら、深呼吸をしろ。体から力を抜くんだ」

ルーシーは言われたとおりに何度も深呼吸をした。しだいに怒りが収まり、うなだれていった。

「さあ、ランチをとりに行かないか？」サムが言った。「ワインを一本開けて、話をしよう。それでもまだ復讐したいなら、そのときは喜んで手を貸すよ」

10

ふたりはコンドミニアムを出て、フロント・ストリートを渡り、人気のシーフード・レストラン〈ダウンリガーズ〉に入った。こんな気持ちのいい初夏の季節には、外の席でショー島を眺めながら食事をするのが最高だ。サムは白ワインと、前菜に炭火で焼いたアラスカ産マゼランツキヒガイのベーコン巻きにコーンレリッシュを添えたものを注文した。

ベーコンの塩気とスイートコーンの甘みによって、マゼランツキヒガイのとろける味わいがいっそう引き立っていた。

よく冷えたシャルドネワインと、サムの大らかな性格のおかげで、ルーシーの感情はしだいに落ち着いてきた。妹が子供のころに髄膜炎を患ったことや、そのせいで家庭のなかの力関係に偏りが生じたことを、ルーシーは話した。

「ずっとアリスに嫉妬していたのよ。でも、本当はそんなふうに感じる必要はなかったのよね。アリスは、欲しいものはなんでも与えられるものだと思って大人になった。でも、それは当人にとって不幸なことよ。何をやっても続かないもの。母はアリスを甘ったれに育ててしまったことを後悔しているんだと思う。だけど、今さら遅いわ。あの子はずっとあのままよ」

「人はいくつになっても変われるんじゃないのか？」

「会ってみればわかるわ。わがままが骨の髄までしみこんでいるから。正直なところ、ケヴィンが妹のどこに惹かれたのかわからない」

サムはレイバンのサングラスをかけているため、目の表情がわからなかった。

「きみはケヴィンのどこがよかったんだ？」

ルーシーはゆっくりと唇を噛んだ。「初めのころは、とても思いやりのある人だったの。愛情にあふれていて、頼もしく見えたわ」

「ベッドでは？」

ルーシーは顔が熱くなり、誰かに聞かれなかったかとあたりを見まわした。

「それがなんの関係があるのよ」

サムが軽く肩をすくめた。「セックスは炭鉱のカナリアと同じだ」ルーシーがきょとんとしたのを見て説明する。「かつて炭鉱労働者はカナリアの入った鳥かごを仕事場に持ちこんだ。毒ガスが発生したらカナリアは真っ先に死ぬから、そのときは炭鉱から逃げだすというわけだ。それで……やつはベッドでどうだったんだい？」

「話したくないわ」ルーシーはつんとして言った。

サムがからかうような顔をした。「まあ、聞かなくてもわかるけどね」

ルーシーは目を丸くした。「ケヴィンはそんなことまであなたに話したの？」

サムは記憶をたぐるように目を細くした。「たしか……ショートニングと、ブースターケーブルと、シュノーケルがついた水中眼鏡と——」

「そんなものは使っていないわ！」ルーシーは真っ赤な顔になって、小声で鋭く否定した。「いたって普通よ」

「うん、そうかもしれないとは思っていた」サムは真面目くさって答えた。

ルーシーは顔をしかめた。「そうやってわたしをばかにするつもりなら——」

「ばかになんかしていないよ。からかっているだけさ。そのふたつは全然違う」

「からかわれるのは嫌いなの」

「わかった」サムは優しい口調になった。「もうからかったりしないよ」

ウエイトレスがメインディッシュの注文を聞いてテーブルを離れると、ルーシーはそっとサムを観察した。彼はいろいろな意味で二面性がある。浮いた話が多いと聞いているのに、女性を追いかけているよりブドウ園で仕事をしている時間のほうがはるかに長そうだ。気楽でのんきそうに見えつつも、じつは兄とふたりで幼い子供を育てている。

「こんな小さな島に暮らしていながら、あなたと今まで会ったことがなかったのが不思議だわ」ルーシーは言った。「ジャスティンという共通の友人までいるのに」

「ブドウ園を始めてからは忙しくて、あまり外に出なかったからな。とくに最初のうちはすることが多かったんだ。週末は休めるたぐいの仕事じゃないからね。それにこの一年は、ぼくも兄貴もホリーにかかりきりだった」

「その子のためにたくさんのことを我慢してきたのね」

「我慢なんかじゃないさ。ホリーに出会えたのは、ぼくの人生でいちばん幸せな出来事だ。子供を育てていると、与えるより受けとるもののほうが多いんだよ」サムがふと、考えこむ顔になった。「兄貴とも仲よくなったしな」

「以前は違ったの？」

サムはうなずいた。「でも、この一年間は協力しあうしかなかった。おかげでお互いのことがよくわかったし、いいやつだと思えるようになったよ」

「あなたの話を聞いていて思ったんだけど……」ルーシーはためらいがちに尋ねた。「もしかして、何か問題を抱えたご家庭で育ったの？」

「家庭ですらなかったな。外から見たら家族なんだろうけど、それをいうなら食肉工場に並んでぶらさがってる牛の肉だって兄弟同士と言ってもいいくらいだ」

「つらかったわね」ルーシーは静かな声で言った。「ご両親のどちらかに何かあったの？」

答えるつもりがないのかと思うほど、サムは長いあいだ黙りこんでいた。「この島みたいな小さな社会には、ひとりくらいいつも酔っ払ってるやつがいるもんだ」ようやく口を開いた。「ところがうちは、ふたりともがそうだった」口元にかすかに苦笑を浮かべる。「酒におぼれた夫婦が、手に手を取って地獄へ墜ちたのさ」

「治療は受けなかったの？」

サムは首を振った。「どっちかにその気があったとしても、家のなかにもうひとり大酒飲みがいたら無理だろう」

だんだん繊細な話になってきた。どこまで踏みこんでいいものかルーシーは迷った。

「いつからそんなふうに？」

「記憶にあるかぎり、ずっとそうだった。だからきょうだいたちは独り暮らしができる年齢になるとさっさと家を飛びだし、最後に弟のアレックスが残った。そして今はそのアレックスが……」

「アルコール依存症なの？」

「どこで線を引けばいいのかよくわからないが、まだそうじゃないとしても時間の問題だな」

どうりでこの人は結婚しないわけだとルーシーは思った。女性と真剣な関係を結べないのもうなずける。両親の片方がアルコール依存症というだけでも家族は大変だ。子供はいつも警戒し、酔っ払った親の理不尽な行動や暴力をかわさなければならない。それが両親ともにでは……子供は行き場がなくなり、誰も信頼できなくなる。

「ご両親のことがあったのに、ワイン造りに携わるのは怖くなかったの？」

「それはまったくなかった。親が飲んだくれだからって、子供がワインを愛せないことにはならないさ。それにぼくはワインを造っているというより、ブドウを育てているんだ。つまり農夫ってわけだ」

ルーシーは心のなかでくすりと笑った。レイバンの定番モデルである色の濃いアビエイターをかけ、椅子の背にもたれかかっている姿は官能的な魅力があり、とても農夫には見えない。「ブドウ作りでいちばんおもしろいところはどこ?」

「ブドウは科学と重労働のたまものなんだけど、そこにちょっと……奇跡が加わるんだ」

「奇跡?」ルーシーは驚いてサムの顔を見た。

「ああ。同じ土で同じブドウを育てても、毎年味が違う。土壌組成、日照時間、降雨量、それに夜の気温がさがるかどうかなどで香りが変わるんだ。そういう環境に関することをひっくるめて、フランス語ではテロワールと言う」

料理が運ばれてきたため、会話が中断した。ウエイトレスがメインディッシュの皿をテーブルに置き、グラスに水を注ぎ足した。ランチはゆっくりとしたペースで進み、ルーシーは思っていた以上にくつろげた。プライドが傷ついている今、真面目に話を聞いてもらえることがうれしかった。サムは頭の回転は速いが、決して偉そうなことは言わず、とても人懐っこいため、そばにいると安心感がある。

だが、忘れてはいけないとルーシーは自分に言い聞かせた。サムはこちらの守りをいとも簡単にすり抜け、欲しいものを手に入れ、それをこちらから差しだしたように思わせることができる人だ。たとえつきあったとしても、前と同じことを繰り返すだけだろう。そして彼はいつか、振り返りもせずに次の女性のもとへ去っていく。こちらはそれを恨むことすらできない。なぜならサムは常にありのままの自分をさらけだし、妙な期待を抱かせることは言わないからだ。

ウエイトレスが伝票を持ってきた。ルーシーがバッグを取ろうとすると、サムがその手を押さえた。

「友達なら割り勘にするものよ」

「一緒にいられて楽しかったことを思えば安いもんだ」

「ありがとう」ルーシーは素直に礼を述べた。「わたしも楽しかったわ。とても気分がいいから、今なら矢でも鉄砲でも持ってこいって感じよ」

「そんなことを言うと、本当に敵が来るぞ」サムはテーブルをこつこつと叩くまじないの仕草をした。

ルーシーは笑った。「迷信を信じるほうなの？」

「もちろんだ。なんといっても島っ子だからな。迷信を食べて育ったようなもんさ」

「たとえば、どんな？」

「サウスビーチの願いを叶えてくれる石とか。知らないかい？　あの浜辺へ行くと、みんな、それを探すんだ。白い帯模様があるなめらかな石さ。その石を見つけたら、願いごとを唱えて、海に投げるんだ」

「やったことはあるの？」

「一度か二度ね」

「願いは叶った？」

「まだだ。でも、いつまでにとは願わなかったからな」

「わたしはあなたほど迷信深くはないけど……」ルーシーは言った。「でも、奇跡はあると思っているわ」

「同じだ。ぼくはそれを科学と呼ぶけれどね」

「わたしが言っているのは本物の奇跡よ」

「どんな？」

それに答えようとしたとき、ひと組の男女が店の外の席に出てくるのを視界の端でとらえた。ルーシーは青ざめた。「嘘……」楽しい気分がいっきに消え失せ、気分が悪くなった。

「あなたの言ったとおりね。本当に敵が来ちゃった」

サムはルーシーの視線の先をたどり、ケヴィンとアリスの姿に気づいた。眉をひそめ、動揺しているルーシーの手を握る。「こっちを見ろ、ルーシー」

ルーシーは顔をあげ、うつろな笑みを浮かべた。

「ねえ、あのふたりと顔を合わせずにすませる方法なんてないわよね？」

「ない」サムはいっそうきつく手を握りしめた。「怖がらなくても大丈夫だから」

「怖がってなんかいないわ。ただ、まだ顔を合わせる心の準備ができていないだけ」

「どうする？」

ルーシーはすがるような目でサムを見つめ、とっさに判断をくだした。「キスして」急いで言った。

サムが少し驚いた顔をした。「ここで？」

「ええ」

「どんなキスがいい？」

「どういう意味？　普通のキスよ」

「友情のキス？　情熱的なキス？　つきあうことになったキスか、それとも――」

「早く」ルーシーはサムの顔を引き寄せ、自分からキスをした。

11

ルーシーの小さな手が首筋にあてられたのを感じながら、サムはためらうことなくキスに応じた。ずっとこうしたいと思っていた。食事をしているあいだじゅう、ルーシーは今にも壊れそうで、笑みを浮かべてはいても目が笑っていなかった。仕事の話をしているときはあんなに生き生きと顔を輝かせ、恋人の肌にでも触れるかのように絶えず無意識にガラス板に指をはわせていたのにと思うと、その落差に妙に惹かれた。

ルーシーをベッドへ連れていき、その緊張がほぐれるまで腕のなかに抱いていたい。彼女が欲しいという思いがつのり、思わず唇を強く押しあて、舌先を触れあわせた。その舌の柔らかさに気持ちが高ぶった。華奢なくせに意外と力は強く、硬く身をこわばらせている。サムはルーシーの体を引き寄せ、きつく抱きしめた。

だがそのうちに、おおやけの場でキスをしていることが、少なくともサムのほうは気になりはじめた。彼は唇を離し、顔を近づけたままオーシャングリーンの瞳をのぞきこんだ。ルーシーは磁器のようになめらかな頬を紅潮させている。サムの唇にかかる熱い吐息が刺激的だ。

ルーシーは横目でケヴィンとアリスを見た。「こっちを見ているわ」

まだキスの余韻に浸っていたサムは、これからあのふたりに挨拶しなければならないのかと思い、いらだちを覚えた。あんなどうでもいいカップルの相手をしている暇があったら、今すぐにでもルーシーをベッドへ連れていきたい。ルーシーはぼくのものだ。

ふと背筋がひやりとした。ルーシーはぼくのものだって？　今まで女性をそんなふうに思ったことは一度もない。自分は所有欲の強いタイプではないのに。つきあっている相手を束縛したいという欲求はないし、自分だけに許されている権利があるとも思わない。これからもそれは変わらないだろう。

だったらなぜ、彼女のことを自分のものだなどと思ってしまったのだろう。

ルーシーの肩に腕をまわし、ケヴィンとアリスのほうを向いた。ふたりは笑ってしまうほど唖然とした顔をしている。

「どうも」ケヴィンはルーシーのほうを見ることができない様子だ。

「やあ」サムは答えた。

ケヴィンがぎこちなくアリスとサムを引きあわせた。

「彼はサム・ノーラン。彼女は……友人のアリスだ」

アリスがブレスレットをじゃらじゃらいわせて手を差しだした。サムは軽く握手をした。華奢な体つきと、ダークブラウンの髪がルーシーに似ている。だが、ルーシーとは違って、がりがりと言ってもいいほど痩せており、コルクのウェッジソール・サンダルのヒールが高すぎるせいで足元がふらついている。頬骨はガードレールかと思うほど突きだし、化粧が濃く、目のまわりを黒いアイシャドウで囲い、顔じゅうに嫌みなほどラメを使っていた。自信のなさを必死に押し隠し、無理をしている印象だ。

「ただの友人じゃなくて、婚約者よ」アリスは冷ややかに言った。

「おめでとう」ルーシーが返した。ふたりに対して怒っていることや、自分が傷ついていることはいっさい顔に出さず、淡々とした表情をしている。

アリスは姉のほうを向いた。「どんなふうに伝えようかと迷ってたの」

「お母さんから聞いたわ。もう日取りは決めたの？」

「夏の終わりごろにしようと思ってるわ」

もうこれくらいでいいだろうとサムは思った。火花が散る前に会話を終わらせたほうがいい。「頑張ってくれ」サムは快活に言い、ルーシーを促した。「じゃあ、ぼくらはこれで失礼するよ」

「ランチを楽しんで」ルーシーがなんの感情もこめずに言った。

サムはルーシーの手を取り、レストランを出た。ルーシーはぼんやりとしていた。ここで手を離したら、スーパーマーケットの駐車場でショッピングカートを転がしたときのように、あらぬ方向へ行ってしまいそうな気がした。

ふたりは道路を渡り、工房へ向かって歩いた。

「どうしてあんなことを言ってしまったのかしら」ルーシーが唐突に言った。

「ランチを楽しんでだなんて。そんなこと、ちっとも思っていないのに。ひどい食事になればいいんだわ。喉でも詰まらせないかしら」

「あんなことって？」

「気にするな」サムは言った。「きみの思いはわかってる」

「アリスはまた痩せたみたい。あまり幸せそうには見えなかった。アリスのこと、どう思った？」

「きみのほうが一〇〇倍もきれいだと思ったよ」サムはルーシーと場所を入れ替わり、自分が車道側を歩いた。

「だったら、どうしてケヴィンは……」ルーシーはもどかしそうに首を振った。

サムは一瞬、言葉に詰まった。ケヴィンがルーシーを振った理由を考えていたからではない。それはわかっている。ただ、ルーシーを見ていると、奇妙な優しさと、彼女が好きだという気持ちと、もうひとつ別の感情がこみあげてきたからだ。それを言葉で表すことはできなかったが、サムはその感情が気に入らなかった。

「ケヴィンがアリスを選んだのは、自分のほうが勝《まさ》っていると感じられるからだよ」

「どうしてそんなことがわかるの？」

「あいつは頼ってくれる女性が好きなんだ。自分が支配できる相手がね。やつがきみに惹かれた気持ちはよくわかるけれど、しょせんうまくいくはずがなかったのさ」

ルーシーは、自分もそうではないかと思っていたとばかりにうなずいた。「どうしてもわからないのは、なぜそんなに急いで結婚しようとするのかってことよ。アリスの気持ちは想像がつくの。母から聞いたんだけど、つい先日、失業したらしいわ。だから、きっとあせっているんだと思う。でも、ケヴィンの気持ちがわからないわ」

「あいつとよりを戻したいのか?」

「まさか」はっきりそう言ったあと、弱気な口調でつけ加えた。「つきあっていたころは、うまくいっていると思っていたの。でも、それはわたしの独りよがりだった。もうプライドがぼろぼろよ」

サムは通りの角で足を止め、ルーシーを自分のほうへ向かせた。できるものならこのままコンドミニアムへ連れ帰り、自分なりのやり方で彼女の傷ついた心を癒したかった。ルーシーの小さな顔を見つめていると、こんな気持ちは初めてだと気づいた。一緒にいるだけで、一秒ごとに彼女への思いが増している。

だが、こういう感情にはきっと終わりがある。そのときになって、ルーシーを傷つけるようなまねはしたくない。サムは自嘲気味に思った。彼女を誘いたいと思えば思うほど、自分から遠ざけなければならないという気分になってくる。

サムはほほえみ、ルーシーの繊細な顎の線を指でなぞった。

「きみは人生を真面目にとらえているだろう?」

ルーシーが眉根を寄せた。「ほかにどうしろというの?」

サムは笑みを浮かべ、両手で彼女の顔をあげさせて、ゆっくりと軽いキスをした。

顔を包みこんだ両手に、頬の熱さと鼓動の速さが痛いほど伝わった。ただ唇を触れあわせただけなのに、自分でも驚くほど体が反応している。サムは顔をあげ、気持ちを落ち着けようと深呼吸をした。

「一夜かぎりの軽い関係が欲しくなったら、そのときはぜひ声をかけてくれ」

工房に着いた。

ルーシーはなかに入ろうとして足を止めた。

「複雑なことにならないと保証してくれるなら、コンドミニアムをお借りしたいわ」

「大丈夫だ」どれほどルーシーを抱きたかろうが、そうすれば最終的に彼女を傷つけるのはわかっている。サムは友人としてほほえみ、友人として軽く体を抱きしめた。「兄貴と話をして、また電話するよ」

「ありがとう」ルーシーは弱々しくほほえんだ。「ランチをごちそうさま。それにケヴィンとアリスのことも。あなたがいてくれて助かったわ」

「何もしてないさ。ぼくがいなくても、きみはうまくやれたと思うよ」

「でも、あなたがいてくれたから、気が楽だった」

「そりゃあ、よかった」サムはもう一度ほほえみ、工房をあとにした。

「曲がってるよ」ホリーがキッチンに入ってきた。

朝食のシリアルを皿に入れていたサムは顔をあげた。「何が？」

ホリーはくるりとうしろを向き、後頭部を見せた。髪の結び方が気に入らないらしい。ツインテールを結ぶのは骨が折れる。髪をまっすぐふたつに分け、高すぎもせず低すぎもしない位置で、強すぎもせず弱すぎもしない力で結ばなければならない。いつもならホリーは兄のマークに髪を結んでもらいに行く。マークのほうがホリーの好みに合った結び方ができるからだ。だが、マークは昨晩、婚約者の家に遊びに行き、珍しくまだ帰ってきていない。

サムはホリーのツインテールを確かめた。

「そんなことはない。猫の尻尾みたいにまっすぐだ」

ホリーはふくれた。「猫の尻尾はまっすぐじゃないもん」

「おまえが引っ張ったときはまっすぐだろう?」サムは片方の結び目の位置を直すふりをしたあと、シリアルが入った皿をテーブルに置いた。「今から結びなおしてると学校に遅れるぞ」

ホリーは深々とため息をついた。「今日は一日、これで過ごすしかないのね」結び目の高さが釣りあうように頭を傾けた。

その様子がおかしくて、サムは思わずコーヒーを吹きだしそうになった。

「さっさとシリアルを食べれば、時間が取れるかもしれないな」

「何をする時間だ?」マークが姿を見せ、ホリーの隣に膝をついた。「おはよう」

ホリーはマークの首に抱きついた。「おはよう、マークおじさん」マークにキスをし、にっこりした。「わたしの髪、直してくれる?」

マークはかわいそうにという顔でホリーのツインテールを見た。「またサムがこんな結び方をしたのか？　あとで直してあげるよ。でも、その前に、まださくさくしているうちにシリアルを食べてしまったらどうだい」

「ゆうべはどうだった？」コーヒーメーカーのドリップバスケットとポットを空にしているマークに、サムは訊いた。「楽しんだか？」

マークはうなずき、疲れて不安そうな表情をした。「ああ。食事はうまかったし、すべて順調さ。じつは、スケジュールの調整が難しいんだが……」眉根を寄せた。「結婚式の日取りを早めようかと思ってね。あとで詳しく話すよ」

「急な話だな。何か理由でも？」

マークはコーヒーメーカーの給水タンクに水を入れ、ちらりと横目でサムを見た。

「あるんだよ、それが」

「何をそんなに急いで……」そこでぴんと来た。サムは目を丸くした。「もしかして、一〇カ月というやつか？」言葉を選んで尋ねた。

マークが小さくうなずく。

「マギー、赤ちゃんを産むの？」ホリーが口いっぱいにシリアルをほおばったまま訊いた。

マークがはっとして振り返り、小声で毒づいた。サムは驚いてホリーを見た。

「どうしてわかったんだ？」

「ディスカバリーチャンネルを見てるもん」

「上出来だ、サム」マークがうなる。

サムはにやりとして、兄の背中をぽんぽんと叩いてから抱きしめた。「おめでとう」

ホリーは椅子から飛びおり、ぴょんぴょん跳ねた。「わたしも赤ちゃんのお世話をしてい い？　名前を考えてもいい？　赤ちゃんが生まれる日は学校を休んでもいい？　いつ生まれるの？」

「最初のみっつはいいよ。四つ目はまだわからない」マークは答えた。「なあ、ホリー、赤ん坊のことはしばらく内緒にしておけるかな？　みんなに話すのはもうちょっとしてからにしたいってマギーは思ってるんだ」

「わかった」ホリーは元気よく答えた。「内緒ね！」

マークとサムは無理だなという顔で目を見合わせた。下校時間になるころには、学校じゅうの人がこの話を知っていることだろう。

マークがホリーを学校に送って家へ戻ったとき、サムは取りつけたばかりの羽目板にクルミ色のステインを塗っていた。換気のために窓を開け放っているにもかかわらず、ステインの強烈な臭いが部屋に充満している。

「こっちへ来ると頭がくらくらするぞ」サムは言った。

「かまわないさ。手伝うよ」

サムはからかうように笑った。「マギーに妊娠したと言われたときはびっくりしたか？　そんなつもりじゃなかったんだろう？」

「そのとおり」マークがため息をつき、弟のそばに腰をおろして、はけを手に取った。「この羽目板、塗るのが大変だぞ。いちいち溝にステインを塗りこまなくちゃいけない」サムは言った。「で、その話を聞いたとき、兄貴はどう反応したんだ？」

「もちろん、二〇〇パーセント喜んだ さ。マギーには、こんなにうれしいことはない、愛しているよ、きっとすべてうまくいくと言った」

「だったら、なんでそんな浮かない顔をしているんだ？」

「怖いんだよ。腰が抜けるほどに」

サムは穏やかに笑った。「みんな、そんなものさ」

「いちばん心配なのはホリーだ。のけものにされたと感じないかな？　本当はしばらく三人だけで暮らすつもりだったんだ。ぼくとマギーがちゃんとホリーをかまうことができるようにね」

「それは逆だと思う」サムは答えた。「考えてもみろよ。この一年間というもの、兄貴とぼく、それにときどきアレックスまでもが、目いっぱいホリーにかまってきたんだ。そろそろ少しは放っておかれたほうが、あの子も気が楽なんじゃないか？　赤ん坊ができれば、遊び相手にもなる。きっと楽しいよ」

マークが疑わしそうな顔でちらりと弟を見た。「本当にそう思うか？」

「あたり前だろう。母親がいて、父親がいて、弟だか妹だかがいる。あの子にとっては理想の家族じゃないか」

マークは黙りこみ、ステインを羽目板の溝に塗りこんだ。そしてようやく、本音を打ち明けた。「まともな父親になれるかな」

サムにはその気持ちがよくわかった。ノーラン家のような破綻した家庭で育つと、家族がどういうものかわからない。どう振る舞うのかという手本もなければ、頼りになる記憶もないのだ。両親みたいにはなりたくないと思うが、そうならない保証もない。せめて、両親とは正反対の子育てをすればうまくいくだろうと願うだけだ。

「今のままで充分だよ」サムは言った。

「親になる覚悟なんてできていない。何かとんでもないことをしでかすんじゃないかと思うと怖くて仕方がないんだ」

「赤ん坊を放り投げるとか、そんなことをしないかぎり大丈夫さ」

マークはじろりと弟をにらんだ。「相談しがいのないやつだな」

「兄貴の気持ちはよくわかる。ぼくら三人はノーラン家の息子だというだけで失敗作だからな。でも、そのなかでも兄貴はいちばんましだ。いい父親になっている姿が目に浮かぶよ。ぼくやアレックスのことを思えば、奇跡のようなもんだ」

「おまえたちに比べれば、ぼくはまだ恵まれていたからな」しばらくして、マークが言った。

「あの両親も若いころはあれほどの大酒飲みじゃなかった。本格的なアルコール依存症になったのは、アレックスが生まれてからだ。だからぼくは、まあ、あれを家庭と呼ぶのは難しいが、ノーラン家にしてみればいちばん家庭に近かったころを知っている。それを考えると、おまえたちは本当にかわいそうだったと思うよ」

「ぼくは近所の家に入り浸っていたからな」

マークはステインにはけをつける手を止めた。「そうだった。忘れていたよ」

「あの夫婦と関わらなかったら、ぼくはアレックスよりもひどいことになっていたかもしれない。フレッドは子供こそいなかったけれど、うちの親父よりはずっと父親らしかった。だから兄貴だって絶対に大丈夫さ」サムは言った。

「どういう意味だ、それは？」

「ホリーがうちに来た当時、夜の一〇時になると、何度も壁にぶつかっていたのを覚えているか？　慌てて小児科に連れていって、医者に疲れすぎて興奮しているだけだと言われたよな」

「それが今の話とどう関係があるんだ？」

「あのころ、ぼくらは育児なんて何ひとつわかっちゃいなかった。ごく基本的なことでさえもね。それでもホリーはいい子に育っている。兄貴は立派にやってるよ。だから、ずっとそんなふうに手探りでやっていけばいいんじゃないのか？　おそらく世の中の親ってのは、みんなそういうものだと思うよ。かわいいかわいいと頭をなでて育てていれば、そんな悪い子にはならないと思う。それが子育ての本質じゃないのかな。そんなかわいい子がもうひとりできるわけだから、とてつもなく幸せだと思うよ」

「おまえ、ステインの臭いに毒されると、いいことを言うようになるんだな」憎まれ口を叩きつつも、マークは表情を和らげ、笑みを浮かべた。「少し気分が楽になったよ」

「そりゃあよかった」

「それだけ言うからには、おまえも少しは結婚する気になったのか?」

「まさか。ぼくは博愛主義だから、とてもひとりの女性は選べない。アレックスに負けないくらい結婚には向いてないよ」サムは答えた。

「そういえば……最近、アレックスに会ったか?」

「二、三日前に。短い時間だったけど」

「どうだった?」

「壁にぶつかっていたホリーみたいに疲れきってた」

マークが苦々しい笑みを浮かべる。「このごろは会うたびに酔っ払ってるな」

「酒でも飲まなきゃ人生と向きあえないんだと思うよ」サムは言った。「離婚であそこまで徹底的に財産を持っていかれたらな」

「だいたい、あんな女と結婚したのが間違っていたんだ」

「そのとおり」

ふたりは黙りこくって羽目板にステインを塗っていたが、やがてマークが言った。

「あいつに何かしてやれることはないかな」

「こうなったら、どん底まで落ちこむのを待つしかないんじゃないか?」

「そのどん底に耐えられなかったらどうする? うちの親みたいに」

ステインの強烈な臭気に我慢できなくなり、サムは缶に蓋をして、別の窓を開けた。そして、何度か深呼吸をした。「まあ、何かできることはあるかもしれないが……」

「それで少しでもあいつの気が晴れるなら、力になってやりたいんだ」

サムは肩越しに振り返って軽くほほえみ、ブドウ園に目をやった。「難しいと思うぞ」成長するブドウの木の匂いに、日光で熱せられたこけら板の匂いがまじっている。よく熟れたブラックベリーと、潮風の香りもした。

この一年ほど、アレックスは苦しい状況に落ちこむと、ここへ来て家をいじるか、あるいはぼんやりとポーチに座っている。無理やり連れだしてブドウ園を歩いたり、海辺までおりていったりしたこともあるが、アレックスの目に景色は映っていないように見えた。なんというか、体は生きているものの、心が死んでいる感じなのだ。

ノーラン家の子供たちのなかでもアレックスはいちばん悲惨な境遇で育った。両親の育児放棄は年々悪化し、三男であるアレックスには親などいないも同然だった。両親が他界してもうだいぶ経つが、アレックスは今でもおぼれた人のようだ。水面のすぐ下でもがいているのが見えるが、助けてやるのは難しい。下手に手を伸ばせば、腕をつかまれ、水のなかに引きずりこまれる恐れがある。

それに、サムは自分に誰かを助ける力があるとは思えなかった。自分がおぼれないようにするので精いっぱいだ。

ルーシーは目が覚めた。今、何か夢を見ていた。快感に包まれながら身をよじっていた気がする。男の人の心地よい重みの下で……。それがサムの夢だったと気づき、ルーシーは悔しくなった。ある意味、こういう夢を見るのはいい兆候かもしれない。ケヴィンを忘れつつあるということだからだ。かといって、次の相手がサムでは困る。彼とは未来を描けない。

体を動かして汗をかいたほうがよさそうだと思い、歩いて工房へ行くと、ヘルメットをかぶり、自転車を外に出した。よく晴れた、風が気持ちいい日だった。地元のラベンダー園まで足を延ばし、手作りの石鹸とバスオイルでも買うことにした。

ロシェハーバー・ロードをのんびりと進んだ。島でいちばん交通量の多い道路だが、路肩が広いため自転車でも走りやすく、果樹園や牧場、それにこんもりとした森や池などの景色を楽しめる。ペダルをこぐという単調な運動のおかげで、考えごともしやすかった。

昨日、ケヴィンとアリスに遭遇したときのことを思い返してみた。ケヴィンに対してはもう何も感じなかった。それはいいことだ。だが、問題はアリスだった。妹との関係は切っても切れないからこそ苦しさは続く。つまり、自分のためにアリスを許さないと、バックミラーに映る後続車のように、見た目よりずっと近い距離にアリスがずっとついてまわることになる。だけど、もしアリスが謝らなかったら？　自分は悪くないと思っている相手をどうやって許せばいいのだろう。

うしろから車の音が聞こえたため、邪魔にならないように道路の端に寄った。ところが、ものの数秒でエンジン音が背後に迫ってきた。ルーシーは肩越しに振り返った。セダンタイプの車が横滑りして車線をはみだし、こちらへ一直線に向かってくる。よける暇もなく、自転車の後部に強い衝撃を受け、クリスマスカードをまとめてひっくり返したように景色がばらばらになった。体が空中に跳ねあがって、空や森、アスファルトや車が逆さまに見え、地面が光速で近づいてきた。

目を開けたとき、最初は朝なのかと思った。だが、自分がベッドにいるのではないことに気づいた。顔のまわりで草が揺れ、見知らぬ男女がしゃがみこんで、こちらを見ている。

「ヘルメットを脱がせよう」男性が言った。

「だめよ。脊髄を損傷しているかもしれないもの」

ルーシーが身動きをすると、男性は心配そうにこちらをのぞきこんだ。

「おい、動かないほうがいい。きみ、名前は？」

「ルーシー」かすれた声で言い、ヘルメットをはずそうと顎に手をやった。

「どれ、手を貸そう」

「だから、だめだって――」女性が言いかけた。

「大丈夫だよ。自分で手足を動かしている」男性が顎のバックルをはずし、ヘルメットを脱がせてくれた。「おい、まだ起きあがろうとするな。だいぶ、はね飛ばされたからな」

ルーシーはじっとしたまま、体のどこが痛むか確かめた。右半身にすりむいたような痛みがあり、右肩に鈍痛を感じた。それに、頭がひどく痛い。いちばん悪いのは右脚だった。火で焼かれているのかと思うほどの激痛がする。

女性が顔を寄せてきた。「救急車を呼んだわ。誰か電話してほしい人はいる？」

ルーシーは言葉を発しようとしたが、顎が震え、歯がかちかちと鳴った。震えを止めようとすればするほど、ひどくなるばかりだ。寒さに襲われ、衣服の下を冷たい汗が流れた。血液と土埃のしょっぱくて金属っぽい臭いがする。彼女は空気を求めてあえいだ。

「おい、大丈夫か？　まずいな、瞳孔が開いている」

「ショック症状よ」その声はどこか遠くのほうから聞こえた。雑音まで入っている。

電話をかけてほしい人の名前が浮かんだ。ジャスティンだ。だが、その名前を発音しようにも、ひとつひとつの音が強風に飛ばされた葉のごとくどこかへ舞い散った。

震える声でなんとか名前を告げた。はたしてちゃんと伝わっただろうか。

「わかった」男性がなだめるように言った。「もうしゃべるんじゃない」

サイレンが聞こえ、何台もの車が停止する音がした。点滅する光や、医療班を乗せた緊急車両の赤いライトが見える。体にいくつもの手が触れ、鼻と口を酸素マスクで覆われ、手の甲に点滴の針を刺された。そこで視界が暗くなり、意識が途切れた。

12

意識が戻った。けれども、ルーシーは状況がつかめず、パズルのピースをはめるように、まわりの様子をひとつひとつ確かめた。ゴム手袋と、医療用テープと、消毒用アルコールの匂い。人の話し声、ストレッチャーの車輪の音、電話のベル、監視モニターのピッピッという音。しゃべろうとしたが、吹き替え映画で口の動きと声が合っていないような話し方しかできず、そのことに愕然とした。

彼女は薄いコットンの病衣を着ていた。着替えさせられた覚えはない。手の甲に点滴の針が刺さり、テープで留められている。緊急救命室の技師や看護師がカーテンで仕切られた狭いスペースに出入りするたび、金属のボウルのなかで卵をかきまぜているような音がカーテンレールから聞こえた。

右脚と右足首は副木で固定されていた。そういえばX線撮影など、いくつか検査を受けた記憶がある。この程度の怪我ですんで幸運だったと頭では理解していたが、暗い気持ちに包まれ、息が詰まりそうになった。顔を横へ向けると、枕の詰め物のプラスチックが移動する音がした。涙が流れ、枕カバーにしみができた。

「どうぞ」看護師がティッシュペーパーを手渡してくれた。「事故のあと、泣きたくなるのは普通のことなのよ」ティッシュペーパーで涙を拭いているルーシーに、看護師が言った。「二、三日はそんな状態が続くと思うわ」

「ありがとうございます」ルーシーはティッシュペーパーを握りしめた。「わたしの脚はどうなったんですか？」

「今、担当医がレントゲン写真を詳しく見ているところよ。もうすぐ説明があると思うわ」看護師はほほえんだ。親切そうな人だ。「お友達が来ているから呼びましょうね」カーテンを開けて外側へ出たとたん、誰かと出会ったらしく足を止めた。「まあ、待合室にいてと言っておいたのに」

「そんなことできるわけがないでしょう。早くルーシーの顔を見なくちゃ」ジャスティンのきびきびした声が聞こえた。

ルーシーは思わず弱々しくほほえんだ。

ジャスティンがポニーテールを揺らしながら、疾風のようにカーテンの内側に入ってきた。病院の無機質な雰囲気のなかでは、いっそう生き生きとした存在感を放っている。ジャスティンの顔を見たとたん、ルーシーはほっとして涙が出た。

「ああ、ルーシー」ジャスティンがベッドのそばに寄り、曲がっていた点滴の管をそっとまっすぐに直した。「抱きしめたりしたら痛いわよね。怪我はひどいの？　骨折は？」

「わからない。お医者様の話はこれからよ」ルーシーは腕を伸ばし、ジャスティンの手を握った。声が震えている。「自転車に乗っていたの。そしたら車が来て……。酔っ払い運転みたい。女の人だった。停まらなかったの。わたしの自転車は？　バッグはどこ？　携帯電話は？」

「ほら、落ち着いて」ジャスティンはルーシーの手を握り返した。「運転していたのはおばあちゃん。お酒は飲んでなかったみたいよ。木の枝にでもぶつかったのかと思って行ってしまったけど、やっぱり気になって引き返してきたんだって。人をはねたとわかったら、激しく取り乱したらしいわ。倒れているあなたを見つけたご夫婦が言ってた。心臓発作を起こすんじゃないかと思ったって」

「かわいそうに」ルーシーは小声で言った。

「バッグと携帯電話はここにあるわ。自転車はあきらめなさい」

「シュウィン社のヴィンテージだったのよ」残念な気持ちが声ににじみでた。「六〇年代の、貴重なものだったのに」

「自転車は替えがきくけど、あなたはひとりしかいないのよ」

「来てくれてありがとう」ルーシーは言った。「忙しいのにごめんね」

「何を言ってるの。あなたとゾーイ以上に大切なものなんてないんだから。ゾーイも来たがってたんだけど、どっちかが留守番するしかなくて」ジャスティンは言葉を切った。「そうそう、忘れる前に言っておかなくちゃ。ドゥエインからの伝言よ。あなたの車、どこが故障したのかわかったって。シリンダーの圧力抜けらしいわ」

「どういうこと？」

「吸気バルブがだめになったか、ピストンリングが壊れたか、シリンダーヘッドのガスケットが劣化したか、まあ、そんなとこね。ドゥエインが修理工場に持っていって、ちゃんと話をすると言ってたわ。でも、どれくらいの日数がかかるのかはちょっとわからないって」

ルーシーは首を振った。ひどく疲れていて、頭がぼんやりしている。

「どっちみち、こんな脚じゃ運転なんてできないわ」

「あなたが行きたいと言ったら、あのバイク乗りの軍団がどこへでも連れてってくれるわよ。ただし、乗るのはハーレーダビッドソンだけどね」

ルーシーは弱々しくほほえんだ。

医師がカーテンの内側へ入ってきた。疲れた目をしているが、顔には笑みを浮かべている。

「担当医のナガノです」医師はルーシーのそばへ寄った。「わたしの顔を覚えていますか？」

「なんとなく」ルーシーは答えた。「自分の鼻を触ってみろとおっしゃったお医者様ですよね？　ミドルネームも訊かれた気がします」

「それも検査のひとつなんです。あなたは脳震盪《のうしんとう》を起こしました。少なくとも三日間は安静にしていてください。でも、脳の写真に問題はありませんでしたよ」

「脚はどうなんですか？」

「ひどい骨折はありません」

「ああ、よかった」ルーシーはほっとした。

「ところがそうとも言えないんです。骨がぽきんと折れてしまうより、靭帯損傷のほうが治りにくい場合もあるんですよ」

「靭帯損傷?」

「ええ、靭帯が三本、傷ついています。それにふくらはぎにある二本の骨のうち、腓骨《ひこつ》と呼ばれる細いほうの骨に小さなひびが入っています。だから、三日間はいっさい右脚を使わないでください」

「隣の部屋まで歩くのもだめなんですか?」

「そのとおり。体重をかけるのは厳禁です。脚をなるべく上にあげて、冷やしつづけてください。完治するまでにはかなり時間がかかります。あとで、家での手当ての仕方や注意事項を書いた紙を差しあげましょう。三日後に再受診してください。そのとき、足首に装具をつけて固定し、松葉杖をお渡しします」

「その装具はどれくらい、つけていなければならないんですか?」

「少なくとも三カ月ですね」

「嘘……」ルーシーは目をつぶった。

「ほかに怪我は?」ジャスティンが尋ねた。

「あとは擦り傷と打撲傷ぐらいですから、たいしたことはありませんよ。ただ、頭を強く打っていますので、頭痛やめまいや意識障害が出たら、すぐにここへ連れてきてください」

「わかりました」ジャスティンは答えた。

ナガノ医師が立ち去った。ルーシーは目を開けた。ジャスティンは丸められていた紙のしわを伸ばすように、自分の額をごしごしとこすっている。

ルーシーは申し訳ない気持ちでいっぱいになった。「あなたたちがいちばん忙しいときなのに」今週末は〈アーティスト・ポイント〉で結婚披露パーティがあるため、ふたりは準備にかかりきりだった。「わたしったら、最悪のタイミングで交通事故に遭っちゃった」

「好きでこうなったわけじゃないでしょ」ジャスティンは言った。「それに、交通事故に遭うのにちょうどいいタイミングなんてないわよ」

「何か方法を考えるから、どうかわたしのことは――」

「ばかね」ジャスティンがさえぎった。「あなたは怪我を治すことだけを考えなさい。余計なことで悩んでたら、治るものも治らないわよ。そっちはわたしがなんとかするから」

「ごめん」ルーシーは鼻をすすった。「とんだお荷物になっちゃって」

「こら、黙って」ジャスティンはティッシュペーパーを引き抜き、子供にしてやるようにルーシーの鼻にあてた。「友達ってのは人生のサポートブラよ。しっかり支えあわなきゃ。そうでしょ？」

ルーシーはうなずいた。

ジャスティンは笑顔で立ちあがった。

「さてと、わたしは待合室でちょっと電話をかけてくるわ。どこにも行くんじゃないわよ」

ジャスティンから電話で事故のことを聞いたサムは、ルーシーが心配でいても立ってもいられず、今から行くと言って電話を切り、一五分で病院に着いた。

大股で建物のなかに入り、待合室にいたジャスティンを見つけた。

「サム」ジャスティンはほほえんだ。「来てくれてありがとう。大変だったのよ」

「容体は？」サムは挨拶抜きで訊いた。

「脳震盪に擦り傷に打撲。脚がいちばんひどいわ。足首の靭帯損傷と、ふくらはぎの骨にひび」

「かわいそうに。事故の状況は？」

ジャスティンは早口で一部始終を説明した。サムはずっと黙って聞いていた。「……というわけで、三日ほどはまったく動けないのよ」ジャスティンは話を締めくくった。「たしかにルーシーはスリムだけど、わたしとゾーイじゃ運べないわ」

「手伝うよ」サムは即答した。

ジャスティンが大きく息を吐く。「ああ、ありがとう、助かるわ。大好きよ、サム。あなたの家なら部屋はたくさんあるものね。こっちは結婚披露パーティの支度に忙しくて、もうてんやわんやだから――」

「ちょっと待ってくれ」サムは話をさえぎった。「うちに連れて帰るとは言ってないぞ」

ジャスティンは腰に両手をあて、怒った顔をした。「今、手伝うって言ったじゃないの」

「手伝いはするさ。でも、うちは無理だ」

「どうして？」

サムは言葉に詰まった。これまで女性を泊めたことは一度もない。とりわけルーシーは困る。怪我をして、世話をしなければならないルーシーはなおさらだ。そんなことは想像するだけでも、緊張のあまり体がこわばり、冷や汗が出てくる。

「ほかにも誰かいるだろう」サムは言った。「ご両親はどうなんだ？」

「カリフォルニアよ」

「頼れる友人は？」

「島ではわたしとゾーイだけ。ほかはみんな、ケヴィンを通じてできた友達だもの。ルーシーを預かってケヴィンを怒らせるようなまねはしたくないに決まってるわ」ジャスティンはわざとらしいほど長々と返事を待ったあと、おもむろに尋ねた。「いったい何が引っかかってるのよ？」

「ルーシーのことをそんなによく知っているわけじゃない」サムは答えた。

「でも、好意は持ってるんでしょ？　電話を受けたら、すっとんできたじゃない」

「だからといって、ベッドに寝かせたり、シャワー室に連れていったりするには、抱きあげて運ばなきゃならないんだぞ。包帯を変えるときは脚を見ることにもなるし」

「今さら何言ってるのよ。いいかげんにして。何人もの女性とつきあってきたくせに。脚なんて、これまでさんざん見てきたでしょ」

「そういうことじゃないんだ」サムは髪をかきあげながら、誰もいない待合室を行ったり来たりした。ルーシーと体の接触を持つのがいかに危ないか、どう説明すればいいのだろう。本音を言えば、ぜひともルーシーの世話がしたい。だが、自分を抑えきれる自信がない。結局は状況につけこみ、ルーシーと体の関係を持ち、最後には傷つけることになる。

サムは歩きまわるのをやめ、ジャスティンを見据えた。

「いいか」決意をこめて言う。「ぼくは必要以上に彼女に近づきたくない。頼られても困る」

ジャスティンは厳しい顔で目を細め、鋭い眼光でサムをにらんだ。

「あなた、本気でびびってるの？」

「ああ、そうだよ」サムは言い返した。「だからどうした」

ジャスティンは軽蔑したように鼻を鳴らした。「わかったわ。あなたに頼んだのが間違いだった。忘れてちょうだい」そう言うと、くるりと背を向けた。

サムは顔をしかめた。「どうするつもりだ」

「心配してもらわなくても結構よ。あなたには関係ないことだから」

「誰に頼むつもりなんだ？」サムはしつこく尋ねた。

「ドゥエインよ。教会のメンバーが喜んでルーシーの面倒を見るわ」

サムは唖然とした。「怪我をして世話を必要としている女性を、まさか本気であんなやつらのなかに放りこむ気か？」

「みんないい人ばかりよ。教会を作ったくらいだもの」

怒りで頭に血がのぼった。「教会を作ったからって、いい人だということになんかなるもんか！　税金逃れができるだけだ！」

「怒鳴らないでよ」

「怒鳴ってなんかいない」

「よく言うわ。思いっきり怒鳴ってるわよ」ジャスティンは携帯電話を取りだし、画面を操作しはじめた。

「やめろ」サムはうめいた。

「あなたが何かしてくれるわけ？」

サムは深く息を吸いこみ、壁にこぶしを叩きつけたい衝動をこらえた。「ぼくが……」咳払いをしないと声が出なかった。

「あなたの家に？」ジャスティンが確かめるように訊いた。「彼女を預かる」

「そうだ」サムは歯を食いしばった。

「それはよかった。どうもありがとう。こんなに手間をかけさせないでほしかったわね」ジャスティンは首を振りながら自動販売機へ向かい、飲み物を買った。

サム・ノーランが来たのを見て、ルーシーは驚きのあまり目をしばたたいた。「どうしてここに？」弱々しい声で尋ねた。

「ジャスティンから電話があった」

「もう、ジャスティンったら余計なことを。ごめんなさい」

サムはルーシーの怪我の具合をざっと目で確かめ、かすれた声で尋ねた。「痛むのか?」

「そんなにひどくはないわ」ルーシーは点滴の袋を指さした。「鎮痛剤が入っているみたい」顔をしかめてみせた。「ほら、手に針を刺されているし」

「もうすぐきみを連れ帰るから」

ルーシーはサムのTシャツの柄を見た。ダークブルーの生地に、昔の公衆電話ボックスのようなイラストが描かれている。「その絵はなんなの?」

「イギリスで放映してる『ドクター・フー』というSFドラマに出てくるタイムマシーンさ」

ルーシーは力なく笑みをこぼした。「やっぱり変な人」そう言って、鼻をかんだ。

サムはベッドのそばに寄ると、ルーシーの腰に貼られたポリウレタンの絆創膏を確かめたり、副木で固定された脚に毛布をかけたりした。いつになく保護者のような振る舞いだ。ルーシーは戸惑い、いったいどうしたのだろうと思った。これから何か気が進まないことをしなければならないような顔をしている。

「ねえ、怒っているの?」ルーシーは尋ねた。

「怒ってなんかいない」

「表情が硬いわよ」

「いつもこんな顔だ」

「目が怖い」

「ここの照明のせいだろう」

「何かあるんでしょう？」ルーシーは引きさがらなかった。

サムはルーシーの手を取り、人差し指につけたパルスオキシメーターがはずれないように気をつけながら、そっと指をなでた。「これから数日間、きみには助けが必要だ。これはきみひとりでなんとかできる状況じゃない」そこで間を置いた。「だから、きみをレインシャドー・ロードのぼくの家に連れて帰る」

ルーシーは目を見開き、サムの手から指を引き抜いた。「そんな……そんなのはだめよ。だからジャスティンはあなたに電話をかけたの？　冗談じゃないわ。あなたのところへなんか行かないから」

サムは冷ややかに尋ねた。「じゃあ、どこへ行く気だ？　〈アーティスト・ポイント〉か？　誰にも相手にされず、手を貸してくれる人もなく、ひとりでぼんやりベッドに横たわっているだけだぞ。それに、たとえ結婚披露パーティの準備がなかったとしても、ジャスティンとゾーイじゃ、きみを抱えて階段ののぼりおりなんてできやしない」

ルーシーは湿ったてのひらを額にあてた。ひどく頭痛がする。

「だったら……両親に電話をかけるわ」

「カリフォルニアだろう？　一五〇〇キロも離れている」

不安と疲労がのしかかってきて、また泣きだしそうになった。感情のコントロールができないことにいらだちを覚え、目を押さえた。

「あなただって忙しいくせに。ブドウ園の仕事が――」

「スタッフがいる」

「お兄さんと姪御さんに迷惑よ」

「そんなことはない。広い家だ」

サムの家に行くのが何を意味するのか、だんだん理解できてきた。それはつまり、入浴や食事や着替えなどを手伝ってもらうということだ。たとえ相手が古い友人だったとしても、戸惑うような場面があるだろう。そればかりか、サムも本当はそんなことは引き受けたくないと思っているのが、その表情からありありとわかる。

「きっと何かほかに方法があるはずよ」ルーシーは必死に考え、縮こまっている肺に空気を取りこもうと、何度も息を吸った。

「落ち着け。過呼吸になるぞ」サムはルーシーの体を横にし、背中をさすりはじめた。

「気安く触らないで」ルーシーは抵抗した。

「これから数日間はきみの体に触れる機会が多くなる」表情を見られまいとしているのか、サムは目を伏せていた。「慣れてもらうしかないな」ルーシーはおとなしく背中をなでられた。自分が情けなくて、小さな咳とともに嗚咽がこみあげた。「あきらめろ」サムが言った。

「うちに来るしかないんだから」

13

夕方、サムのピックアップトラックはレインシャドー・ロードを通り、ブドウ園の私道に入った。病院でサムは、ルーシーの退院に必要な書類に署名し、医学的な指示が書かれた紙と処方箋を受けとり、車椅子を押す看護師と一緒に外へ出た。ジャスティンは嬉々としてついてきた。

「さあ、あなたたち」ジャスティンはうれしそうに言った。「きっと楽しい数日間になるわよ。サム、借りができたわね。ルーシー、サムの家はすてきよ。きっとあなたも気に入るから。いつかみんなでこの日のことを思い返して、そのときは……。サム、何か言った？」

「黙れ」サムはぼそりと言い、ルーシーを車椅子から抱きあげた。

ジャスティンは平然とした顔で、ルーシーを抱いてピックアップトラックの助手席側にまわるサムのあとについていった。「ルーシー、旅行バッグにひと晩分の荷物を詰めておいたから。明日、ゾーイと一緒にもっと持ってくわ」

「ありがとう」ルーシーはサムの首に腕をまわした。サムは清潔な香りがした。潮の香りと、摘みとったばかりの葉のような植物の香りもまじっている。

サムがルーシーを助手席に座らせ、シートベルトを引いて、バックルを留めた。淡々と手際よくことを進め、ルーシーが大丈夫かときどき目で確認した。ルーシーは憂鬱になった。いったいジャスティンはどうやってサムを説得したのだろう。

「彼、いやがっているわよ」ルーシーは病院でジャスティンにささやいた。

ジャスティンはささやき返した。「そんなことない。ちょっと緊張してるだけよ」

ルーシーにはとてもそうは思えなかった。ただ機嫌が悪いだけに見える。ブドウ園までの道のりは、ふたりとも無言だった。ピックアップトラックはサスペンションがよくきいていたが、それでも道路のせいで車が跳ねることがあり、ルーシーはときどき顔をしかめた。体のあちこちが痛いし、疲れてもいるし、とてもみじめな気分だった。誰かの重荷になるなんて初めてのことだ。

ブドウ園の私道に入ると、ヴィクトリア朝様式の家が見えてきた。切り妻屋根で、建物をぐるりと取り囲むようにポーチがあり、屋根には小塔と見晴らし台がついている。白く塗られた壁は、太陽の気だるそうな光のせいでクリーム色に見えた。家のまわりには赤いバラとアジサイが咲き乱れている。そのそばにはがっしりとした造りの納屋があり、前方にブドウ畑が広がっていた。ブドウの木は休日に遊びに連れだされた子供たちで、グレーの納屋はそれを見守る大人のようだ。

ルーシーはその風景に心を奪われた。サンフアン島そのものも本土とはかけ離れた雰囲気があるが、その島のなかでもこのブドウ園はまた空気が違う。家の窓は開け放たれていた。

きっとその窓から潮風が入り、月の光が差しこみ、ついでに散歩中の精霊たちも立ち寄っていくのだろう。家そのものがルーシーを歓迎してくれているように見える。

サムはそんなルーシーの反応をちらりとうかがったあと、家のそばにピックアップトラックを停めた。「ぼくもそうだった」ルーシーが尋ねてもいないのに、サムが答えた。「この家を見たとき、ぼくも同じことを感じたよ」運転席を降りて助手席へまわり、シートベルトのバックルをはずした。「ぼくにつかまって」

ルーシーはためらいながらも言われたとおりにした。そのときふと、抵抗する気持ちが消え失せ、もっとこうしていたいと感じていることに気がついて、戸惑いを覚えた。疲労のせいで顔をあげていられず、気がつくとサムの肩にもたれかかっていた。慌てて頭をあげようとすると、サムがもたれていてかまわないと言った。ルーシーは震えていた。

玄関前の短い階段をあがると、大きなポーチがあった。天井は少しくすんだライトブルーだ。「ハイントブルーというんだ」天井を見あげているルーシーにサムが言った。「なるべくもともと塗られていた色を再現しようと思ってね。昔は、このあたりの家はポーチの天井をこんな色にすることが多かったらしい。鳥や虫に空だと思わせて、巣を作らせないためだという説もあるし、この色には悪霊を追い払う力があるからだという説もある」

サムは早口だった。ジャスティンが言ったように、やはり少し緊張しているのかもしれない。こんな慣れない状況はどちらにとっても落ち着かない。

「ご家族はわたしが来ることを知っているの？」ルーシーは尋ねた。

サムがうなずく。「さっき病院から電話をかけておいた」

玄関のドアが開き、細長い長方形の明かりがポーチの床を照らした。黒髪の男性がドアを支え、ブロンドの髪の女の子とブルドッグが出てきた。男性は野性味あふれる魅力がサムに似ているが、年齢はやや上で、体格もいくらかがっしりしている。笑顔のまぶしさはまったく同じだ。「〈レインシャドー〉へようこそ」男性が言った。「マークだ」

「お邪魔してごめんなさい」

「ちっともかまわないよ」マークはにこやかに答え、サムを見た。「何か手伝おうか」

「車にルーシーのバッグがあるんだ」

「わかった、取ってくる」マークはポーチをおりた。

「さて、きみたちはちょっと道を空けてくれ」サムは女の子と犬に言った。ひとりと一匹は脇へどいた。「ルーシーを二階へ連れていくからな」

ふたりは玄関に入った。床は黒っぽく、格間《ごうま》天井と呼ばれる造りの天井は高く、壁はクリーム色で、額縁に入った植物のイラストが何枚もかけられていた。

「今日はマギーがお料理を作ってるの」ホリーがついてきた。「チキンスープと焼きたてのパン。デザートはバナナプディング。買ってきたやつじゃなくて、手作りなんだから」

「こんなおいしそうな匂い、マークじゃないなと思ってたよ」

「マギーと一緒に二階の部屋のシーツを替えたんだ。お手伝いが上手だって」

「そりゃあよかった。さあ、食事にするから手を洗っておいで」

「ルーシーとお話ししちゃだめ？」

「あとでね。彼女はまだひどく疲れてるんだ」

「こんにちは、ホリー」ルーシーは弱々しく声をかけた。

ホリーがにっこりした。

「サムおじさんは誰もうちに泊めたことがないんだよ。ルーシーが初めて！」

「また余計なことを……」サムがつぶやき、ルーシーを抱いたまま、弧を描くマホガニー造りの階段をあがった。

ルーシーはかすかに笑った。

「ジャスティンに押しきられたのね。あなたには悪いことをしたと思って――」

「本当に気に入らないなら、ジャスティンに何を言われようが、いいと答えたりはしない」

ルーシーはサムの肩に頭をもたせかけた。そのせいで、彼の表情は見えなかった。

「だって、気に入らなかったんでしょう？」

サムは言葉を選んでいる様子だった。

「きみも言っていただろう？　複雑なことになるのは困ると思っただけだよ」

階段をあがりきったところに、玄関前の私道を見おろせる大きな窓があった。ルーシーは思わずその窓に目をやった。美しいデザインのステンドグラスだ。葉が枯れ落ちて枝だけになった一本の木に、オレンジ色をした冬の月がかかっている。

だが、まばたきをすると、模様も色も消えてしまった。そこにあるのは平凡な普通のガラスだ。

「待って。今のは何？」

ルーシーが何を見ているのか確かめようと、サムは振り返った。「この窓か？」

「昔はステンドグラスだったのね」ルーシーはぼんやりと言った。

「さあ、そうかもしれないな」

「間違いないわ。木と月の絵柄だった」

「どっちにしても、とっくに取り壊されている。あるときの所有者がここを間貸ししようと考えてね」サムは窓から離れた。「この物件を買ったときの家のなかを見せてあげたいくらいだよ。どの部屋にも安っぽいカーペットが敷いてあった。まあ、それはいいとしても、天井を支える大事な壁まで取り壊して、薄っぺらい合板で部屋を仕切ってあったんだ。でも、大丈夫だ。弟が仕事で雇っている建設作業員を連れてきて補強工事をしてくれたから、もう屋根が落ちてくる心配はない」

「とてもいい家だわ。おとぎ話に出てくる家みたい。昔、住んでいたか、夢に見たことがあるような、懐かしい感じがする」疲れがピークに達し、頭がぼんやりしてきた。

フォルス湾に面した横に細長い寝室へ入った。部屋の隅には暖炉があり、いくつもある窓から輝く青い海が望める。網戸がついている両脇の窓は開け放たれ、風が流れこんでいた。

「おろすぞ」海草を編んだヘッドボードがついた大きなベッドに、サムはルーシーを横たえた。ブルーのキルトの上掛けは、ベッドに入りやすいように折り返されている。

「もしかしてあなたの部屋？　これはあなたのベッドなの？」

「そうだ」

ルーシーは起きあがろうとした。「それはだめよ――」

「動くんじゃない」サムは言った。「頼むからじっとしていてくれ。いっそう具合が悪くなるぞ。きみはこのベッドで寝るんだ。折りたたみ式のベッドがあるから、ぼくはそっちで寝るよ」

「あなたを自分の部屋から追いだすなんてできないわ。わたしにその折りたたみ式のベッドを使わせて」

「いいから、ここで眠ってくれ」サムがルーシーに上掛けをかけ、彼女の両脇に手をついた。窓から差しこむ夕焼けの光のせいか、彼の表情が温和になったように見えた。サムは手を伸ばし、ルーシーの耳に髪をかけた。「よかったらチキンスープを持ってくるけど、それまで起きていられそうかい？」

ルーシーは首を振った。

「わかった。じゃあ、おやすみ。あとで様子を見に来るよ」

サムは部屋を出ていった。部屋のなかは涼しく、しんとしていた。遠くでリズミカルな波の音がしている。壁や床を通して、話し声や笑い声、それに食器がかちゃかちゃ鳴る音が聞こえた。その家庭的な音が子守歌になった。

サムは一階へおりる階段の手前で立ちどまり、窓から外を眺めた。まだ日が暮れきっていないというのに、赤紫色の空に、銀色の丸い月がのぼっている。夏至の月が大きく見えるのは目の錯覚にすぎないと科学者は言う。人間の目はまわりの風景と比べて、勝手に月の大きさを感じとっているらしい。だが、ときには錯覚のほうが現実よりも真実に近いときもある。大昔、李白という中国の詩人は、長江で水面に映る月をつかもうとして溺死したらしい。酒を飲んでいたというから、しこたま酔っ払っていたのだろう。だが、人は手に入らないものが欲しくてたまらなくなることがある。それが自分のものになるかもしれないと思う瞬間など来てほしくない。うっかり手を伸ばせば、水面の月をつかもうとするのと同じくらい致命的な結果に終わるのだから。

今、自分のベッドに、ルーシーが折れたランの花のような痛々しい姿で横たわっているのかと思うと、ここを立ち去りがたかった。彼女に何かあったらすぐにそばに駆けつけられるよう、寝室のドアにもたれかかって座っていたい。だが、そんな思いを振り払い、サムは階下におりた。レンフィールドが、誰かが脱いだ靴下を口にくわえ、部屋のなかを走りまわっていた。ホリーはテーブルに皿を並べている。マークは電話で歯医者の予約を入れていた。

キッチンに入ると、マギーが大きな調理台でボウルに入ったクリームを泡立て器で泡立てていた。

マギー・コンロイは美人というよりはチャーミングな女性で、陽気な性格のせいで実際より身長が高い印象を受ける。そばに寄ってみて初めて、せいぜい一五五センチぐらいしかないことに気づくのだ。「違うわ、一五六センチよ」本人はいつもそう主張している。まるでその一センチがとてつもなく重要なのだと言わんばかりの口ぶりだ。

兄のマークはずっと美人ばかりを相手にしてきた。目の保養にはいいが、一緒にいても少しも楽しくない女性たちだ。マークが初めて真剣に愛した人がマギーで本当によかったと思う。マギーの笑ってしまうほど楽観的な考え方こそ、この家族に必要なものだ。

サムはマギーの隣に立ち、黙ってボウルと泡立て器を取りあげた。

「ありがとう」マギーは腕を振って、疲れをほぐした。

「電動のやつを使えばいいのに」

「マークから聞かなかった？」マギーはかわいらしく顔をしかめ、恥ずかしそうにうなだれた。「先週、わたしが壊しちゃったの。絶対、弁償するからね」

「そんなことはどうでもいいさ」サムはクリームを泡立てながら答えた。「キッチンの道具が壊れるのには慣れてるから。もっとも壊すのはマークとぼくだけどね。いったい何をしたんだ？」

「ピザの生地を作ろうと思って、ハンドミキサーで小麦粉と水をかきまぜていたの。そうしたらだんだん生地に粘りが出てきて、焦げくさい臭いがしたかと思ったら、ハンドミキサーから煙が吹きだしたというわけ」

サムは笑みをこぼし、泡立て器の先でホイップクリームの硬さを確かめた。ちょうどいい具合に角が立った。

「ピザなんて自分で作るもんじゃないよ。料理をするのが面倒なときに外で食うものさ」

「ヘルシーなピザを作りたかったの」

「ヘルシーなピザなんてあるもんか。なんたってピザだからな」サムがボウルを手渡すと、マギーはそれにラップをかけ、冷蔵庫に入れた。

キッチンの統一感を出すために、わが家の〈サブゼロ〉の冷蔵庫は、ドアがほかの棚の扉と同じデザインになっている。マギーはそのドアを閉め、今度はガスレンジにかけた深鍋の中身をかきまぜた。「お友達の具合はどう？　ルーシーだったかしら？」

「大丈夫だ」

マギーはちらりとサムを見た。「あなたはどうなの？」

「絶好調さ」返事が少し早すぎた。

マギーは湯気の立つチキンスープを皿によそった。「ルーシーの分も用意する？」

「いや、いい。今ごろはもう寝ているだろう」サムは栓の開いているワインのボトルを手に取り、自分のためにグラスに注いだ。

「自宅に連れ帰ってみずから看病しようというくらいだから、よっぽど大切な人なのね」

「いや、ただの友人だよ」サムは淡々とした口調を装った。

「本当に？」

「ああ」

「これから恋人になる可能性は？」

「ない」また返事をするのが少し早すぎた。マギーのからかうような笑みを見て、サムは顔をしかめた。「ぼくみたいなつきあい方は、ルーシーには向かないんだよ」

「あなたみたいなって？　その都度、きれいな女性たちとベッドはともにするけれど、将来の約束はしないというつきあい方？」

「そういうこと」

「運命の相手に出会ったら、あなただって本気になるわよ」

サムは首を振った。「そんなときは来ないさ」テーブルに料理を並べ、食事の用意ができたと知らせるためにマークとホリーを探しに行った。リビングルームにいるのを見つけ、足を止めた。改修工事で余分な壁を取り払ったため、リビングルームはかなり広くなっている。ふたりはソファに並んで座っていた。アンティークの巨大なソファで、マギーが見つけ、マークを説得して買わせたものだ。購入したときは傷だらけで、布地は虫に食われていた。だが、彫刻を施された紫檀の肘掛け部分をはずして艶を出し、セージグリーンのベルベット地を張りなおしたら、この家によく似合う堂々としたソファになった。

これに座るとホリーは足が床に届かないため、両脚をぶらぶらさせていた。マークはコーヒーテーブルに広げた家族用のスケジュール表に何か書きこんでいる。

「歯医者さんに行って、週に何回くらいフロスを使いますかと質問されたら、なんて答えるんだ？」マークが尋ねた。

「フロスって何って訊く」マークが脇をつつくと、ホリーはきゃっきゃっと笑った。マークはそんなホリーの頭にキスをした。

今に始まったことではないが、こういうマークの姿を見ていると、本当の父親のようだといつも感心する。もともとはまったくそういうタイプではなかったのだが、ホリーを引きとってからというもの、みるみるうちに父親らしくなった。

マークはテーブルにかがみこみ、家族用のスケジュール表にまた何か書きこんだ。

「学校のダンスの授業で使うトウシューズ、マギーはもう注文してくれたのかな？」

「わからない」

「じゃあ、ぼくから訊いておこう」

「マークおじさん」

「なんだい？」

「生まれてくる赤ちゃんはわたしのいとこになるんだよね？」

ペンの動きが止まった。マークは静かにペンを置き、姪の真剣な顔をのぞきこんだ。「正確に言えばそうだが……」マークは言葉を切り、少し考えた。「どちらかというと弟や妹みたいになると思うよ。一緒に大きくなるわけだからね」

「クラスのなかには、マークおじさんがわたしのパパだと思ってる子もいるんだ。パパみたいだからって」

ちょうどふたりに声をかけようとしていたサムは、言葉をのみこんだ。この瞬間を邪魔したくないと思い、物音をたてないように気をつけた。きっと今から大切な会話が交わされる。

サムは身じろぎもせず、ふたりを見つめた。

マークは意識して穏やかな表情を保っているふうに見えた。

「パパかと尋ねられたら、なんと答えるんだ?」

「勝手にそう思わせておく」ホリーは黙った。「それって悪いこと?」

マークは首を振った。「そんなことはないさ」声がかすれている。

「赤ちゃんが生まれたあとも、わたしはマークおじさんのことをおじさんって呼ばなくちゃいけないの?」

マークはホリーの小さな両手を取り、自分の大きな手で包みこんだ。

「おまえが好きなようにすればいいんだよ」

ホリーはマークに体を寄せ、腕に頭をつけた。

「わたし……パパって呼びたい。というか……パパになってほしい」

マークはしばらく言葉を失っていた。まさかそんなことを言われるとは思ってもいなかったのだろう。いや、期待しないようにしていたのかもしれない。マークは身をかがめ、月光に照らされたホリーの淡い色の髪に手をあてた。「うれしいよ、ホリー。もちろん……パパになるさ」ホリーを膝にのせてきつく抱きしめ、髪をなでた。そしてくぐもった声で、何度もありがとうとささやいた。

サムも涙が出そうになった。この瞬間に立ちあえたことがうれしかった。

「苦しいよ」ホリーが身じろぎした。

マークが腕の力を緩めると、ホリーは膝からおりた。

レンフィールドがくしゃくしゃの紙ナプキンをくわえて入ってきた。

「あの紙ナプキン、わたしが口から取る」ホリーはマークと鼻をこすりあわせた。「パパ」

そう言うと、いたずらっぽく笑い、そのままレンフィールドを追いかけに行った。

こんなふうに頭を垂れ、胸を熱くしている兄の姿は初めて見た。サムがリビングルームに入ると、マークは小さく息を吐き、目頭をぬぐった。

サムのほうへ顔を向け、目をしばたたき、震える声で言う。「サム、たった今――」

「聞いてた」サムは静かに言い、兄にほほえんだ。「よかったな。ホリーの言うとおりだ。兄貴はパパみたいだよ」

14

サムの部屋に声が聞こえてきた。

「……だから、ルーシーにはわたしのピンク色のバスルームを使ってほしい」ホリーだ。

「サムおじさんの部屋のやつよりかわいいもん」

「でもね、ルーシーにはシャワー室のほうがいいんだよ」サムが言う。「バスタブに入ることができないからな」

「じゃあ、わたしのバスルームを見せるのはいい？　わたしの部屋も」

「わかった。そのうちに、みんなで家のなかを案内しよう。でも、今はさっさと靴下をはいたほうがいいぞ。じゃないと学校に遅れる」

ルーシーは枕から漂うかすかな香りに気づいた。葉と、降りだしたばかりの雨と、伐採したスギ。サムの香りだ。ルーシーは枕に顔をうずめ、その香りに浸った。

おぼろげながら記憶がよみがえってきた。そういえば、真夜中に痛みで目が覚めた。そのときサムが影のように近づき、鎮痛剤と水を手渡し、薬をのめるように背中を支えてくれた。

サムが足首のアイスパックを交換してくれたのも、ぼんやりと覚えている。わたしのために起きていなくてもいいから、ちゃんとやすんでと言った気がする。

「気を遣わなくても大丈夫だ」サムはそう言い、上掛けを直してくれた。「おやすみ」

空が明るくなったころに目が覚め、それからはベッドに横たわったまま、家のなかで聞こえるくぐもった声や音に耳を傾けていた。朝食をとっているらしい音、電話のベル、宿題が入ったフォルダーと遠足の申込書を家じゅう探しまわる物音。そしてようやく車のエンジン音が遠ざかっていった。

階段をあがる足音が聞こえ、ドアをノックする音がしたあと、サムが顔をのぞかせた。「気分はどうだい？」朝なので低く少しかすれているバリトンが、ルーシーの耳に心地よく響いた。

「少し痛いかも」

「それは猛烈に痛いという意味だな」サムは朝食ののったトレイを持って、部屋に入ってきた。Tシャツにフランネルのパジャマのズボンだけという姿はしどけなくセクシーに見え、ルーシーは顔が熱くなった。「次の薬をのむ時間なんだが、その前に胃に何か入れたほうがいい。トーストと卵だけど、食べられるかな？」

「おいしそう」

「朝食がすんだら、シャワーを浴びよう」

ルーシーの顔はさらに熱くなり、鼓動が速まった。体を洗いたいのはやまやまだが、この怪我の状態ではいろいろなことを手伝ってもらわなくてはならない。「そんなことができるの？」なんとか声を出して尋ねた。

サムはベッドの上にトレイを置き、ルーシーの体を起こすと、背中のうしろに枕を入れて背もたれにした。そして、事務的な口調で説明した。「この部屋のバスルームにはシャワー室がある。バスタブはないから、足をあげてバスタブに入る必要はない。プラスチック製の椅子が置いてあるし、シャワーはホース付きだから、座って体を洗える。もちろん、シャワー室へ出入りするときは手を貸すが、あとはほとんど自分でできるはずだ」

「わかった」ルーシーはほっとした。「それならなんとかなりそう」バター付きのトーストを手に取り、ジャムを塗った。「どうしてホースがついたシャワーなんてあるの？」

サムは眉をひそめた。「おかしいか？」

一般家庭のシャワーといえば、普通は固定式だ。

「おじいさんやおばあさんならわかるけど、若い人が使うというイメージがなかったから」

「ぼくの体にはホースがないとお湯が届かないところがあるのさ」サムはわざとらしく低い声でそう言ったあと、ルーシーが小さく笑ったのを見てつけ加えた。「本当はレンフィールドを洗うためだ」

ルーシーが朝食をとっているあいだに、サムはシャワーを浴び、髭を剃った。そして、すりきれたジーンズにTシャツという姿で戻ってきた。そのTシャツには〝シュレーディンガーの猫は生きている〟と書かれていた。

「それ、どういう意味？」ルーシーはTシャツの文字を見ながら尋ねた。

「量子論の原理さ」サムは何かが入ったスーパーマーケットの袋を床に置き、ルーシーの膝から朝食のトレイをどけた。「シュレーディンガーというのは物理学者だ。彼は箱のなかに、猫と、放射性物質と、毒を入れておく実験を提唱したんだよ。いくら観測したって本当のところはわからないってことを証明するためにね」

「それで、猫はどうなったの？」

「きみ、猫は好き？」

「ええ」

「だったら、結末は聞かないほうがいいな」

ルーシーは顔をしかめた。「もっと能天気なTシャツは持っていないの？」

「これだって能天気な話さ。きみが猫に怒りだしそうだから、なぜかは言えないけどね」

ルーシーはくすくす笑った。だが、サムが近寄ってきて上掛けに手をかけると、緊張で言葉が出なくなり、鼓動が速くなった。

サムは無表情のまま上掛けをめくり、ルーシーが両腕を自分の体にまわしているのを見ると、静かに言った。「オーケー、正直なところを言おう」

「何よ」ルーシーは警戒した。

「たしかに、ぼくとしても難しいものはある。普通は入浴に手を貸すより、ベッドをともにするほうが先だ」

「だからといって、あなたの気分を楽にさせるために関係を持ったりはしないわよ」

サムは小さな笑みをこぼした。「そんなつもりで言ったわけじゃない。きみは色気も何もない病院のパジャマを着てる。しかも小さな黄色いアヒルのワンポイントがついたまぬけなやつだ。そのうえ擦り傷だらけで、絆創膏は貼ってあるし、包帯まで巻いている。だからぼくの男としての欲求はちっとも刺激されない。まだあるぞ。きみはずっと鎮痛剤を服用している。つまり、頭がぼうっとしていて正常な判断ができないということだ。そんな女性を相手に、何かしようって気にはなれないよ」言葉を切った。「これで少しは安心したかな?」

「ええ、まあね。でも……」ルーシーは顔を赤くした。「入浴を手伝うと、いろいろと目に入るかもしれないわ」

サムは真面目な表情ながらも、唇の端にかすかな笑みを見せた。

「見えなかったと思いこむことにするよ」

ルーシーはため息をついた。「わかったわ」上掛けを押しやり、体を起こそうとした。

サムが慌てて、彼女の背中に腕をまわした。「自分で起きあがろうとしないほうがいい。無理をすると体を痛めるぞ。ベッドの端へ移すから、そうしたら上半身を起こして、脚をおろすんだ。そうそう……それでいい」病衣の裾が腰までめくれあがり、サムが息をのんだ。

ルーシーは慌てて裾をおろした。「さてと」サムはまた息をしはじめた。「副木ははずせないけれど、シャワーを浴びるときは、ビニールで包んで濡れないようにすれば大丈夫だと看護師が言ってた」スーパーマーケットの袋から、ロール状になったビニールを取りだした。見た目はちょうど巨大な食品用ラップのようだ。

　サムはビニールを慣れた手つきで脚に巻きはじめた。ときおり膝やふくらはぎに指が触れるのがくすぐったい。うつむいたサムの豊かな黒髪を見おろしながら、ルーシーはさりげなく身をかがめ、彼の首筋から漂う香りをかいだ。太陽と草のような夏の香りがした。

　ビニールを巻き終えると、サムは膝をついたまま顔をあげた。

「どうだい？　きつくないか？」

「大丈夫よ」サムの陽焼けした頬が少し紅潮していることにルーシーは気づいた。「わたしはあなたの男性としての欲求をちっとも刺激しないんじゃなかったの？」

　サムは大げさに罪を悔いている顔をした。「すまない。女性の脚にビニールを巻くなんてなまめかしい行為は、学生時代以来の出来事だったもんでね」彼は立ちあがり、ルーシーの体を抱きあげた。ルーシーは自然とサムの首に腕をまわしながら、その軽々とした動作に胸をときめかせた。

「ちょっと待ったほうがいい？　その……あなたの気持ちが落ち着くまで」

　サムは首を振り、残念そうににやりとした。

「シャワータイムのぼくはいつもこんなもんだと思ってくれ。大丈夫、何もしないから」

「そんな心配はしていないわ。ただ、落とされたら困ると思っただけよ」

「きみにくらくらしたからといって、筋力がなくなるわけじゃない。知力はちょっと低下するかもしれないが、入浴を手伝うのにそっちは必要ないからな」

　ルーシーは不安を覚えながらもほほえみ、たくましい肩にしがみついたままバスルームへ運ばれた。「体を鍛えているの？」

「ブドウ園のおかげさ。有機栽培をしているんだ。化学肥料や農薬を使わずにブドウを育てようとすると、いろいろと力仕事も多くてね。ジムの会員料金を節約できるというもんだよ」

この人も緊張しているのだとルーシーは思った。また少し早口になっている。おかしなものだ。何があっても動じない人かと思っていたのに。たとえこんな気恥ずかしい状況に陥っても、彼なら落ち着き払って対応するように見えた。それなのに、じつはわたしと同じく動揺しているらしい。

バスルームは清潔で、すっきりとしたデザインになっていた。タイルの色はアイボリーで、マホガニー製の戸棚があり、脚のある洗面台の上に、フレームのついた大きな鏡が取りつけられている。サムはルーシーをプラスチック製の椅子に座らせると、シャワー室の使い方を説明し、シャワーヘッドを持たせた。「ぼくが出ていったら、病院のパジャマはシャワー室の外に出して、あとは好きにしてくれ。ゆっくりでいいよ。ぼくはバスルームのドアのそばにいるから、困ったことが起きたり必要なものがあったりしたら、遠慮なく叫んでくれ」

「ありがとう」

ルーシーは椅子に座ったまま、四苦八苦しながら病衣を脱ぎ、それをシャワー室の外に放った。怪我の痛みで思わず顔をゆがめる。湯を出し、温度を調節して、シャワーヘッドを自分のほうへ向けた。湯の熱さが傷口にしみ、思わずうめき声がもれた。

「大丈夫か?」ドアの向こう側でサムの声がした。

「痛いけれど、気持ちがいいわ」

「何か手伝おうか?」

「いいえ、平気」石鹸を使って体をこすり、その泡をシャワーで洗い流すだけでも大変な労力を要した。これでは、とてもひとりで髪を洗えるとは思えない。「サム」ルーシーはいらだちを覚えながら声をかけた。

「なんだ」

「手伝ってくれる?」

「何をしてほしい?」

「自分じゃ髪を洗えないの。お願い、手を貸して」

長い沈黙があった。「なんとかならないのか?」

「シャンプーのボトルに手が届かないし、右腕が痛いの。片手で髪を洗うのは無理よ」ルーシーは湯を止め、シャワーヘッドを床に置いた。そして痛みを我慢しながら、体にバスタオルを巻きつけた。

「わかった」サムが言った。「入るぞ」

サムは陪審員として召喚された人のような硬い表情でバスルームへ入ってきた。シャワー室に足を踏み入れると、シャワーヘッドを取りあげ、水量と温度を調節した。緊張で彼の息遣いがおかしくなっていることに気づき、ルーシーは言った。

「このなかは音が反響するから、あなたの息の音がダース・ベイダーみたいに聞こえるわ」

「ほっとけ」サムは不機嫌に答えた。「そんなピンク色の肌から湯気があがっているところを見せつけられるこっちの身にもなってみろ」

「ごめんなさい」ルーシーは申し訳ない思いで彼を見あげた。「できそう？」

「なんとかするさ」サムはルーシーの背後にまわり、顔を上へ向かせた。ルーシーは、その青みがかったグリーンの目をのぞきこんだ。「こうやってきみの髪を洗えるのは光栄だと思うことにするよ」

大きな手で頭を支えられ、少しかすれた低い声を聞いているのは心地よかった。

「すてきなお世辞ね」

「やっぱり取り消す」

「もう遅いわ」ルーシーはほほえんで目を閉じた。

髪を洗われるのは、天にものぼる心地だった。サムは髪にシャンプーをなじませ、力強く頭皮をこすり、湯が目に入らないように気をつけながら泡を洗い流した。湯気と一緒に、シャンプーのローズマリーミントの香りが漂っている。さっき、サムのそばで感じた香りはこれだ。ルーシーはリラックスし、深く呼吸した。

サムは湯を止め、シャワーヘッドを壁にかけた。ルーシーは片手で髪の水気を絞った。ふと見ると、サムのTシャツには水が跳ね、ジーンズの裾はびしょびしょに濡れていた。

「服が濡れちゃったわね。ごめんなさい」

サムがルーシーを見おろし、濡れてずりさがったタオルの胸のあたりに目をやった。

「死にはしないさ」

「じつは着るものが何もないの」

サムはまだぼんやりとこちらを見ている。「そうか……」

「何か貸してもらえないかしら」

返事がないため、サムの目の前で手を振ってみせた。

「もしもし、ダース・ベイダー、ダークサイドから出てきなさい」

サムはまばたきをした。目の焦点が合った。「洗濯したTシャツぐらいならある」

サムに手伝ってもらい、髪にタオルをターバンのように巻いた。片足でバランスを取りながらシンクで歯磨きをしているあいだも、サムは腰を軽く支えてくれた。それが終わると、ベッドへ運ばれ、Tシャツを手渡された。サムが背中を向けているあいだに、そのTシャツを着た。頭に巻いていたタオルの片端が落ちたのでそれを取り、手櫛で髪をすいた。

「これは何？」ルーシーはTシャツのイラストを見た。たくさんの升目があり、そのなかにアルファベットが書かれている。

「元素周期表だ」脚に巻いたビニールを取るために、サムはルーシーの足元に座りこんだ。

「いやだわ。化学記号なんてろくに知らないのに、こんなTシャツを着て出かけたら恥をかくわね」

「たとえばロジウムは〝Rh〟」サムは小さなハサミを使ってビニールを切った。

ルーシーは笑みをこぼした。「よく知っているわね」

「周期表の真ん中あたりにある」サムは切り開いたビニールを床に置き、副木の具合を確かめた。「よかったら、リビングルームに来るかい？　眺めが違えば気分も変わるだろう。大きなソファとテレビがあるし、レンフィールドもいる」

陽の光に照らされたサムの髪を見おろしていると、たんに見た目に惹かれるのとも、世話になっていることに感謝しているだけとも違う、何か別の感情がこみあげてきた。鼓動が跳ねあがり、彼女は狼狽した。そして、求めてはいけないものを求めている自分に気づいた。

「いろいろと力になってくれてありがとう」

「たいしたことじゃないさ」

そっと腕を伸ばし、サムの髪に指を滑りこませた。そうしているのが、とても心地よかった。もっと彼に触れたいと思った。

いやがられるかと思ったが、サムはうつむいたままじっとしている。ルーシーはさらに指をさまよわせ、男らしくて硬い首筋に触れた。サムの息遣いが変わった。

「そんなことはない」ルーシーは静かに言った。「本当は大変。そうでしょう？」

サムが顔をあげた。まぶたを半ば閉じた目は、この世のものとは思えないほど深いグリーンをしている。表情は硬く、返事はなかった。言葉に出さなくても互いにわかっている。見つめあう目がそれを物語っていた。

もちろんそれは、副木や包帯や看病とはなんの関係もない。

サムは迷いを振り払うように首を振り、ベッドの上掛けに手をかけた。

「しばらく休んでいるといい。そのあいだにぼくは――」

ルーシーはサムの首筋に腕をまわし、唇を重ねた。サムは一瞬、凍りついたが、すぐに小さなうめき声をもらし、熱いキスを返してきた。

サムとキスをするのはこれが初めてではないが、以前のときとはまったく違った。まるで白昼夢を見ているかのようだ。もう自分を止められない。目を閉じると、窓から見える青い海と太陽の風景が頭のなかに広がった。サムがルーシーの背中に腕をまわし、体を支えて唇をむさぼる。ルーシーは声をもらして、サムの胸にぴったりと体を寄せた。彼とひとつに溶けあいたい。サムが唇から首筋へと舌をはわせ、軽く歯を立てながら肩へ滑らせて、肩に唇を押しあてたまま言った。「きみを傷つけたくない。ルーシー、こんなことは――」

ルーシーはキスを求め、きれいに髭を剃った顎に、開いた唇をさまよわせた。サムは我慢しきれないとばかりにまた唇を重ね、舌を分け入らせた。ルーシーは震えながら彼のTシャツをつかんだ。

サムの手が彼女のTシャツの裾から滑りこんできた。熱くなっている肌に、ひんやりとした手が心地よかった。乳房が触れられるのを待っている。ルーシーはサムの腕に手を添え、上へといざなった。「お願い……」

「だめだ、ルーシー」サムは顔を離し、小さく毒づくと、ルーシーのTシャツの裾を引きおろした。そして、自分の目を覚まさせようとするように髪をかきむしった。ルーシーが手を伸ばすと、反射的に手首をつかまれた。

サムはこちらを見ようとしなかった。唾をのみこんでいるのか、何度も喉が動いている。

「何か言ってくれ」ようやく小声で言った。「じゃないと……」

サムが自制心を取り戻そうとしているのだと気づき、ルーシーは目を見開いた。

「どんなことを……言ってほしいの？」

サムは皮肉な口調で答えた。「気が紛れるならなんでもいいさ」

ルーシーはTシャツの元素周期表を見おろした。「ガラスの化学式はどこにあるの？」逆さまだと、記号を読みとるのが難しい。

「それには載っていない。ガラスは化合物だからな。大半は二酸化ケイ素でできている。ありふれた物質だよ。二酸化ケイ素の化学式は……だめだ、頭が働かない。そうだ、〝SiO_2〟だ。元素記号でいうと、これと……」サムは〝Si〟と書かれた文字を指で示した。サムの指が乳房の左下側に触れた。「これだ」サムの指先が〝O〟の文字を指し示した。さっきより乳首に近づいた。

「ガラスには炭酸ナトリウムも含まれているわ」

「炭酸ナトリウムの化学式は……」サムは集中しようとした。「〝Na_2CO_3〟だな。ナトリウムがあるのは……」周期表を眺め、首を振った。「だめだ。指させるような場所じゃない」

「じゃあ、酸化カルシウムは？」ルーシーはさらに尋ねた。

「カルシウムは……」サムは周期表を見て、また首を振った。「そこを指さしたら、五秒後にはきみを押し倒してしまいそうだ」

そのとき、玄関から鋭い金属音が聞こえ、ふたりははっとした。ヴィクトリア朝様式の手動で鳴らすタイプのドアベルの音だ。

サムはうめきながらベッドからおりた。「さっき、何もしないと約束したのは、きみもそうだろうという大前提に立ってのことだった」廊下へ続くドアを開いて足を止め、二回大きく息を吸った。「これからは本当に何もしない。きみにはいっさい手を触れないからな」

「でも、それじゃあ、わたしは身のまわりのことをどうやってすればいいの？」

「勝手に自分でやってくれ」


一階へおりるまでに、さらに二度ばかりドアベルが鳴った。サムは気持ちが高ぶり、まともにものを考えられなかった。本当はルーシーが欲しい。時間をかけて愛しあい、目を見ながら彼女のなかに身をうずめ、いつまでもずっとそうしていたい。

玄関に着くころにはいくらか落ち着き、頭も働くようになった。ドアを開けると、弟のアレックスが立っていた。顔がやつれ、いつにも増して不機嫌そうだ。ゆったりとした服を着ているせいか、ひどく痩せて見える。離婚による心の傷を引きずっているのだ。

「なんで鍵なんかかけてたんだ」アレックスがいらだった声で言った。

「やあ」サムはぶっきらぼうに答えた。「いらっしゃい。おまえに渡した鍵はどうした？」

「それがついているほうのキーホルダーは持ってこなかった。今日、行くと言っといただろ？　ただで家を直してもらいたかったら、せめて鍵くらい開けておけよ」

「こっちもいろいろと忙しいんだよ」

アレックスは年季が入った金属製の道具箱を手に、さっさと家のなかへ入った。弟は家に来るといつもまずキッチンに向かい、熱いコーヒーをカップに注いでいっきに飲み干してから、その日工事をする場所へ行く。まともに仕事として他人の家でこれだけの作業をすれば結構な稼ぎになるだろうに、金はいっさい受けとらない。現在の職業はディベロッパーだが、昔は大工だったため、腕は確かだ。

アレックスは何時間でも、壁板をはがしたり、漆喰のひびを直したり、木製の回り縁や建築金物や床板を補修したりしている。マークとサムの仕事が気に入らず、自分でやりなおすことも少なくない。どうしてこの家にそれほどの労力を注ぎこむのか、マークとサムにとっては謎だった。

「きっと、やつにとっては趣味なんだよ。大工仕事をしていると落ち着くんじゃないのか？」以前、マークはそう言った。

「そうかもしれない」サムは答えた。「とりあえず、作業をしているあいだは酒を飲まないものな。この家がなければ、あいつの肝臓は今ごろどろどろだ」

今、キッチンへ向かう弟の姿を見ながら、ストレスと飲酒がかなり悪い影響を及ぼしているとサムは思った。アレックスの元妻であるダーシーは、せっせと食事を作るタイプではなかったが、それでも自分がおいしいものを食べるために、夫にせがんで週に二、三度は外食に連れていかせた。だが、今はそれもなくなった。いったい、食事はどうしているのだろう。ろくに食べていないのかもしれない。

「おい、卵でも焼くから、朝食でもどうだ？」

「腹はすいてない。コーヒーで充分だ」

「そうか」サムは弟のあとについていった。「それでだな……できれば今日はなるべく音をたてない作業をしてくれるとありがたいんだが。具合の悪い友達が寝てるんだ」

「二日酔いならどこかほかで寝ろと、その女に言っとけ。今日の作業に電動工具は欠かせない」

「それはまた別の日にしてくれ」サムは言った。「それに二日酔いじゃない。昨日、交通事故に遭ったんだ」

アレックスが何か言おうとしたとき、ドアベルが鳴った。

「彼女の友人だろう」サムは小声で言った。「アレックス、少しは愛想よくしろよ」

アレックスはじろりと兄をにらみ、ぷいとキッチンへ入っていった。訪ねてきたのは、なかなか魅力的な体型をしたブロンドの小柄な女性だった。ノースリーブのボタンダウンのシャツにカプリパンツ、フラットシューズという格好で、腰のところでシャツの裾を結んでいる。その体つきといい、大きなブルーの目といい、顎のあたりまでカールした髪を垂らしているところといい、昔の映画でよく見る売り出し中の若手女優か、バスビー・バークレー監督の映画に出てくるショーガールみたいだ。

「ゾーイ・ホフマンよ」明るい声で言った。「ルーシーの荷物を持ってきたの。今、大丈夫かしら？　都合が悪ければ、あとで出直して――」

「平気だよ」サムはほほえんだ。「どうぞ、入ってくれ」

ゾーイはマフィンの入った特大の型を持っていた。まだ温かいらしく、甘い香りが漂ってくる。彼女は家のなかに入ろうとしてつまずき、とっさにサムが支えた。

「ごめんなさい、わたし、おっちょこちょいなの」ゾーイが陽気に言った。カールした髪が片目にかかっている。

「たいしたことがなくてよかったよ。そうじゃなきゃ、きみを助けるかマフィンを受けとめるか、とっさに迷ったところだ」

サムはマフィン型を受けとり、ゾーイを家のなかへ案内した。

「ルーシーの具合はどう？」ゾーイが尋ねた。

「思っていたより大丈夫そうだ。ゆうべはちゃんと眠ってたしね。でも、まだ痛みはあるらしくて、今朝も鎮痛剤をのんだ」

「彼女のこと、本当にありがとう。わたしもジャスティンも心から感謝しているわ」

せっかくの美人で体型にも恵まれているのに、もったいないとサムは思った。ゾーイはどことなく申し訳なさそうに背を丸めている。これだけの容姿の持ち主ながら、どういうわけか自信なさげなのだ。もしかするとその美貌のせいで悪い男につかまって、苦い思いをした経験があるのかもしれない。

ふたりは広いキッチンに入った。床板にはクルミ材を使い、タイルを張った一画にホーローのガスレンジがあり、ガラスの扉がついた食器棚が並んでいる。ゾーイは梁を渡した高い天井や、昔懐かしい少し手前に突きでた深いシンクを称賛の目で眺めた。だが、コーヒーメーカーのそばで振り返ったアレックスに気づくと、その目から感情が消えた。二日酔いの悪魔さながらの顔をしたアレックスを見て、何か感じたのかもしれない。

サムが互いを紹介すると、ゾーイは小さな声で挨拶した。アレックスは無愛想に会釈をしただけだった。どちらも握手しようとはしなかった。ゾーイがサムに顔を向けた。

「マフィンをのせたいんだけど、ケーキスタンドはある？」

「冷蔵庫のそばの食器棚に入ってる。アレックス、ケーキスタンドを出すのを手伝ってあげてくれ。ぼくはルーシーの様子を見てくる」サムは弟に頼んでから、ゾーイに言った。「リビングルームにおりてこられそうか、あるいはきみを寝室へ呼んだほうがよさそうか、訊いてくるよ」

「ええ、わかった」ゾーイは食器棚のほうへ行った。

サムがキッチンを出ようとすると、アレックスがついてきた。「こっちはやることがあるんだ。あんなベティ・ブープみたいな女としゃべってる暇はない」

その声が聞こえたらしく、ゾーイが肩をこわばらせた。「アレックス」サムは穏やかに言った。「いいから、おまえは彼女を手伝うんだ」

蓋のついたガラス製のケーキスタンドは食器棚の上のほうに入っていた。手が届かないとわかり、ゾーイはしつこく垂れてくる髪をかきあげながら、どうしたものかと考えた。アレックス・ノーランが近づいてくる気配を感じ、緊張で硬くなった。「あそこよ」ゾーイは脇へどいた。

アレックスは造作もなくそのケーキスタンドを取りだし、御影石のカウンターの上に置いた。背は高いが、いったいいつからまともな食事をしていないのだろうと思うほど痩せている。薄情そうに見えるが、それでもハンサムであることに変わりはなく、遊び慣れた雰囲気がある。薄情というよりは、陰があるといったほうがいいかもしれない。こういう男性に魅力を感じる女性は多いだろう。だが、ゾーイは落ち着かなかった。

もっとも、男の人なら誰といてもそうなるのだけれど。

ケーキスタンドを出したら、アレックスはどこかへ行ってしまうだろうとゾーイは思っていた。いや、むしろ出ていってほしかった。だが、彼はキッチンに残り、カウンターに片手をついた。高級そうな腕時計が、桟で格子状に仕切られた窓から入る光を反射している。

ゾーイは黙ってケーキスタンドをマフィン型のそばへ持ってきた。ひとつずつ慎重にマフィンを型から抜き、ケーキスタンドに並べはじめる。まだ熱いブルーベリーと、バターをたっぷり使ったシュトロイゼルの甘い香りが漂った。アレックスの深い息遣いが聞こえた。

ゾーイはそっと様子をうかがった。アレックスの青みがかったグリーンの目の下にはくまができている。もう何カ月も眠っていない人のようだ。「どうぞ行ってちょうだい」ゾーイは言った。「わたしとおしゃべりをする必要はないから」

アレックスは先ほどの非礼を詫びもせずに尋ねた。「何が入ってるんだ？」毒を入れたのかと言わんばかりの非難がましい口ぶりだ。

ゾーイは唖然とし、一瞬、口がきけなかった。

「ブルーベリーよ。よかったらどうぞ」

アレックスは首を振り、コーヒーカップを手に取った。

その手が震え、コーヒーの表面が揺れていることに気づき、ゾーイは慌てて目を伏せた。どうしたらそんな震えが出るのだろう。情緒不安定？　それともアルコール依存症？　自分よりもはるかに背の高い男性が心の弱さを抱えていることに、ゾーイは痛ましさを覚えた。

ゾーイは苦しんでいる人を見ると同情せずにはいられないたちだ。泣いている子供や、怪我をしている動物や、孤独そうな人がいると放っておけない。とりわけお腹がすいている人はそうだ。ゾーイにとって世の中でいちばん好きなのは、誰かのために料理を作ることだ。栄養バランスを考え、丹精をこめて作った料理を、誰かに味わいながら食べてもらうことに無上の喜びを感じる。

アレックスのコーヒーカップの皿に、ゾーイは黙ってマフィンをひとつのせた。そして彼の顔は見ずに、またマフィンをケーキスタンドに移す作業を続けた。きっとマフィンを投げ返されるか、心無い言葉のひとつも言われるだろうと思ったが、どういうわけかアレックスは黙りこんでいる。

ゾーイが視界の隅でそちらを見ると、アレックスがマフィンを手に取った。彼はぼそりと何か小声で言ってキッチンを出ていった。どうやら〝どうも〟と言ったらしいと、ゾーイはあとになって気づいた。

アレックスは手のなかに包みこむようにしてマフィンを持ち、玄関からポーチへ出た。無漂白の紙を使ったカップに、バターとシュトロイゼルの油がしみている。

クッションを敷いた籐椅子に座り、誰かにひったくられまいとするように、マフィンの上にかがみこんだ。

最近、何も食べられない。食欲がわかないし、何を見てもおいしそうに感じないのだ。無理をして口に押しこんでも、喉が詰まってのみこめない。いつも寒けを感じ、体を温めたくて、ついアルコールに手を出す。そして、体が耐えられないほど飲んでしまう。ちょっかいを出してくる女性はいくらでもいるし、正式に離婚が決まったのだから好きにつきあえばいいのだが、誰に対してもなんの興味も覚えなかった。

キッチンにいる、小柄なブロンドの女性のことを思った。大きな目に、完璧な弓形の唇。あまりに完璧すぎてかえってコミカルに感じられるほどの美人だ。それにきちんとボタンを留められたシャツの下には、ジェットコースターばりの曲線が潜んでいる。まったく好みではなかった。

マフィンをひと口かじり、甘さにほどよく調和したブルーベリーの酸味に、思わず唾が出た。マフィンなので生地は詰まっているが、それでもケーキのような柔らかさがある。全身で堪能しながら、ゆっくりと味わった。香りを感じたり、何かをおいしいと思ったりしたのは数カ月ぶりだ。

がつがつとむさぼってしまいたい衝動をこらえ、ひと口、またひと口とかじり、時間をかけて食べ終えた。ほっとする感覚が全身に広がった。いつもしかめていた顔の筋肉まで緩んだ気がする。きっとゾーイが違法薬物を入れたに違いない。でも、かまうものか。こんな感覚は長らく味わっていない。仕事でさんざん汗をかいたあと、風呂につかったときのような気分だ。手の震えが止まった。

それは一瞬だけか、あるいはしばらく続くのか、じっと待って確かめた。家のなかに入り、道具箱を取りあげ、猫のような足取りで静かに階段をあがった。このすばらしい気分を誰にも邪魔されたくない。

途中で、ほっそりしたバスローブ姿の女性を抱きかかえているサムに会った。女性は、髪はダークブラウン、大きな目はオーシャングリーンで、脚には大きな副木があてられていた。

「弟のアレックスだ」サムは足を止めもせずに言った。「こちらはルーシー」

「やあ」アレックスも歩きながら答え、そのまま三階の屋根裏部屋へ向かった。

サムが気を遣ってリビングルームを出ていったあと、ゾーイは訊いた。「サムはどう?」

ルーシーはほほえんだ。「とてもよくしてくれているわ。ご覧のとおり……」巨大なセージグリーンのソファに投げだした脚にはアイスパックがあてられ、腰には膝掛けが巻かれている。「いたれり尽くせりよ」

「いい人だわ」ゾーイはブルーの目を輝かせた。「ジャスティンが言っていたのは本当だったのね。彼、あなたのことが好きみたい」

「女性なら誰にでも優しいのよ」ルーシーは顔をしかめた。「でも、いい人であるのは確かね」言葉を切り、そっと尋ねた。「サムとデートしてみたら？」

「わたしが？」ゾーイは首を振り、興味津々という顔で言った。「あなたたち、なかなかいい雰囲気よ。何かあったのね」

「全然。これからだって何もないわ。サムはとても正直な人なの。誰とも長い交際をするつもりはないとはっきり言っている。それでもいいから楽しいひとときを持ちたいと思わせる魅力を持っている人なんだけど……」ルーシーは少しためらったあと、声を落として話を続けた。「わたしはだめ。彼と関わったら、あとで傷つくのは目に見えている。本当にすてきな人なの。だからつきあいだしたら、きっとサムの気持ちを変えたいと思うようになるわ。でも、そんなことはできるわけがない。そして、最後にはまたつらい思いをするのよ。もう泣くのはごめんだわ」

「わかった」ゾーイの目は思いやりにあふれていた。「正しい判断だと思うわ。ときにはあきらめることも大事よ」

15

ゾーイが帰ったあと、ルーシーは携帯電話と電子ブックリーダーを手に、リビングルームのソファでくつろいだ。サムは足首のアイスパックを冷たいものと交換し、氷水の入ったタンブラーを置き、ブドウ園に出ていった。外ではスタッフたちが、ブドウを日光にあてるために枝葉を切り落としたり、シャベルで土を掘り返したりしている。

「小一時間ほど出てくる」サムは言った。「携帯の電源は入れておくから、何かあったら電話をくれ」

「わかった」ルーシーは顔をしかめた。「さてと、いいかげん、母に交通事故のことを話さなきゃ。今すぐにでもこっちに来ると言いだしかねないから、やめてと説得するのが大変だわ」

「お母さんもここに泊まればいい。歓迎するよ」

「ありがとう。でも、あの母にうろうろされたらたまらないわ」

「まあ、うちはいつでも大丈夫だから」サムはソファに近づき、ルーシーの隣にちょこんと座っているブルドッグの背中をなでた。「おい、彼女を頼んだぞ」レンフィールドはもっともらしい顔でサムを見あげた。

「いい子ね」ルーシーは言った。「全然、吠えないし」

「ブルドッグはだいたい静かなものなんだ」サムは手を止め、じろりとレンフィールドをにらんだ。「でも、よくおならをする」

レンフィールドが濡れ衣だと言わんばかりにとりすました顔になったため、ルーシーとサムは大笑いした。サムが出ていくと、ルーシーはレンフィールドの頭をなでた。

雲の隙間から強い陽射しが差しこみ、まだ午前中だというのにずいぶん気温があがっている。だが、部屋の両側に網戸のついた窓があり、それが開け放たれているため、ときおり気持ちのいい海風が入ってきた。

ルーシーはのんびりと室内を見まわした。美しく仕上げられた部屋だ。クルミ材の床板は黒光りしているし、クリーム色とセージグリーンと琥珀色で織られたペルシャ絨毯は趣味がいいし、天井と壁の境目に取りつけられた回り縁はきれいに修復されている。

ルーシーは携帯電話を取りあげ、両親宅の番号を押した。母が電話に出た。

ごく控えめに交通事故の件を報告したつもりだったが、母は何かをかぎとったらしく、大騒ぎしはじめた。

「これから空港へ行って、いちばん早い便でそっちへ行くわ」

「やめてちょうだい。来てもらっても、することなんか何もないわよ」

「そんなのはどうでもいいの。あなたがどんな様子なのか確かめないと」

「心配しなくても大丈夫。ちゃんと世話をしてくれる人もいるし、とても快適に過ごしているから――」

「世話をしてくれる人って誰なのよ。ジャスティン？」

「そうじゃなくて……別の友達のところにいるの」

「なんという名前？」

「あの……サム・ノーラン」

母は言葉に詰まった。「そんな男友達がいることなんて、あなた、一度も言わなかったじゃない。いつごろからの知り合いなの？」

「そんなに長くはないわ。それに――」

「彼の部屋に泊まっているの？」

「部屋というか、家というか……」

「家ですって？　もしかして既婚者？」

ルーシーは携帯電話を耳から離し、うんざりして眺めた。そしてしぶしぶ、また耳にあてた。「結婚なんかしていないわよ。わたしは他人《ひと》の夫や恋人を盗ったりしないわ」我慢しきれずに余計なひと言をつけ加えた。「そんなことをするのは、もうひとりの娘だけよ」

「ルーシー」母がたしなめるように言った。「来週、お父さんと一緒にアリスに会いに行く予定だったの。その予約をキャンセルして、あなたに会えるようにもっと早い便に変えるわ」

「だから来なくていいってば。どちらかというと放っておいてくれたほうが――」

「そのサムなんとやらがどんな男か見ておかなくちゃ」

その言い方がおかしくて、思わず笑いだしそうになった。

「とてもいい人よ。お母さんなら、ぜひとも義理の息子にしたいと思うわね」

「まさか、もう結婚の約束をしたの？」

「冗談じゃないわ。やめてちょうだい。つきあってさえいないわよ。お母さんはいつもいろいろと条件を並べ立てて、こんなタイプの男の人を選べとうるさく言っていたでしょう？まさにそのタイプだってこと。ブドウ園を持っていて、有機栽培のブドウを育てて、それでワインを造っているの。お兄さんと一緒に姪御さんを育てているわ」ルーシーはソファのうしろにある窓から外を見た。サムのたくましい姿はすぐに見つかった。シャベルで土を掘り返しているスタッフたちのところにいる。暑いのか、シャツを脱いでいるスタッフもふたりほどいた。サムは耕耘機《こううんき》のエンジンをかける紐を何度も引いたあと、手を止め、額の汗を腕でぬぐった。

「離婚歴がある人なの？」母が尋ねた。

「一度も結婚していないわ」

「じゃあ、いいじゃない。どうしてつきあわないの？」

「サムには誰とも結婚する気がないからよ」

「あら、独身男性はみんな、そう思っているわ。あなたがちゃんと導いてあげればすむ話よ」

「そんな生易しいもんじゃないの。サムにとっては人生観の問題なんだから」

「ご両親はどうしていらっしゃるの？」

「どちらも亡くなっている」

「よかった。それなら休暇に心置きなく、あなたたちをこっちへ呼べるわね」

「お母さん！」

「冗談よ」母はさらりとかわした。

「まったくもう」ルーシーはあきれた。母としゃべっていると、いつもふたつの話題が同時進行しているような気分にさせられる。きっとこちらの言うことは半分も聞いていないに違いない。ルーシーはまたサムのほうを見た。サムは耕耘機のチョークボタンを押していた。

「お母さんったら、わたしの怪我より、その人のことばかり訊いているわよ」

「見た目はどうなの？　髭はきれいに剃っている？　背は高いの？　低いの？　年齢は？」

「髭は……」ふと言葉を失った。サムがTシャツを脱いだからだ。サムはそのTシャツで顔と首筋の汗を拭き、地面に放り投げた。筋肉質で引きしまった美しい体をしている。

「どうしたの？」母の声が聞こえた。「何かあった？」

「なんでもないわ」ルーシーはうわの空で答え、まだサムを見つめていた。サムがエンジンをかける紐を引っ張るたびに、陽に焼けた背中の筋肉が力強く盛りあがる。結局、エンジンをかけるのはあきらめ、ジーンズの腰に両手をあて、力を抜いた格好でスタッフのひとりと何か話しはじめた。「ごめん、ちょっとぼんやりしていたわ。まだ鎮痛剤を服用しているから」

「ほら、サムなんとやらのことを話しなさいよ」母が促す。

「ああ、そうだったわね。ええ……髭はきれいに剃っているわ。科学が好きみたい」

「あら、お父さんと同じじゃない。前の恋人よりずっといいわね」

「ケヴィンのこと？　もうすぐお母さんの義理の息子になる人なのに、そんなことを言っていいの？」

母は不機嫌な声をもらした。「そうなるかどうかは、まだわからないわ。アリスに会いに行こうと思ったのは、それも理由のひとつなの。あの子が言うほど、ふたりはうまくいっていないんじゃないかという気がして」

「いったいどうして――」そのとき、ブルドッグの尋常ならぬ吠え声が聞こえた。ルーシーは驚いて体を起こし、室内を見まわした。レンフィールドの姿はない。鍋でも落ちたのかと思うような鋭い金属音が響き、続いてレンフィールドの憐れな鳴き声がした。「大変。犬がどうかしちゃったみたい。電話を切るわ」

「あとでかけなおしてよ。まだ話は終わっていないんだから」

「わかった。じゃあね」ルーシーは母との通話を切りあげ、急いでサムの携帯電話の番号を押すと、ちらりとでもレンフィールドの姿が見えないかと首を伸ばした。今やレンフィールドは命が危ないと言わんばかりの声で鳴いている。

サムが電話に出た。「どうした？」

「レンフィールドが大変なの。すさまじい声で鳴いている。キッチンだと思うけど、よくわからないわ」

「すぐに行く」

サムが来るまでの短いあいだ、自分が何もできないのが悔しかった。ルーシーは何度もレンフィールドの名前を呼んだ。それが聞こえたのか、金属があちこちにぶつかる音と、悲痛な鳴き声や鼻息がこちらへ近づいてきた。やっとレンフィールドがリビングルームに姿を見せた。

レンフィールドは金属製の錆びた筒に頭を突っこんでいた。いくら頭を振っても筒ははずれない。その様子があまりに必死でかわいそうだったため、ルーシーはアイスパックをどけ、副木をあてた脚に体重をかけないように気をつけながら、ソファからおりようとした。

「間違っても動こうなんて思わないほうがいいぞ」サムがリビングルームに入ってきた。そしてレンフィールドを見ると、笑いながら言った。「おいおい、どうやってこんなものに入ったんだ？」

「それは何？」ルーシーは心配になった。

「いぶし器のパーツさ」サムは膝をつき、鳴きながら暴れているレンフィールドを押さえこんだ。「ほら、じっとしてろ」ゆっくりと金属の筒を頭から引き抜いた。

「いぶし器ってなんなの？」

「昔の人が果樹園で使っていたものだ。冷えこみの厳しい夜、果樹園に霜がおりるのを防ぐために、これに灯油を入れて火をたいたのさ」

レンフィールドの顔は煤で汚れ、皮膚のしわが余計に目立っていた。レンフィールドはうれしそうにサムに飛びついた。

「そんなに暴れるな」サムはレンフィールドを落ち着かせようと、背中をなでた。「裏口から外に出たんだろう。外にはガラクタが積んであるんだ。なかなか片付ける時間がなくてね。こいつはそこで、しょっちゅう大変な目に遭っている」

ルーシーはうなずいた。陽に焼け、汗に濡れているサムの上半身がまぶしくて仕方がない。

「外でこいつを洗ってくるよ」レンフィールドの煤だらけの顔を眺め、サムはしかめっ面をした。「どうせだったらゴールデンレトリバーか、ラブラドールか、使える犬にすればよかったのに。そうしたら、ブドウ園で害獣の一匹も追い払ってくれたんだろうけどな」

「あなたが自分で選んだわけじゃないの？」

「まさか。マギーが動物愛護に関わっている人から、飼い主が見つかるまでという約束で預かった犬なんだ。そのころマークはマギーに夢中だったから、うちで飼いたいと言いだしたのさ」

「いい話じゃない」

サムは天を仰いだ。「こんなまぬけな犬をもらってくるなんて、マークも頭がどうかしているよ。こいつは芸のひとつもできないし、歩かせればもたもたしているし、獣医代なんて国が発行してる国債ぐらいかかる。それに、いつも家族がいちばんつまずきそうな場所を狙って寝ているんだ」そう言いながらも、ずっとレンフィールドの背中をなでたり、首筋をかいたりした。レンフィールドは目をつぶり、気持ちよさそうにしている。「ほら、行くぞ。体を洗ってやるから」サムはいぶし器のパーツを持って立ちあがり、ルーシーのほうを見た。「何かいるものはないか?」

ルーシーは慌ててサムの上半身から目をそらし、電子ブックリーダーの電源を入れた。「欲しいものはすべてそろっているわ」

「何を読んでるんだ?」

「トーマス・ジェファーソンの伝記よ」

「ぼくの好きな大統領だ。ジェファーソンはブドウ栽培を奨励していたからな」

「大統領自身もブドウ園を持っていたの?」

「ヴァージニア州のモンティチェロにね。でも、利益を追求するというよりは、趣味で実験的なことをしていたんだよ。ジェファーソンが栽培しようとしていたのは、フランスやイタリアで極上のワインとなる、ヨーロッパのヴィニフェラという品種だ。でも、アメリカの気候や病気や害虫に負けて、全滅してしまったのさ」

この人は本当に自分の仕事が好きなのだとルーシーは思った。サムのことをもっとよく知りたければ、彼の仕事を理解する必要がある。ブドウ栽培はサムにとってどんな意味があるのか、そしてどういうところが大変なのかを。「ブドウ園を散歩できたらよかったのに」彼女はぼんやりと言った。「ここから見ていると、本当にきれいだもの」

「明日、特別な木を見せてあげるよ」

「どう特別なの？」

「謎に満ちているんだ」

ルーシーはわけがわからず、サムを見た。「どんな謎？」

「二年ほど前に、敷地のなかで見つけた木でね。そこは道ができる予定だったから、放っておけば抜かれる運命だった。だが、それだけの大きさの木を植え替えるのは難しくてね。そこで造園業をしてるケヴィンに頼んで、パワーショベルの先にツリー・スペードと呼ばれる樹木専用のアタッチメントをつけて、できるだけ根を残す形で移植したんだ。おかげでその木は今でもちゃんと生きている。ただし、まだまだ世話が必要だ」

「なんていう種類の木なの？」

「そこが謎なんだよ。ワシントン州立大学に鑑定を頼んだが、いまだに答えは出ていない。ワシントンとカリフォルニアにいる蔓植物の専門家にサンプルと写真を送ったものの、そっちもだめだった。おそらく、自然交雑でできた品種だと思う」

「そんなことがあるの？」

「多分」

「その木のブドウはいいワインになると思う？」

「まあ、無理だろうな」サムは笑った。

「だったら、どうしてそんなに一生懸命になるのよ」

「何がどう化けるかはわからないからね。そのブドウを加えることで、もしかしたら想像もしなかった味が生まれるかもしれない。自分がその木にしていることが正しいのかどうかはわからないんだが、なんというか……」

ルーシーはあとを継いだ。「人事を尽くして天命を待つ、といったところ?」

サムがちらりと彼女を見た。「まあ、そうだな」

ルーシーにはその気持ちがよくわかった。人生には失敗を覚悟のうえで臨まなければならないときがある。挑戦しないと、一生後悔することになるからだ。

サムはレンフィールドの顔を洗ったあと、ブドウ園で一時間ほど作業に携わり、それからルーシーの様子を見に戻った。ルーシーはソファで眠っていた。サムはドアのところから寝姿を見つめた。あまりにも繊細で、絵画に描かれたギリシャ神話の女神アンティオペか、『ハムレット』の登場人物オフィーリアのように見える。セージグリーンのソファにダークブラウンの髪が垂れ、肌は夜に咲いたユリの花のごとく白い。室内は陽光を受けて、きらきらと輝いていた。

ルーシーのはかなげながら、じつは芯が強いところに、サムは強く惹かれていた。いったい恋人にはどんな姿を見せるのか、知りたくてたまらない。だが、そんなことを考えるのは危険だ。これまでは気に入った女性がいれば何も考えずに遊んできたが、ルーシーにそれはできない。彼女のためを思えば、自分は関わらないほうがいい。

ルーシーがもぞもぞと動いて、あくびをした。ふと目を開き、戸惑った顔でこちらを見たあと、また眠そうに半ば目を閉じた。「夢を見ていたわ」眠りから覚めたばかりの気だるい声だ。

サムは我慢できずにそばへ行き、髪に触れた。「どんな夢？」

「誰かがこの家のなかを案内してくれるの。今の改装された家じゃなくて……建てられたときのままの家よ」

「その誰かというのはぼくかい？」

「違う。知らない男の人よ」

サムはちらりとほほえみ、髪から手を離した。

「ぼくの家できみがほかの男と一緒にいるのかと思うと気に入らないな」

「ずっと昔、この家に住んでいた人なの。服装も当時のものだった」

「そいつは何かしゃべったのか？」

「いいえ。ただ、わたしに家のなかを見せてくれただけ。今のこの家とは全然違っていたわ。もっと暗くて、家具も古めかしくて、壁紙の模様が細かいの。この部屋は、壁がグリーンのストライプで、天井にも壁紙が貼られていた。天井には大きな四角い線があって、その四隅に鳥の絵が描かれていたわ」

サムは驚いてルーシーを凝視した。彼女がそれを知っているわけがない。この家を買ったとき、この部屋には趣味の悪いつり天井があった。アレックスとふたりでそれを取り壊したのだが、そのときにもともとの天井が出てきた。それがまさに、今ルーシーが描写したとおりのものだった。「ほかにはどの部屋に案内された?」

「三階の屋根裏部屋。天井が斜めになっていて、屋根窓がいくつかあった。昔は子供たちがそこで遊んでいたそうよ。それから、二階の階段のそばにあるステンドグラス。あの窓はやっぱりステンドグラスだったのよ。昨日、わたしがそう言ったこと……覚えている?」

「ああ。木と月だろう?」

「そう」ルーシーが目を輝かせた。「昨日、わたしが見た絵柄とまったく同じだったわ。葉が枯れ落ちて枝だけになった一本の木があって、その枝に月がかかっているの。美しい作品だった。こういう家にそんな図柄のステンドグラスをつけようとは、普通誰も考えないと思うんだけど、まさにぴったりだったの。それしかないという感じよ。サム……」顔をしかめて上半身を起こそうとした。「鉛筆と紙はある?」

「もちろん」サムはルーシーの背中を支えた。「ゆっくり起きないと痛むぞ」

「忘れてしまう前に、スケッチしておきたいの」

「今、取ってくるよ」ホリーの工作道具をしまってある戸棚から、スケッチブックと鉛筆を取りだした。「これでいいかい?」

ルーシーはうなずき、せかすようにして受けとった。

三〇分ほどスケッチを続け、昼食を運んできたサムにそれを見せた。「まだ完成していないけれど、だいたいこんな感じよ」サムは目をみはった。一本の木があり、黒いレースにも似た枝が紙面いっぱいに広がっている。その枝に絡めとられたように月が描かれていた。

「この枝は鉛で作るのか?」サムはスケッチを見ながら尋ねた。ルーシーがうなずく。

家の正面にこのステンドグラスがはまっているところを想像すると、サムは背筋がぞくぞくした。迷う余地もないほど、そこにあるべきものだ。このステンドグラスがなくては、この家は永遠に完成したと言えないだろう。

「これを作ってくれと頼んだら、いくらぐらいかかる?」サムは静かに尋ねた。「きみが夢で見たとおりのステンドグラスだ」

「お金なんていらないわ」ルーシーはきっぱりと答えた。「これだけお世話になったんだもの」

サムは首を振った。「こんなに細かいデザインだ。制作にはかなり時間がかかるだろう。普段なら、いくらの値段をつける?」

「どんなガラスを使うかとか、どこまで丁寧に作るかとかによるし、あの窓に取りつけるなら雨対策をしなくちゃいけないとか……」

「おおよそでいい」

ルーシーは鼻の頭にしわを寄せた。「三〇〇〇ドルというところかしら。でも、うまくやればもう少しコストを抑えられると思うし――」

「コストは気にしなくていいから、精いっぱいのものを作ってほしい。これはそれだけの価値があるステンドグラスだ」サムは紙ナプキンを取り、ルーシーが着ている服の襟に引っかけた。「こういうのはどうだい？　きみは好きなだけ時間をかけて、このステンドグラスを作る。その代わり、ぼくはフライデーハートバーのコンドミニアムの家賃をさげる。それならおあいこだ」

返事をためらっているルーシーを見て、サムはほほえんだ。

「きみだってわかっているだろう？　このステンドグラスは絶対に再現しなければならない。できる人はきみしかいないんだ」

16

それからの二日間というもの、サムは薄情なほどかたくなに友人として振る舞った。会話をするときは個人的な話題を避けたし、体が触れるときはいっさい感情を顔に出さなかった。安全な距離を置こうとしているのだとルーシーは理解し、自分もなるべくそれに合わせるようにした。

サムがブドウ園の仕事に打ちこんでいるのは見ていればわかった。シャベルで土を耕すのは体力がいるし、木の世話は忍耐を必要とされるが、それを心の底から楽しんでいる。サムはブドウ栽培についてもいろいろと教えてくれた。ルーシーはブドウ栽培の難しさについて多少理解したし、土地にもそれぞれ性質があり、どの一画にどんな品種を植えるのがいいのかということも少しは覚えた。サムに言わせれば、科学的な手法にのっとってブドウを育てることと、土地と意思を通じあわせることはまったく別物らしい。

一緒に暮らしてみるとよくわかるが、ノーラン家の三人は本当にいい家族だ。それぞれの役割分担がきちんと決まっており、食事や睡眠などの時間も規則正しい。マークとサムは姪っ子のことをいつもいちばんに考えている。ホリーにとって父親的な存在はマークだが、サムのこともまた違う形で慕っていた。毎日、家に帰ってくると、学校であった出来事や、友達のことや、休み時間にどんな事件が起きたかということを延々とサムに話す。クラスメートが持ってくるランチボックスの中身の話も多かった。自分のランチボックスにも少しはお菓子を入れてほしいと訴えるためだ。面倒くさがりもせずにずっとそれにつきあっているサムの姿を見るのは、ルーシーにとって楽しかったし、感動さえ覚えた。

ホリーの話を聞いていると、どうやらいつも冒険的なことをしようと言いだすのはサムらしい。ホリーと一緒にフォルス湾の潮だまりを探検したり、シャチを見るためにカヤックで沖へ出たりするようだ。三人でジャクソン・ビーチに行ったときは、サムの提案で流木を集めて砦《とりで》を作り、それぞれが〝血みどろ船長〟や〝歯なしのマック〟や〝女海賊アン〟と名乗り、たき火でフランクフルトソーセージを焼いて食べたという。

ホリーが学校から帰宅し、リビングルームへ来て、ルーシーと一緒にテレビを見はじめた。サムは屋根裏部屋の改造で出たごみを片付けている。ルーシーはセージグリーンのソファに半ば横たわり、ホリーと一緒にオートミールクッキーを食べ、赤いグラスでアップルジュースを飲んだ。

「これは特別な色なのよ」ルーシーは、その小さなアンティークのグラスを持ちあげた。「塩化金というのを入れると、こういうルビーレッドの色が出るの」

「このぶつぶつ模様はなに？」ホリーは自分のグラスをじっと観察した。

「それはホブネイルよ。ホブネイルっていうのはもともとは靴底につける鋲のことなの。似ているでしょう？」ホリーの興味津々という顔を見て、ルーシーは話を続けた。「このグラスが手作りかどうか、見わける方法を教えてあげるわね。グラスの底を見たら、簡単にわかるのよ。ほら、へこんだ傷があるでしょう？　手作りのグラスは棒みたいなものの先にくっつけて作るから、その棒を取った跡なの。だから、これがあれば手作り。なければ機械作り」

「ガラスのことはなんでも知ってるの？」その質問がおかしくて、ルーシーは笑った。

「たくさん知っているけれど、まだまだ勉強することも多いわ」

「ルーシーがガラスで何か作るところを見に行ってもいい？」

「もちろんよ。わたしの怪我が治ったら、工房へ遊びにいらっしゃい。一緒に何か作りましょう。サンキャッチャー（太陽の光を受けて小さな虹をたくさん作りだすルームアクセサリー）なんかどう？」

「うん、作りたい！」ルーシーは大喜びした。

「じゃあ、さっそく始めましょうか。まずはね、どんなものを作りたいか、絵に描いてみるの。紙とクレヨンはある？」

ホリーは工作道具を入れた戸棚から大急ぎで画用紙とクレヨンを取ってきた。

「どんな形でもいいの？」

「ええ、いいわよ。作りやすいようにあとで少し簡単な形にするかもしれないけど、今はサンキャッチャーの絵を好きに描いてみて」

ホリーはコーヒーテーブルの前に座り、画用紙の束を置くと、しゃれたガラスの容器に苔とシダと小型のランが入ったテラリウムをそっと脇へ押しやった。「小さいころからガラスで何か作る人になりたいと思ってたの？」クレヨンの色を選びながら尋ねた。

「あなたぐらいのころからよ」ルーシーは起きあがって座り、ホリーが絵を見やすいように、野球帽のつばをそっとうしろにまわした。「あなたは大きくなったら何になりたいの？」

「バレリーナか、動物園の飼育係」

ホリーが小さな手にクレヨンを握りしめ、一生懸命に絵を描いている様子を見ていると、ルーシーは満たされた気持ちになった。子供がアートを通して自己表現をするのはとても自然なことだ。そうだ、工房で子供向けのガラス教室を開いてみようか。ガラスのすばらしさを子供たちに伝えるのも大切なことかもしれない。まずは少人数から初めて、しばらく様子を見るのがいいだろう。

そんな考えにふけりながらルビーレッドのグラスをいじっていると、なんの前触れもなく指先が熱くなり、グラスが変形しはじめた。慌ててテーブルに置こうとしたが、次の瞬間には小さな生き物に変わり、羽音をたてて手から飛び立った。

ホリーが悲鳴をあげ、座っていたルーシーの体が跳ねるほどの勢いでソファに飛びのった。

「あれは何？」

ルーシーはホリーを落ち着かせようと抱きしめた。

「大丈夫よ。なんでもないわ。ただのハチドリだから」

ほかの人がいるところでこの力を発揮したのは初めてだ。ホリーにはどう説明すればいいのだろう。赤いハチドリは外へ出ようとして、閉まった窓ガラスに何度もぶつかった。小さな体なのに大きな音がする。

ルーシーは窓を押しあげようと歯を食いしばった。「ホリー、手伝ってくれる?」

ふたりで力をこめても、窓はびくともしなかった。

ホリーが叫んだ。「サムおじさんを呼んでくる!」

「待って、ホリー……」だが、ホリーの姿はすでになかった。

階下からホリーの悲鳴が聞こえ、サムは手にしていたごみ袋を取り落とした。ホリーの悲鳴なら、うれしいのか、怖いのか、怒っているのか、今では即座に聞きわけられる。「イルカの言語を習得したようなものだよ」マークにそう言ったことがあるほどだ。

今のは驚いた悲鳴だ。ルーシーに何かあったのだろうか。サムは二段飛ばし、三段飛ばしで階段を駆けおりた。

「サムおじさん!」ちょうど階段をあがろうとしていたホリーがサムを見つけ、興奮気味に何度もジャンプした。「早く来て!」

「どうした? 大丈夫か? ルーシーは——」リビングルームに入ったとたん、ゴルフボール大の蜂のような生き物が羽音をたてて耳の脇をかすめ、サムは思わず叩き落としそうになった。その生き物は天井の隅へ舞いあがり、壁にぶつかった。ハチドリだ。羽の動きは早すぎて見えないが、小さな鳴き声が聞こえる。

ルーシーがソファに座ったまま、必死に窓を開けようとしていた。

「いいから、きみは動くな」サムは大急ぎでそばに寄った。

「ずっとあんなふうに壁や窓にぶつかっているの。逃がしてあげたいんだけど、窓が開かなくて」

「湿度が高いから、材木が膨張してるんだ」サムはあっさりと窓を押しあげた。これでハチドリが逃げだせるようになった。

だがハチドリはそれに気づかず、室内を飛びまわったり、壁に突進したりしている。このままでは死んでしまうかもしれないとサムは思った。どうしたら羽を傷めずに窓のほうへ誘導できるだろう。

「ホリー、帽子を貸してくれ」サムはピンク色の野球帽を取りあげ、そっとハチドリにかぶせた。やがてハチドリは帽子のなかに落ちた。

ホリーが声は出さずに、ガッツポーズをした。

サムはそっとハチドリを手のなかに移し、開いた窓へ近寄った。

「死んだの？」ホリーはソファにのぼり、ルーシーのそばから心配そうにのぞきこんだ。

サムは首を振った。「大丈夫、休んでいるだけだ」

ホリーとルーシーが息を潜めて見守るなか、サムはハチドリを包みこんだ手を窓の外に突きだした。ヒマワリの種ほどしかない心臓が小さすぎて聞こえない鼓動をほんのしばらく打ったあと、ハチドリはサムの手のなかから飛び立ち、あっという間にブドウ園に消えた。

「どうしてハチドリなんかが入ってきたんだ？」サムは尋ね、ふたりの顔を交互に見た。「ドアを開けっぱなしにしておいたのか？」ルーシーの表情がこわばったのを見て、サムはどうしたのだろうと思った。

「違うよ！」ホリーが言った。「ルーシーが出したの！」

「ルーシーが……何？」ルーシーの顔が青ざめたのを、サムは見逃さなかった。

「赤いグラスをハチドリにしたの！　グラスを手で持ってたら、ハチドリになったんだよ。ね、ルーシー！」

「わたしは……」ルーシーは明らかに動揺している。「何が起きたのかよくわからないわ」ようやくそう言った。

「ルーシーの手からハチドリが飛んだのを見たよ」ホリーは一生懸命、ルーシーの力になろうとしていた。「ほら、ルーシーのグラスがないもん」自分のグラスを差しだした。「もう一回やったら、またできるかもしれないよ」

ルーシーは体を引いた。「でも、それはあなたのだから……」うしろめたさに怯えているような表情だ。それを見て、サムの頭に突拍子もない考えが浮かんだ。

〝魔法はあると思っているわ〟あのとき、ルーシーはそう言った。

なるほど、そういうことだったのか……。

常識から大きくはずれていようが、そんなことはかまわなかった。真実は必ずしも常識的だとはかぎらない。それは身をもって知っている。

サムはルーシーをじっと見た。彼女に対して複雑な思いを抱いてはいるが、それとこれとは分けて考えたほうがよさそうだ。大人になってからは、ずっと自分の秘密を隠してきた。ナイフの刃を鞘に収めておくようなものだ。だが、この状況を見てしまったからには、ルーシーに対して黙ったままでいることはできない。

自分の特殊な能力を誰かに話したことは一度もなかった。わかってもらえるはずがないからだ。でも、ルーシーは違う。もしかしたら生まれて初めて、この秘密を誰かと分かちあえるかもしれない。

「手品が得意らしいな」サムは穏やかに言った。ルーシーは顔をそむけた。

「手品じゃないよ」ホリーが反論した。「魔法だもん」

「ときには手品が魔法のように見えて、魔法が手品のように見えるものなんだよ」

「でも――」

「ホリー、お願いがあるんだ。キッチンのテーブルにルーシーの薬がのってるから、それを持ってきてくれないかな。水も頼む」

「わかった」ホリーはソファから飛びおりた。振動が怪我に響いたのか、ルーシーが顔をゆがめた。

この数分間の出来事がこたえたのだろう。急にやつれたように見える。

「もう少ししたら、アイスパックを取り替えよう」

「ありがとう」ルーシーは不安そうな顔で震えていた。

サムはソファの隣に腰をおろした。何も尋ねず、しばらくじっとそうしていた。そしてルーシーのこわばった手を取り、てのひらをなでつづけた。やがてルーシーの手から少しずつ力が抜け、花びらのように丸くなった。

まだ顔色は悪かったが、頬骨のあたりと鼻の頭に血色が戻ってきた。「さっき、ホリーが言ったことだけど……」ルーシーがようやく口を開いた。「あれは別に――」

「わかってる」サムはさえぎった。

「わたしにも本当によく――」

「ルーシー、こっちを見ろ」ルーシーが顔を向けるのを待った。「ぼくには本当にわかるんだよ」

ルーシーは目を見開き、まさかというように首を振った。

この際、見せてしまったほうがわかりやすいと思い、コーヒーテーブルに置いてあるテラリウムへ空いているほうの腕を伸ばした。人前でこんなことをする日が来るとは不思議なものだ。ガラスの容器に入った小型のランはいくらかしおれ、花びらが茶色くなりはじめている。ところが、サムが容器の上で手をかざすと、ランはその手に触れようとするかのように精いっぱい首をもたげ、シダも葉を上のほうへ伸ばした。花びらはすっかりクリーム色に戻り、シダや苔のグリーンが鮮やかになった。

ルーシーはテラリウムを食い入るように見つめ、それからサムを凝視した。彼女の目に涙があふれ、首筋が赤くなり、サムの指を握る手に力が入った。

「一〇歳のときからだ」ルーシーの声にならない質問にサムは答えた。自分が無防備になった気がした。心臓の鼓動がおかしくなっている。これほど重大な秘密を彼女に打ち明けてしまった。しかも、それをまったく後悔していないのが恐ろしい。このままではもっとルーシーの気を引きたいと思う気持ちを止められなくなりそうだ。

「わたしは七歳のときからよ」ルーシーはためらいがちに、一瞬だけ小さくほほえんだ。

「割れたガラスが蛍に変わったの」

サムは魅入られたようにルーシーを見つめた。「自分ではコントロールできないのか?」

ルーシーがうなずく。

「お薬、持ってきたよ」ホリーが明るい声でそう言い、処方薬のボトルと、水の入ったプラスチックのカップを手にリビングルームへ戻ってきた。

「ありがとう」ルーシーは小声で言った。薬をのみ、咳払いをしたあと、言葉を選びながらホリーに言った。「さっきのハチドリのことなんだけど……わたしとあなただけの秘密にできる?」

「どうせ誰に言っても信じてもらえないもんね。ほとんどの人は魔法なんてないと思ってるんだから」ホリーはやれやれとばかりに首を振った。

「どうしてハチドリなんだ?」サムはルーシーに尋ねた。

ルーシーは答えに詰まった。そんな話は誰ともしたことがないだろうから、きっと言葉を探しているのだろう。「よくわからない。そのたびに、どういう意味だろうと考えるしかないの」しばし物思いにふけった。「ひとところにとどまらずに、前へ進めということかもしれないわ」

「先住民のコースト・セイリッシュ族は、ハチドリは痛みや悲しみのあるところへ現れると信じている」

「そうなの？」

サムはルーシーから処方薬のボトルを受けとり、蓋を閉めてさらりと言った。

「すべてうまくいくという意味らしいよ」

「ホリー、おまえ、会社を買い占めすぎだぞ」くすくす笑っている姪っ子に、サムがモノポリーの札束を渡した。「ぼくは破産だ」

ラザニアとサラダの夕食を終えたあと、サムとルーシー、マーク、ホリーの四人は、リビングルームでボードゲームをして遊んだ。のんびりとくつろいだ楽しい雰囲気だった。皆、昼間のハチドリの一件などなかったかのように振る舞っている。

「鉄道会社は、チャンスがあったら買っとくほうがいいんだよ」ホリーが言った。

「もっと早くに教えてくれ」サムが非難がましい目で、ソファの端に座っているルーシーをちらりと見た。「銀行は容赦なく取り立てるしな」

「ごめんね」ルーシーはにっこりした。「でも、ルールには従わなくちゃ。銀行は公明正大じゃないといけないのよ」

「そんなことを思うのは、きみが銀行をよく知らない証拠だな」

「まだ、終わってないよ」マークがゲームを片付けはじめたのを見て、ホリーが抵抗した。

「ひとりしか破産してないもん」

「もうベッドへ行く時間だ」

ホリーはため息をついた。「大きくなったら、絶対ベッドになんか入らない」

「ところがだ」サムがからかうように言った。「大人になったら、それがいちばんの楽しみになるんだよ」

「片付けはしておくわ」ルーシーはマークにほほえんだ。「どうぞホリーを寝かしつけてきて」

ホリーはサムにまばたきしてまつげで顔に触れるバタフライ・キスをし、それから鼻と鼻をこすりつけた。

マークはホリーを連れて二階へ行った。ルーシーはサムと一緒にモノポリーの駒や紙幣を片付けた。

「本当にいい子ね」

「ああ、兄貴もぼくも幸せだよ。あの子を産んでくれた妹に感謝しないと」

「ホリーも幸せだと思うわ。愛されているもの」ルーシーは紙幣を輪ゴムで束ね、サムに手渡した。

サムはそれをゲームの箱に入れ、蓋をした。そして友人らしい笑顔を見せた。

「ワインでもどうだい？」

「いいわね」

「外で飲もうか。今夜はストロベリー・ムーンだ」

「何、それ？　どうしてそんなふうに呼ぶの？」

「六月の満月を指す言葉だ。ちょうどストロベリーを収穫する時期だからさ。お父さんから聞いたことはなかったかい？」

「父から聞いたのは科学的な説明ばかりよ。そんなロマンティックな話はひとつもなかったわ」ルーシーは思いだし笑いをした。「星くずは宇宙のごみだと聞かされたときには泣きたくなった。だって、星くずというのは妖精が魔法をかけるときに、きらきらと出るものだとばかり思っていたんだもの」

サムがルーシーを抱きあげて玄関ポーチへ行き、籐椅子に座らせ、足載せ台に副木をつけた脚を置いた。そしてちょっとスモーキーな香りのするフルーティなワインの入ったグラスを手渡し、自分も隣の椅子に腰をおろした。よく晴れた夜だった。星々の奥まで見通せそうな空だ。

「このグラス、いいわね」グラスといっても、正確には昔ながらのジャムを入れる瓶だ。

「子供のころ、おばあちゃんちに行ったとき、よくこんなグラスでジュースを飲んだわ」

「昼間の出来事から学んだのさ」サムがにやりとする。「きみには高いグラスは持たせないほうが無難だとね」

ルーシーは顔をそむけた。ふと、副木のマジックテープがまっすぐに貼られていないことに気づき、それを直そうと腕を伸ばした。

サムが黙ってマジックテープを貼りなおしてくれた。

「ありがとう」ルーシーは言った。「わたし、こういうのが妙に気になっちゃって」

「わかるよ。靴下の先端の縫い目は爪先にぴったり合ってるのが好きで、皿に何種類かの料理を盛ったときは、それぞれがきちんと離れていないといやなタイプだろう?」

ルーシーは決まりが悪くなり、ちらりとサムを見た。

「そんなにわかりやすく態度に出てる?」

「別に」

「いいえ、きっとそうなのよ。ケヴィンはいつもそれにいらだっていたもの」

「ぼくは別に気にならないな」サムは言った。「そういうのを儀礼的行動と言うんだけど、進化上の利点でもあるんだ。たとえば、犬は横たわる前にくるりと一周する。それは、ご先祖様が地面に腰をおろす前に、あたりに蛇などの危険な生き物がいないかどうか確認した行動の名残なんだよ」

ルーシーは笑った。「わたしの行動にそんな利点があるとは思えないわ。そばにいる人をいらいらさせるだけよ」

「そのおかげでケヴィンを追い払えたのなら、充分に利点があったんじゃないのか?」サムは椅子の背にもたれ、彼女をじっと見た。「あいつは知っているのか？」

何を尋ねられたのかはすぐにわかった。ルーシーは首を振った。「誰にも話していないわ」

「ぼくとホリーは見たけどね」

「そんなつもりじゃなかったの。ごめんなさい」

「別に謝る必要はないさ」

「ひどく感情的になったときに、たまたま近くにガラスがあると……」どう説明していいかわからず、ただ肩をすくめてみせた。

「つまり、感情の起伏が引き金になるというわけだな」サムは言った。

「ええ。今日はホリーが絵を描くのを見ていて、子供向けのガラス教室を開いたら楽しいんじゃないかと思ったの。それで、それについてあれこれ考えていたら、なんだかわくわくしてきて……」

「そりゃあそうだろう。自分が打ちこんでいることを、誰かに伝えるのはうれしいものだよ」

互いの秘密を知ったせいで、ふたりの関係は微妙に変わった。それは心地よく、できるものならずっと浸っていたいと思った。ルーシーはサムを見た。

「あなたのほうは感情は関係ないの？　その……特殊な力が働くときに」

「自分の感情というよりは、向こうのエネルギーを感じるといったほうが近いな。カリフォルニアにいたときには何もなかったんだ。だから、すべてはぼくの思いこみだと思った。でも島に帰ってきたら、以前よりも力が強くなっていた」

「カリフォルニアにはどれくらいいたの？」

「二年ほどかな。ワイン醸造所で働いていたんだ」

「つきあっている女性はいなかったの？」

「しばらくブドウ園の娘と交際していた。美人で頭もよかったし、ぼくに負けず劣らずブドウ栽培に入れこんでた」サムは遠くを見た。「彼女はぼくと結婚したがっていた。ぼくはそれでもいいかと思った。彼女の家族はいい人たちだったし、ぼくはブドウ園の仕事をしたかったし……。そうしてしまうのはたやすいことだと思えた」

「どうして一緒にならなかったの？」

「彼女を利用するのが気に入らなかったんだ。それに長続きしないのはわかっていたからね」

「なぜ決めつけるの？　やってみなきゃわからないでしょう」

「話が出たときから、これは無理だと思ったよ。彼女はラスヴェガスへ行って籍さえ入れれば、あとはすべてうまくいくと言った。でも、ぼくにしてみれば、そんなのはペーパータオルのロールとアイシングクリームの缶をオーブンに突っこんで、多分これでチョコレートケーキができるわよと言うようなもんだ」

その表現があまりにおかしくて、ルーシーはつい笑ってしまった。

「その女性とはだめだったかもしれないけれど、いつかいい人に巡りあうかもしれないわ」

「結婚は難しいよ。それがわかっていながら、あえて試してみる気にはなれない」

「ご両親の不幸を見てきたから？」

「そういうことだ」

「世の中は悪いこともあるけれど、いいこともある。不幸せな結婚もあるかもしれないけれど、幸せな結婚もきっとあるはずよ」

サムはしばらく考え、どうでもよさそうにワインの入ったグラスを掲げた。

「幸せな結婚に乾杯。それがどういうものかは知らないが」

ルーシーは自分のグラスをかちんとあてた。この悲観的な結婚観を聞いて、それならわたしが彼の考えを変えてみせようと思う女性は少なくないのだろう。だが、価値観はそんなに簡単に変えられるものではない。サムの考え方に共感はできないけれど、彼の気持ちは尊重するべきだ。

結局のところ、誰かを愛したら、あるがままのその人を受け入れるしかない。ちょっとした習慣やネクタイの色の好みを変えさせるくらいはできるかもしれないが、根本的な価値観はどうしようもない。運がよければ、価値観の似た人と巡りあえるというだけだ。

それがいちばん幸せな結婚なのだろう。

17

「今日の午後は病院の予約が入っている」バスルームのドアの向こう側でサムが言った。

「医者がよしと判断すれば、副木をはずして足首に装具をつけて、松葉杖をもらえるぞ」

「ああ、やっとまた自分で歩けるようになるのね」ルーシーは体の泡を流した。足首をのぞけば、もうすっかり痛みはとれている。「あなたもほっとするでしょう？　いちいちわたしを運ばなくてもよくなるんだから」

「そのとおり。副木をあてた脚にビニールを巻いたり、半裸の女性を抱きあげて歩いたりするのが楽しそうだなんて、どうして思ってしまったんだろうな。深く後悔しているよ」

ルーシーは笑みを浮かべ、湯を止めた。ホリーから借りたハローキティのシャワーキャップを頭からはずし、バスタオルを体に巻きつけた。「入ってきても大丈夫よ」

サムは湯気の立ちこめるシャワー室に入り、ルーシーの手助けをした。慣れた手つきで淡々とこなしてはいるが、目を合わせようとはしない。今朝はずっとそうだ。

昨晩は玄関ポーチで夜遅くまで話しこみ、結局、ふたりでワインのボトルを一本空けた。それなのに、今朝は妙に口数が少ない。きっと、いちいち世話の焼ける怪我人の面倒を見ることにそろそろ嫌気が差してきたのだろう。医者がなんと言おうが、今日は絶対に松葉杖をもらおうとルーシーは固く心に決めた。三日間も迷惑をかけたのだから、これ以上甘えるわけにはいかない。

ルーシーは体に巻きつけたタオルをしっかりとつかみ、転ばないように気をつけて片脚で立ちあがった。サムは膝の下に腕を入れてルーシーを抱きあげ、寝室へ運んだ。ベッドの端に腰かけさせて、脚に巻いたビニールを小さなハサミで切りはじめた。

「いろいろとお世話になったわ」ルーシーは静かに言った。「本当にありがとう」

「わかった」

「あなたには心から――」

「もういい。きみが感謝しているのはわかっている。だからといって、シャワーが終わるたびにこの会話を繰り返さなくてもいい」

つっけんどんな口調に驚き、ルーシーは目をしばたたいた。「あら、普通にありがとうを言っているだけなのに、そんなにお気に召さないとは知らなかったわ」

「こんなのはちっとも普通じゃないだろう」サムはビニールを切り終えた。「きみはバスタオルを一枚巻いただけの濡れた体のまま、キューピー人形みたいな無垢な目でこっちを見おろしてるんだ。感謝したきゃ、心のなかでしておいてくれ」

「どうしてそんなに不機嫌なの？　もしかして二日酔い？」

サムがじろりとルーシーを見た。「ワインの二杯や三杯で二日酔いになんかなるもんか」

「じゃあ、やっぱりわたしのせいなのね。こんなにつきっきりで世話をしなければならないんだもの、ストレスがたまるのは当然だわ。本当に申し訳ないと――」

「ルーシー」サムがいらだった声で言った。「謝るんじゃない。何も考えるな。頼むから、しばらく黙っていてくれないか」

「でも……」サムが怖い顔をしているのを見て、ルーシーは口をつぐんだ。「わかった、静かにしてる」

サムはビニールを脚からはずし、膝の外側にできた痣に目をやると、その周辺にそっと触れた。うつむいているため、表情はわからない。ルーシーの両脇に手をつき、上掛けをつかんでいる。その体がかすかに震えた。

ルーシーは何も言わず、ただじっとサムの髪や広い肩を見つめていた。耳のなかで鼓動が響いている。

サムが顔を傾け、髪にかかった日光の筋が動いた。サムの唇がそっと痣に触れた。それが焼けるように熱く感じられ、ルーシーは身を震わせた。唇はしばらく痣のあたりにとどまったあと、膝の内側へ動いた。サムの手は上掛けをきつく握りしめている。唇が腿をあがってきた。ルーシーは息を詰めた。サムの体の重みが愛おしい。

腿の上のほうの、肌が薄くて感じやすいところまで唇が来た。バスタオルの下の濡れて冷たかった体が熱くなる。サムがバスタオルのなかへ両手を滑りこませたせいで、バスタオルの裾が開いた。その手は腰や腹をさまよい、唇はさらに上へのぼってきた。ルーシーは声をもらして、思わず仰向けに倒れこんだ。サムがバスタオルの前を開くと、入浴したばかりの肌の香りが立ちのぼった。ルーシーは期待と不安で赤くなった顔をそむけ、目を閉じた。こうしていればすべてを忘れ、愛撫の感触だけに身を任せていられる。あとはどうなってもかまわない。今はただ、彼が与えてくれる歓びが欲しい。サムは口と手を使い、甘くせつない高みへいざなおうとしてくれている。こんな骨がとろけてしまいそうな感覚は初めてだ。サムの親指が湿ったところを開き、敏感な部分に到達する。熱い息がかかり、唇が触れた。ルーシーは息をのんだ。初めはゆっくりと、やがてしだいに速まっていく舌のリズムに刺激され、ルーシーの体は激しく波打った。彼女は無我夢中で腰を浮かせた。ああ、もうだめ……。

灼熱の快感がはじけようとした瞬間、耳をつんざくようにドアベルの鋭い金属音が響いた。ルーシーは凍りついた。全身の神経がどうして今なのと悲鳴をあげている。サムは愛撫に没頭し、その音に気づいていないらしい。だが、またドアベルが鳴った。ルーシーはうめき声をもらし、サムの頭を押した。

サムが低い声でののしりの言葉を吐いて顔をあげ、ルーシーの体をバスタオルで覆った。まだマットレスに体重をかけたまま、荒い息をしている。体が震えているようだ。

「うちのスタッフだろう」サムは言った。

「どうするの？」

「応対するしかない」サムはベッドを押して立ちあがり、バスルームへ行った。水を流す音がした。ルーシーは大慌てで上掛けを全身に巻きつけた。サムは険しい表情でバスルームから出てきた。「すぐに戻る」

ルーシーは唇を噛んだ。

「何を怒っているの？　こうなってしまったこと？　それとも邪魔が入ったこと？」

サムが暗い顔でこちらを見た。「どっちもだ」そう言い捨てると、部屋を出ていった。


サムは階下へおりていった。満たされなかった体の痛みなどどうでもいいほどに、感情が激しく渦巻いていた。怒りがこみあげ、葛藤と苦悩にさいなまれている。もう少しでルーシーと関係を持ってしまうところだった。いけないとわかっていたはずなのに、自分を抑えられなかった。どうしてルーシーは止めようとしなかったのだろう。とんでもない過ちを犯すところだったというのに。


玄関のドアを開けると、ルーシーの妹のアリスが立っていた。サムは思わず顔をしかめ、一瞬、そのままドアを閉めようかと思った。

アリスは高すぎるヒールのせいでふらふらしながら、硬い表情でサムを見た。はしばみ色の大きな目のまわりには紫色のラメ入りのアイライナーが濃く引かれ、唇はどぎついピンク色に塗られている。すこぶる機嫌のいいときに会っても、好感は抱かないだろう。まして今は、ルーシーと熱いひとときを過ごそうかというところを邪魔され、今すぐにでもベッドへ戻りたい心境だ。サムは最低限の礼儀を守ることさえできなかった。

「他人の家を訪問するときは、電話の一本くらいよこすもんじゃないのか」

「姉に会いに来たの」

「ルーシーは元気だ」

「自分の目で確かめたいわ」

「今、やすんでる」サムは行く手を阻むように戸枠に腕をついた。

「わたしが来たことを姉に伝えてくれるまで帰らないから」

「ルーシーは脳震盪を起こしたんだ」サムは容赦のかけらもなく拒絶した。「いかなるストレスも避けなければならない」

アリスが不機嫌そうに唇を引き結ぶ。「わたしが姉にストレスを与えると思う？」

「さんざん傷つけておきながら、よくそんなことが言えるな」サムは淡々と答えた。「ルーシーの恋人を奪って同棲している時点で、もうアウトだろう」

「わたしが誰を好きになろうが、あなたにとやかく言われる筋合いはないわ」

「たしかにそのとおりだ。だが、それが巡り巡ってルーシーはこの家に来たわけだから、自分には口出しする権利があるはずだ。

「今、ルーシーはぼくが預かってる」サムは言った。「だから、何が彼女にとっていちばんいいか、ぼくには見極める義務がある。そしてぼくは、きみをルーシーに会わせるのがいいことだとは思わない」

「なんと言われても、会うまでは絶対に帰らないから」アリスは家の奥に向かって声を張りあげた。「姉さん！　聞こえる？　アリスよ！」

「そうやってわめいていたければ、いつまでも好きに――」二階からルーシーの声が聞こえ、サムはアリスをじろりとにらんだ。「ここにいろ。様子を見てくる」

「入ってもいい？」アリスはめげずに尋ねた。

「だめだ」サムはぴしゃりとドアを閉めた。


サムが戻ってくる前に、ルーシーはTシャツを着て、カーキ色のショートパンツをはいた。階下での会話は聞こえていた。どうやらアリスが連絡もなしに訪ねてきたらしく、サムはそれが気に入らないようだ。

まだ動揺しているため、先ほどサムとのあいだに起きた出来事をどう考えればいいのかわからなかった。あまりの歓びに、思考が停止していたとしか思えない。

部屋に入ってきたサムを見て、顔が熱くなった。サムはルーシーを一瞥し、眉をひそめた。

「どうやって服を取ったんだ？　化粧台の上に置いといたはずなのに」

「怪我をしているほうの脚に体重はかけていないわ。化粧台はすぐそこだから、ぴょんぴょん跳んで――」

「なんてことをするんだ。無理をして、もし床に脚をついたりしたら……」どんな罰を与えるか考えている様子だ。

「食事を与えず、寝室に閉じこめる？」ルーシーは真面目な顔で助け舟を出した。「それとも携帯電話を取りあげる？」

「昔ながらのお尻ぺんぺんというのはどうだ?」

そう言いながらも戸惑いの表情を見せた。その理由を知っているルーシーは、小さくほほえんだ。「あなたはお尻ぺんぺんをしないとホリーが言っていたわ」

やがてサムの表情が和らぎ、肩から力が抜けた。「きみにはするかもしれない」

ルーシーは笑みを浮かべたまま尋ねた。「したいの?」

「そうじゃなくて——」催促するようにドアベルが鳴った。「くそっ」

「会うしかなさそうね」ルーシーはサムに申し訳なくなった。「階下《した》へ連れていってくれる?」

「つらい思いをするだけだぞ」

「一生、避けて通るわけにはいかないもの。明日、母がこちらへ来るの。娘たちが話ぐらいはするようになったと知ったらほっとするわ」

「まだ早いんじゃないのか?」

「そうね」ルーシーは認めた。「でも、妹はもうここに来ているわけだし……。大丈夫、なんとかなるわ」

サムはしばらくためらったあと、しぶしぶルーシーを抱きあげた。

体が触れたことにどきっとし、電気が流れたような感覚が走った。ルーシーは動揺を押し隠そうと、深く呼吸をした。肩に抱きついたとき、サムの首筋に一瞬で血がのぼるのが見えた。さっきの余韻を引きずっているのは自分だけではないのだ。

サムはルーシーの体がどこにもぶつからないように、体を斜めにしてドアを通り抜けた。

「ありがとう。本当はアリスを追い返したかったでしょう？」

「どのみちそうするさ」サムは階段のほうへ向かった。「しっかり目を光らせておいて、アリスが何かひと言でもおかしなことを言ったら、即座に蹴りだしてやる」

ルーシーは眉をひそめた。「見張っていなくてもいいわ」

「そばにいるだけだ。だが、きみに助けが必要になったら口を出すぞ」

「そんなことにはならないわよ」

「ルーシー、脳震盪がどういうものか知っているか？」

「ええ」

返事など聞こえなかったように、サムは話を続けた。「脳震盪とは頭を強く打ち、脳が頭蓋骨に激しくぶつかって、一部のニューロンが切断された状態だ。睡眠障害、記憶喪失、気分の落ちこみなどの後遺症が出る場合がある。脳にストレスをかけると、その可能性はさらに高くなるんだ」いったん言葉を切り、いらだたしそうにつけ加えた。「セックスもよくない」

「お医者様がそう言ったの？」

「言わなくてもわかるさ」

「それは大丈夫だと思うわ」ルーシーは答えた。「逆立ちしたり、トランポリンで跳ねたりしながら行為に及ばないかぎりはね」

冗談のつもりだったが、サムはにこりともしなかった。

「どういう状況でも、二度と行為に及ぼうとしたりしない」彼は吐き捨てるように言った。リビングルームに入り、ルーシーをソファに座らせた。犬用のマットにうずくまっていたレンフィールドが、うれしそうによろよろと寄ってきた。ルーシーは腕を伸ばし、ソファのそばまで来たレンフィールドの背中をなでた。サムは玄関へ行き、無愛想な顔でアリスをリビングルームへ連れてきた。

妹の姿を見て、ルーシーは妙な気分になった。副木をあてて包帯をしているのはこちらだというのに、どういうわけかアリスのほうが弱々しく見えた。濃い化粧や、思いつめた表情や、一〇センチもあるヒールをはいた危なっかしげな足取りのせいで、心が傷つき、不安を抱えている雰囲気が漂っている。

「こんにちは」アリスが言った。

「いらっしゃい」ルーシーは無理やりほほえんだ。「どうぞ座って」

アリスは近くの椅子の端にそっと腰をおろした。こうして妹と向きあっていると、これまでのことを思い返さずにはいられない。アリスとの関係ほど人生において難しいものはなかった。いつも競争意識があり、嫉妬心をぬぐえず、罪悪感にさいなまれ、腹立たしさばかりがつのった。大人になればうまくいくようになるかと思っていたが、今の状況はこれまでにも増して最悪だ。

アリスはブルドッグをじっと見ていた。「名前はレンフィールドよ」ルーシーは言った。

レンフィールドが突きでた下顎からよだれを垂らした。

「どこか悪いの？」アリスが不快そうな顔をした。

「悪くないところを探すほうが難しいくらいだ」サムはアリスにそう言ったあと、ルーシーに顔を向けた。「一〇分だ。一〇分経ったら彼女は帰り、きみはベッドへ戻る」

「わかったわ」ルーシーは穏やかにほほえんだ。

サムがリビングルームを出ていくと、アリスは言った。「あの人、感じ悪いわ」

「わたしを守ろうとしているだけよ」ルーシーは声を落として答えた。

「わたしのこと、どういうふうに話したの？」アリスが訊く。

「ほとんど何も」

「ケヴィンと別れたことはしゃべったんでしょう？　だったら、どうせそれはわたしのせいだとかなんとか――」

「この家じゃ、あなたのことは話題にものぼらないわ」思わず口調がきつくなった。

アリスは怒った顔で黙りこんだ。

ルーシーは尋ねた。「お母さんに言われて、ここへ来たの？」

「違うわ。これでもわたしなりに姉さんを心配してるのよ。そっちはわたしのことを気に入らないかもしれないけど、それでも姉妹だもの」

ルーシーは嫌みのひとつも言いたいのをこらえた。いつの間にか体がこわばり、背中が痛みはじめていることに気づき、力を抜こうと努めた。

いったいアリスは何をしにここへ来たのだろう？　本当にまだいくらかは姉妹らしい気持ちが残っていて、心配して様子を見に来てくれたのだと思いたい。だが、たとえそうだとしても、もはや血のつながりがあるというだけで関係を修復するのは不可能だ。残念ながら、妹でなければ、二度と顔も見たくない。

「ケヴィンとはうまくいっているの？」ルーシーは訊いた。「結婚式の準備は進んでる？」

「ええ。その打ち合わせのために、明日、お父さんとお母さんがこっちへ来るわ」

「じゃあ、費用はお母さんたちが持つのね」

「ええ、多分」

「きっとそうなるだろうと思ったわ」つい暗い口調になった。口ではなんと言おうが、結局、あの両親はアリスに責任を取らせるつもりはないらしい。

「気に入らないのね」アリスは言った。

「あなたはそれがあたり前だと思っているわけ？」ルーシーは訊き返した。

「もちろんよ。だって親だもの。ねえ、わたしもケヴィンも姉さんを傷つけるつもりはなかったの。たまたまそうなってしまっただけで、姉さんは言わば……」

「巻き添えになっただけだとでも？」

「そういう言い方もできるわ」

「あなたたちはふたりとも、自分のことしか考えられないのね」

「愛とはそういうものよ」アリスは悪びれずに言い放った。

「そうかしら」ルーシーはソファの隅で自分の体に腕をまわした。「ケヴィンがそろそろわたしとの関係を終わらせたいと思ったとき、たまたまあなたが手近にいただけだとは考えないの？」

「そんなことない」アリスは反論した。「わたしには自信がある。ケヴィンはわたしを愛したの。信じたくないかもしれないけど、世の中には姉さんよりわたしのほうが好きな人もいるのよ」

ルーシーは片手をあげて話をさえぎった。口論になるのは耐えられない。アリスがそばにいるというストレスだけで、こめかみがずきずきと痛む。

「その話はやめましょう。それより、これからどうするかよ」

「どういう意味？　わたしは結婚するわ。みんな、前向きに生きてるの。姉さんもそうすれば？」

「現実はそんな簡単なものじゃないわ」ルーシーは言った。「お昼の安っぽい連続ドラマじゃないのよ。そんなに都合よくみんなが過去を忘れて、すべてが魔法みたいにうまくいくわけがないでしょう」アリスが表情をこわばらせたのを見て、そういえば妹は連続ドラマの脚本助手の仕事を失ったばかりだったと、遅ればせながら気がついた。「ごめんなさい。嫌みを言うつもりじゃなかったの」

「そう」アリスは不愉快そうに返事をした。

沈黙が流れた。「次の仕事は探しているの？」ルーシーはあえて尋ねてみた。

「姉さんには関係ない。心配してもらわなくても結構よ」

「別に心配しているわけじゃないわ。そうではなくて……」いらだちがつのり、ため息が出た。「あなたと話していると地雷が多くて大変」

「なんでもかんでもわたしのせいにしないでよ。ケヴィンが姉さんじゃなくてわたしを選んだからといって、わたしに何ができたというの？　彼はどうせ姉さんとは別れるつもりだったのよ。そんなのどうしようもないわ。わたしはただ幸せになりたいだけ」

誰かの犠牲の上に幸せを築こうとすれば落とし穴が待っているだけだということに、本当に気づいていないのだろうか。それに、幸せになることの先に目標はないのだろうか。皮肉にも、今のアリスは現状に満足しているふうにはまったく見えない。アリスは幸せになりたいと言うが、それは目標ではなく、一生懸命に生きていれば結果的についてくるものだ。今のアリスのように、みずからが好きに生きるために欲しいものはすべてつかみとり、良心の呵責は片っ端から投げ捨てていれば、最後には自分がみじめになるだけだということが、どうしてわからないのだろう。

だが、ルーシーはそんなことは口に出さなかった。

「わたしも、あなたに幸せになってほしいと思っているわ」

アリスが信じられないとばかりに鼻を鳴らした。ルーシーは怒る気にもなれなかった。こちらがどういう願いをこめてそう言ったかなど、アリスに理解できるわけがない。

暖炉の上の置き時計の秒針がたっぷり三〇秒も進んだあと、アリスが口を開いた。「結婚式の招待状を送るわ。来るも来ないも姉さんの勝手よ。わたしと今後もつきあうかどうかも、姉さんが決めればいい。わたしは以前みたいな関係に戻りたいと思ってるわ。姉さんの身に起きたことには同情するけど、わたしは何ひとつ悪くない。一生、謝りつづける気なんかないからね」

これを言いに来たのだと、ようやくルーシーは納得した。

アリスは立ちあがった。「帰るわ。そうそう、お父さんとお母さんがサムに会いたがってたわよ。明日の夜、あなたたちふたりをディナーに誘いだすか、それが無理なら、何か料理を持って訪ねるつもりだって」

「勘弁して」ルーシーはげんなりした。「サムが気の毒だわ」ソファにもたれかかったまま、妹に尋ねた。「玄関はわかる？　サムを呼びましょうか？」

「結構よ」アリスは板張りの床にヒールの音を響かせながら、リビングルームを出ていった。

ルーシーはしばらく呆然としていた。ふと気がつくと、サムが無表情でそばに立っていた。

「聞こえていた？」声に疲れがにじみでた。

「ナルシストのどうしようもない人間だとわかる程度にはな」

「いろんなことが思うようにいかなくていらだっているのよ」

「でも、望むものは手に入れたはずだぞ」

「それはいつもの話よ。でも、それで満足することは絶対にない」ルーシーはため息をつき、肩の凝りをもんでほぐした。「明日、うちの両親が来るわ」

「聞いたよ」

「一緒に来なくてもいいわよ。迎えに来てもらって、勝手にどこかで食事してくるから。あなたたちもやっと、家族水入らずになれるわ」

「ぼくも行く。そうしたいんだ」

「不愉快な場面を見るはめになるだけだと思うわよ。両親はわたしにアリスと仲直りしろとか、結婚式にも出るべきだとか言うに決まっているもの。でも、式に出席したらいやな思いをするし、欠席したら嫉妬していると思われるし……。どっちみち、わたしにとっても両親にとっても、いいことなんか何ひとつない。喜ぶのはアリスだけよ」

「ずっと喜んでいられるわけじゃないさ」サムは言った。「手に入れたのがケヴィン・ピアソンじゃな。あのふたりの組み合わせは地獄絵図だよ」

「そうかもしれないわね」ルーシーはソファの背に頭をつけ、自分とサムならどうだろうと思った。ほろ苦い笑みが唇の端に浮かぶ。「ああ、仕事をしたい。ガラスに触れていれば、ケヴィンとアリスのことも、両親のことも、みんな忘れられるのに」

「何かぼくにできることはないか?」サムが静かに訊いた。

気がつくと、ルーシーは彼の青みがかったグリーンの目を見つめていた。わたしが望む人生にサムをはめこむのは無理だ。そんなことをしようとすれば、つらい思いをするのは目に見えている。

だけど、サムはいい人だ。自分では欠陥があると思っているようだけれど、実際は正直で、思いやりに満ちあふれている。こんな人には今まで出会ったことがない。問題は、将来をともにする可能性がまったくないことだ。彼は誰とも結婚する気はないと明言している。だったら、手に入らないことばかり気にするのはやめて、手に入るものだけを追い求めてみるのもいいかもしれない。これまで、恋愛関係にない相手と、友情だけでベッドをともにした経験はない。そんなことがわたしにできるだろうか？　それに何か意味を見いだせる？　もしかしたら、生きる力を得られるかもしれない。次の誰かと巡りあうまでのあいだ、純粋に女性としての歓びを得られるかもしれない。

ルーシーは心を決め、青みがかったグリーンの目をのぞきこんだ。さっき、サムは何か自分にできることはないかと言った。答えはこれだ。

「わたしを抱いてちょうだい」

18

サムが面食らった顔でいつまでもこちらを見ているため、ルーシーはだんだん腹が立ってきた。

「あなた、レンフィールドが虫くだしの薬をのんだときみたいなまぬけ顔をしているわよ」

サムはルーシーから視線を引きはがし、荒々しく髪をすくと、部屋のなかを行ったり来たりしはじめた。感情が高ぶっているのか、足取りがどんどん速くなる。

「今日はその手の冗談は勘弁してくれ」

「犬の薬のこと?」

「きみを抱くことのほうだ」サムが吐き捨てるように言った。

「冗談で言ったわけじゃないわ」

「だめだ、きみとは寝ない」

「どうして?」

「わかっているだろう」

「ええ、そうよ。だから、もう大丈夫」ルーシーは自信を持って答えた。「ちゃんと考えたうえで言っているの。ねえ、お願いだから、そんなふうにせわしなく歩きまわるのはやめてくれない？　ここへ来て、隣に座って」

サムは警戒した顔つきでこちらへ近づき、ソファではなくコーヒーテーブルに腰をおろし、広げた両膝に腕をついてルーシーを見た。

「あなたの言いたいことはわかっているわ。嫉妬はなし。将来はなし。約束もなし。許しあうのは体だけで、心はなし」

「そうだ」サムは言った。「でも、きみとはだめだ」

ルーシーは顔をしかめた。

「ちょっと前に、復讐のために寝たいなら喜んで力になるって言ってくれたじゃないの」

「あのときだって本気じゃなかったさ。きみは体だけのつきあいができる女性じゃない」

「そんなことはないわ」

「いや、無理だ」サムは立ちあがり、また部屋のなかを行ったり来たりしはじめた。「最初のうちは、そんな軽い関係でもやっていけると思うだろう。だが、長続きはしない」

「本気にならないと約束するから」

「いずれ本気になる」

「どうしてわかるの？」

「こういうことは、お互い底の浅い者同士だから成立するんだ。信じてくれ、薄っぺらなことにかけては、ぼくは自信がある。だから、きみとぼくとでは釣りあわない」

「お願い、聞いて。わたしは男性運が悪くて、いつも別れてばかりだった。だから、人生に男の人がいなくても生きていけるわ。あなたも含めてよ。ただ……シャワーのあとの、寝室でのことがとてもよかった。だから、あなたのやり方でかまわないと言っているの。それなのに、いったいなんの問題があるっていうのよ」

サムは部屋の真ん中で足を止め、困り果てた顔をした。

長い沈黙の末、ようやく口を開いた。「だめだ」

ルーシーは眉をつりあげた。「それは、絶対にだめだということ？　それとも、だめだ、しばらく考える時間をくれという意味？」

「何があっても、断固として、絶対にだめだという意味だ」

「それでも明日、わたしの両親と食事をするの？」

「それならできる」

ルーシーはあきれて首を振った。

「ベッドもともにできない相手の親と食事に行くなんて、なんだかおかしくない？」

「腹は減るからな」サムは言った。

「松葉杖で階段をのぼりおりするときに気をつけるべきことは、ただひとつ」その日の午後、玄関前の短い階段を松葉杖でのぼろうとするルーシーを、サムはすぐうしろで見守った。「のぼるときは、いいほうの足。おりるときは、悪いほうの足。階段をのぼるときは、健康なほうの足を使って体重を引きあげるんだ。おりるときは、松葉杖と怪我をしたほうの足を先に出す」

今日、ルーシーは病院へ行き、副木をはずして、代わりにアンクルブレースと呼ばれる装具を足首につけてもらった。〈エアキャスト〉というメーカーのもので、損傷した靭帯の動きを抑える働きがある。生まれて初めて使った松葉杖は、意外に難しかった。

「右足に体重をかけるんじゃないぞ」ルーシーのぎこちない歩き方を見て、サムは注意した。

「右足は振るように動かして、左足だけで片足飛びをするみたいにして歩くんだ」

「どうしてそんなによく知っているの？」ルーシーは息が切れていた。

「一六歳のときに、スポーツをしていて足首を骨折したんだ」

「サッカー？」

「バードウォッチング」

ルーシーは笑った。「それ、スポーツじゃないわ」

「マダラウミスズメを見かけたんだよ。絶滅危惧種でね。古い木のうろに巣を作ることがある。それで巣のなかを見てやろうと思って、ダグラスモミを六メートルくらいの高さまでのぼったんだ。もちろん安全紐なんかつけちゃいない。ところが、ひなの姿を目にしたとたんに興奮してしまって、足を滑らせた。そして途中の枝という枝をへし折って、地面に落ちたというわけさ」

「かわいそうに」ルーシーは言った。「でも、あなたのことだから、骨折するくらいの価値はあったと思ったんでしょう？」

「もちろん」サムはずっとルーシーの動きを見守っていた。「さあ、きみを運ぼうか。松葉杖の練習はまたあとですればいい」

「いいえ、自分で家に入るわ。やっとまた自力で歩くことができてうれしいの。これなら明日にでも工房へ行けそうよ」

「あさってでもいいんじゃないのか。あまり無理をすると、また足を痛めるぞ」

ふと、ルーシーは思った。サムは何を考えているのだろう。今日は表情が読みとりにくい。ふたりの関係を一歩進める話が物別れに終わったあと、サムはまた友人としての淡々とした態度に戻った。だが、これまでとは少し違う。ときおり、うわの空でじっとこちらを見ているときがある。今朝、ふたりのあいだで起きたこと……いや、もう少しで起きようとしていたことを思いだしているに違いない。わたしがそんな関係に本当に耐えられるかどうか考えているのかもしれない。そして、やっぱり無理だと思いながらも、迷っているのだろう。

ようやく家のなかに入ることができた。汗をかくほど疲れたが、満足感もひとしおだった。サムのあとについてキッチンに入ると、学校から帰ったホリーがおやつを食べ、そのそばでマークがレンフィールドと一緒に床に座っていた。

「立てるようになったんだな」マークがルーシーを見てほほえんだ。「おめでとう」

「ありがとう」ルーシーは笑った。「自分で歩けるというのはいいものね」

「すごい！」ホリーが駆け寄り、まじまじと松葉杖を眺めた。「かっこいい！　わたしも使ってみてもいい？」

「おもちゃじゃないんだぞ」サムが腰をかがめ、姪の頬にキスをした。木製の調理台のそばにある椅子にルーシーを座らせ、松葉杖をそばに立てかけて兄のほうを見た。マークは園芸用の分厚い手袋をはめ、レンフィールドを床に押し倒して口を開かせようとしている。「何をやってるんだ？」

「三錠目の抗てんかん薬をのませようとしているところだ」

「一日一錠だぞ」

「正確に言うと、三度目の挑戦だ」マークは抵抗しつづける犬に向かって顔をしかめた。

「一錠目はさんざん噛み砕いたあと、粉をぼくの顔に吹きかけた。二錠目は、小さいスプーンで口を開けさせて放りこんだんだが、薬を吐きだしてスプーンだけのみこんだ」

「ううん、のみこんでないよ」ホリーが言った。「げほげほって咳をして吐きだしたから」

サムはあきれた顔で首を振り、冷蔵庫へ行くとチーズを取りだしてマークに手渡した。

「これに仕込んでのませればいい」

「こいつ、乳製品を食わせるとくさいおならをするからな」マークが言った。

「大丈夫。誰も気づかないさ」

マークは疑わしそうな顔をしたあと、キューブ状のチーズに薬のカプセルを押しこみ、レンフィールドに与えた。

レンフィールドはおいしそうにそれを噛んだあと、ごくりとのみこみ、よろよろとキッチンを出ていった。

「ルーシー、聞いて」ホリーがルーシーのそばにしゃがみこみ、足首の装具を珍しそうに眺めた。「あと二カ月したら、パパはマギーと結婚するの。それで、わたしも一緒に新婚旅行に行くんだ」

「日取りを決めたのか？」サムがマークに尋ねた。

「八月の半ばにした」マークはシンクへ行き、手を洗った。「マギーの希望で、フェリーの上で式を挙げることにしたんだ」

「冗談だろう？」サムは言った。

「いや、本気だ」マークは濡れた手を拭き、ルーシーのほうを向いた。「ぼくとマギーはワシントン・ステート・フェリーのなかで親しくなったんだ。たまたま席が向かい同士になってね。マギーは逃げだすわけにもいかず、ずっとそばにいるうちに、ぼくのすばらしい魅力に気がついたというわけさ」

「マギーも気の毒に。さぞ長い旅だったんだろう」サムは言い、うるさいというように繰りだされたマークのこぶしをかわした。そして笑いながらつけ加えた。「フェリーで結婚式を挙げられるとは知らなかったよ」

「前例はあるみたいだぞ。ただ、ぼくらの結婚式は運行中のフェリーで執り行うわけじゃない。ユニオン湖に、退役したフェリーが係留してあるんだ。シアトルの街の景色や、スペースニードルのタワーが見えて、なかなかの絶景だ」

「ロマンティックね」ルーシーは言った。

「わたし、花嫁付添人をするの」ホリーが言った。「サムおじさんは花婿付添人ね」

「そうなのか？」サムが尋ねる。

「おまえならぼくらのエピソードをたくさん知っているから、結婚披露パーティのスピーチをさせるのにもってこいだ」マークがにやりとした。「サム、花婿付添人になってくれるか？一緒に苦労してきた仲じゃないか。おまえ以上に頼みたいやつは思いつかない。おまえのことを、もしかしたらいいやつかもしれないとまで思っているんだぞ」

「仕方がないな」サムは答えた。「ただし、ひとつ条件がある。新居にはレンフィールドも一緒に連れていってくれ」

「わかった」ふたりは短く互いを抱きしめ、肩を叩きあった。

夕刻が近くなり、マークとホリーは出かける支度をした。今夜はマギーと三人で、外食するらしい。

「あとはふたりで楽しんでくれ」マークはホリーと手をつないでキッチンを出た。「帰りは遅くなるから、待っていてくれなくていい」

「パーティへ行こう！」ホリーのうれしそうな叫び声と、玄関のドアの閉まる音がした。

家のなかにいるのはルーシーとサムのふたりだけになった。サムは物思いにふける顔でしばらく兄の出ていった方角を眺めたあと、ルーシーのほうを向いた。その表情には微妙な変化が見てとれた。張りつめた沈黙が流れる。

調理台のそばの椅子に座ったまま、ルーシーは明るい口調で尋ねた。

「わたしたちの夕食のメニューは何？」

「ステーキとポテトとサラダ」

「いいわね。何か手伝うわ。サラダの野菜でも切りましょうか？」

サムは包丁とまな板と生野菜を持ってきた。ルーシーが黄色いパプリカときゅうりを切っているあいだに、サムはワインのボトルの栓を開け、ふたつのグラスに注いだ。

「あら、今日はジャムの瓶のグラスじゃないの？」ルーシーはわざとらしく残念そうに言った。サムは濃厚な輝きを放つカベルネが入ったグラスを差しだした。

「このワインはあのグラスにはもったいない」サムはかちんとグラスをあてた。「マークとマギーに乾杯」

「あなたが花婿付添人になっても、アレックスは気にしないと思う？」

「まったく大丈夫だ。マークとアレックスはそんなに近しい間柄じゃないからな」

「年齢が離れているから？」

「それもあるかもしれないが、そもそも性格が合わないんだ。マークは典型的な長男タイプで、アレックスのことを心配してすぐに説教を垂れる。それがアレックスは気に入らなくて、腹が立つらしい」

「ふたりがそういうやりとりをしているとき、あなたはどうするの？」

「逃げるね」ぶっきらぼうな返事だ。「マークにはいつも言ってるんだ。いくら説教しても、アレックスを変えることはできない。酒をやめさせるのも無理だ。結局は当人次第だからな。アレックスを一度だけ脅したことがある。いつまでもそんなことをしていたら、そのうち首に縄をつけてでもアルコール依存症のリハビリ施設へ連れていくぞって。セレブが入所するような、スパつきの豪華なやつじゃない。フェンスには電気が流れていて、ルームメイトは恐ろしいやつらで、トイレは自分で掃除をしなければならないところだ」

「そうなると思う？　つまり……いつかアレックスを説得して、専門家に診せなくてはいけない日が来そう？」

サムは首を振った。「いや、そこまでにはならないだろう。なんとかやっていくと思う」ガーネットのような深い赤色の液体を見つめ、ワイングラスを揺らした。「当人は認めようとしないが、あいつは本当は自分の人生に怒ってるんだ。どうしようもない家庭に生まれてしまったからな」

「でも、あなたはそうじゃないわ」ルーシーは静かに言った。「人生に腹を立てているわけじゃない」

サムは肩をすくめ、昔に思いを馳せるような目をした。「ぼくにはまだ逃げ場があった。二軒ほど先に年老いた夫婦が住んでいたんだ。ぼくはいつもその家に入り浸っていた」懐かしそうな顔をしている。「フレッドは古い目覚まし時計を出してきて、ぼくに分解したり、また組み立てたりさせてくれた。キッチンの排水管を直すときも、いろいろ教えてくれたよ。メアリーは元教師で、宿題を見てくれたり、おもしろそうな本を貸してくれたりした」

「今でもお元気なの？」

「いや、ふたりとも亡くなった。メアリーはブドウ園を始める資金の足しにしてくれと、いくらか金まで遺してくれたんだ。ブドウ園の話になると、いつもうれしそうにしゃべっていたからな。一ガロンの瓶を使って、自分でブラックベリーのワインまで造っていた。これがまたひどく甘くてね」サムは遠くを見る目になり、しばらく黙りこんだ。

サムがどうしてそんな話をしているのか、ルーシーにはわかる気がした。サムはわたしに自分を理解してほしいと思っている。だから、決して愉快ではない思い出話をあえてしているのだろう。本来のサムは、こんな人間で申し訳ないとか、こうなったのは誰のせいだとか言う人ではない。だけど、どういう家庭環境によって今の自分が形成されたのか、それをわたしに伝えたいと思っている。

「あれは一二歳の誕生日のことだった」サムがまた口を開いた。「学校から帰ると、妹はアレックスを連れてどこかへ行ってしまい、マークの姿も見えなかった。母親はソファで酔いつぶれ、父親はウイスキーをボトルから生《き》で飲んでいた。夜になって腹が減ったけど、食べ物は何もなくて、父親を探したんだ。そうしたら父親は家の前に停めた車のなかで、死んでやるとわめいてたよ。ぼくはフレッドとメアリーの家に行って、三日ほど泊めてもらった」

「あなたにとって大切な人たちだったのね」

「そうだ。人生を救われた」

「そう思っていることを、そのご夫婦には話したの？」

「いいや。口に出さなくても、きっとあのふたりはわかっていたよ」サムは現実に立ち返り、ふと警戒する表情を見せた。思っていた以上にしゃべりすぎたことに気づき、後悔しているのだろう。「すぐに戻る」そう言うと、裏庭にあるバーベキュー用のグリルへステーキを焼きに行った。


外で焼いたステーキと、オーブンでローストしたレッドポテトと、サラダの夕食をとりながら、今度はルーシーが自分の家族のことや、じつは父が再婚だったことなどを話した。

「いつかお父さんに尋ねてみようと思っているのかい?」サムは尋ねた。

「興味はあるわ」ルーシーは認めた。「でも、答えを知りたいかどうかはわからない。父は母を愛していると思うけれど、本当は母より好きだった人がいるなんて話はあまり聞きたくないもの」木製の調理台についた傷を指でなぞった。「昔からどことなく、父は家族とは距離を置いていたのよ。なんとなくよそよそしいというか……。きっと、亡くなった奥さんが心の一部を持っていってしまったのね。一生、治らない傷を負っているんだわ。それでも母は、父と結婚したかったということよ」

「相手が死者では張りあうこともできないな」

「お母さん、かわいそうに」ルーシーは顔をしかめた。「食事のこと、ごめんなさいね。さんざんわたしの世話をさせられて、そのうえ両親と会わなきゃならないなんて、本当に申し訳ないわ」

「ちっともかまわないよ」

「でも、父となら気が合うかも。物理学っぽいジョークをよく言う人だから。どこがおもしろいのか、誰もわからないんだけれどね。それはそうと、明日の食事、どこかおすすめの店はある？」

「〈ダック・スープ〉がいい」〈ダック・スープ〉とは蔦の絡まる建物の店で、地元の農産物と、自家菜園の野菜と、近海で獲れた新鮮な魚介を使ったおいしい料理を出すレストランだ。入り口近くに、コメディアンのグルーチョ・マルクスの風変わりな肖像画が飾られている。

「あの店はわたしも好きよ。でも……ケヴィンと両親の四人で行ったことがあるのよね」

「だからなんだい？」

自分でもなぜそんなことを口にしたのかわからず、ルーシーは肩をすくめた。

サムがじっとこちらを見た。「ケヴィンと比べられたからって、ぼくは気にしない」

ルーシーは顔を赤らめた。「そんなつもりで言ったわけじゃないわ」

サムは自分のためにワインを注ぎ、グラスを掲げた。「〝時は傷を癒し、ついでにろくでなしを片付ける〟」

それがグルーチョ・マルクスの名言だと気づき、ルーシーも思わず笑みをこぼし、グラスを掲げた。「そうね」

やがて映画の話題になり、どちらも昔の白黒映画が好きだとわかった。ルーシーがじつはケイリー・グラントとキャサリン・ヘプバーンの『フィラデルフィア物語』を観ていないと言うと、サムは絶対に鑑賞するべきだと主張した。「ひねりのきいた古典的なコメディ映画だよ。これを観ずして古い映画が好きだとは言わせないぞ」

「今から観られたらいいのにね」

「観ればいいじゃないか」

「DVDに落としてあるの？」

「いや。だが、ダウンロードできる」

「時間がかかるでしょう？」

サムはたいしたことではないという顔で答えた。「ダウンロード・アクセラレータがあるから大丈夫さ。ファイルをいくつかのセグメントに分けて、可能なかぎり最大数のセグメントを同時にダウンロードできるんだ。映画一本ならせいぜい五分で終わるはずだ」

「何を言っているのかさっぱりわからないわ。あなたって、科学とかテクノロジーとかが大好きよね」

食事のあと、ふたりはリビングルームへ行き、『フィラデルフィア物語』を観た。わがままでお高くとまったヒロインと、開けっ広げな元夫と、ジェームズ・スチュワート演じる皮肉屋の雑誌記者が繰り広げる物語で、これがなかなかおもしろかった。せりふはユーモアにあふれ、間の取り方も絶妙だ。

だめだと言われるかもしれないと思いつつ、白黒の画面を見ながら、サムにもたれかかってみた。サムは眉をひそめかねないが、最近は彼に対してなんとなく自信を感じていることと、こののんびりとくつろいだ雰囲気のせいで妙に甘えたい気分になっていた。サムは黙ってルーシーの肩に腕をまわした。ルーシーはそっと息を吐き、そのぬくもりと、腕の重みの感触に浸った。こんなにそばにいたら、触れるなというほうが難しい。

「映画、観てないだろ」サムが言った。

「あなただって」

「何を考えてる?」

映画のせりふだけがシャンパンの泡のように宙をさまよった。

〝これは愛なんかじゃない、そうだろう?〟

〝そうよ〟

〝もし愛だったら、迷惑か?〟

〝ええ、とても〟

「約束をしない関係というのは経験したことがないなって考えていたの。でも、それもいいかもね。約束しなきゃ、破ることもないもの」

「そういう関係には、もうひとつ守るべきルールがあるんだ」

「何?」

「きれいに別れること。どちらかがもう終わりにしようと言ったら、そこでおしまい。話し合いも口論もなしだ」

どう答えようかと迷っていると、サムがこちらを振り向いたので、ルーシーはどきっとした。

白黒の背景に重なったサムの頭がシルエットになって見える。その低い声が、映画のせりふと映像をさえぎった。「傷つけたくない人はたくさんいる。いちばんはきみだ」

「そんなことを言ってくれた人は初めてよ」ルーシーはそっと腕を伸ばし、サムの頬に触れた。力強い脈拍が指先に感じられた。顎のあたりが少しこわばっているようだ。「大丈夫。あなたなんかに傷つけられたりしないわ。だから、やってみましょうよ」

サムは長いあいだ黙りこんだあと、テレビのリモコンを取り、音だけを消した。画面のなかで光と影が静かに動いている。サムは顔を近づけ、ゆっくりと互いを味わうような長いキスをした。片手をうなじにかけ、優しく首筋をなでている。サムが応じてくれたというときめきは、すぐに名状しがたい深い感情に変わった。たんなる体の欲求ではなく、サムのすべてを求めずにはいられない気持ちだった。

サムはルーシーのニットシャツを脱がせ、ブラジャーの肩紐を滑り落とし、背中のフックに手をかけた。それをはずそうとする指の感触に、ルーシーはぞくぞくした。サムはブラジャーを床に落とし、ルーシーの両脇をつかんで、あらわになった乳房へ手をはわせた。そしてじらすようにゆっくりと胸の頂を歯で甘噛みし、舌で転がした。ルーシーは思わずすぐに来てほしいと言いそうになり、唇を噛んだ。サムは時間をかけて両方の胸の先を味わった。

ルーシーはせつない声をもらし、サムの肌に触れたくて、Tシャツを引き裂こうとした。そしてサムが体を起こしてTシャツを脱ぎ、ルーシーをそっとソファに横たえた。怪我をしたほうの足は肘掛けにのせて、もう一方の足は脇へ垂らす。

サムがルーシーの上に覆いかぶさり、甘く激しいキスをした。ルーシーはいっきに燃えあがり、無我夢中で口づけに応じた。

避妊しなければとサムが言う声がぼんやりと聞こえた。ルーシーはあえぎながら、その必要はないと答えた。月経周期を規則正しくするために、常時ピルを服用している。それでも、サムは二階へ行こうと言った。最初の行為をソファの上でするのは気が進まないと。しかしそう言いながらも、ふたりは互いの唇をむさぼった。サムがルーシーのショートパンツに手をかけ、下着と一緒に引きおろす。ほてった肌に空気がひんやりと感じられた。

もっとキスしてほしい。もっと触れてほしい。ルーシーは体に力が入らなくなった。ショートパンツと下着が足首の装具に引っかかり、サムがそちらを見た。「気にしないで」ルーシーは荒い息を吐きながら言った。「やめないで」装具から服をはずそうとしているサムに、紅潮した顔で懇願した。「お願い……」

そんな様子を見て、サムはくぐもった声で笑った。ルーシーの首の下に腕を入れて唇を重ね、舌を分け入らせて唇をなぞった。「どうだ?」すっかり感じやすくなっている腿のあいだに手を伸ばし、たっぷりと潤うまで円を描きつづける。ルーシーはサムの腕のなかで頭をのけぞらせた。サムは喉元に唇を押しあて、熱い息を吐きながら、ルーシーの秘めた部分へ指を差し入れた。

ルーシーは足首に装具をつけているのもかまわずに身をよじった。耳元で、じっとして任せてくれとささやく声が聞こえたが、体が反応してしまうのはどうしようもない。サムを引き寄せ、背中に手をさまよわせた。硬くて、なめらかな手触りだ。ふと思いついて、ルーシーが肩の線に軽く歯を立てると、サムが身を震わせた。

彼はふたりの体のあいだに手を入れ、ジーンズのファスナーをおろした。そんなわずかな時間でさえ、ルーシーには待つのがじれったく感じられた。やがて、サムが身を沈めてきた。ルーシーの体がこわばり、緩み、そしてまたこわばった。彼がさらに奥深くまで入ってきて、ルーシーは言葉にならない声をもらした。この感覚を表すのにぴったりの言葉など見つからない。サムの濡れた指が、ルーシーの胸の先を刺激した。

激しい鼓動の音を通して、ずっとこうしていたいというサムのささやき声が聞こえた。ルーシーは彼をきつく抱きしめた。サムはルーシーの腰を持ちあげ、もう一度、力強く押し入ってきた。痛みにも似た快感が走り、ルーシーは声をあげた。

サムが凍りつき、暗がりのなかでは深いブルーに見える目でこちらを見おろした。

「痛かったか？」

「いいえ、そうじゃない」ルーシーはもどかしくなり、サムの腰を引き寄せた。「お願い、続けて」

サムがゆっくりとリズミカルに動きはじめた。ルーシーは背中をそらし、身もだえした。せかすように自分も動いたが、サムは自分のペースを崩さなかった。快感が押し寄せ、下腹に力が入った。彼の張りつめたものが奥深く進入してくるたびに声がもれる。大きな体に包まれ、胸毛が胸の先端に触れる感覚がたまらなくいい。そのとき、ふいに歓喜の渦がこみあげてきて、体が痙攣した。サムはルーシーの振り絞るような声を唇でふさぎ、最後にもう一度、情熱をぶつけて、ルーシーと一緒に絶頂に達した。

ふたりは肩で息をしながら、しばらくじっとそうしたままでいた。

ルーシーはサムの首に両腕をまわし、顎や唇の端にキスをすると、満足しきった気だるい声で言った。「サム……ありがとう」

「ああ」ぼんやりとした返事が返ってきた。

「とてもよかったわ」

「そうか」

ルーシーはサムの耳元でささやいた。

「あなたが心配しないように言っておくけど……愛していないから」

かすれた声で笑ったところをみると、そう言うのが正解だったのだろう。サムはルーシーのほほえんでいる口元にキスをした。「ぼくも愛していないよ」

サムは動けるようになると、脱ぎ散らかした服を集め、ルーシーを抱いて二階へあがった。大きなベッドに横たわり、熱い石炭を冷えた灰にうずめるように、とりあえずは落ち着いた会話をした。

サムは不安をぬぐえなかった。頭ではこれでよかったのだと思っているのに、体がいけないことをしたと訴えている。だが、ルーシーは大人だし、これは彼女がみずから決めたことだ。こちらが誘導したわけではないし、できないことはできないとちゃんと伝えてある。それでもルーシーはこうなったことに満足しているように見える。それは自分も同じだ。あんなにすばらしい思いをしたのは初めてだった。

それが問題なのかもしれない。あれは自分が知っているセックスとはまったく別物だった。何がどう違ったのかは、あとでよく考えてみたほうがいいのかもしれない。

薄暗いなかでルーシーの体は、絵画に描かれた影の部分のように、輪郭がぼやけていた。月明かりに照らされた肌はほのかに輝き、おとぎ話に出てくる神秘的な存在みたいに見える。

「最後はどうなったの？」ルーシーがささやいた。

「なんの話だい？」

「さっきの映画よ。結局、キャサリン・ヘプバーンは誰と結婚するの？」

「それを言ったら、映画を観る楽しみがなくなるだろう？」

「かまわないわ」

サムは彼女のシルクのような手触りをした長い髪を指ですいた。「誰だと思う？」

「ジェームズ・スチュワート」

「どうして？」

「ケイリー・グラントとは一度結婚して、失敗している。だから二度目はない」

その淡々とした口調にサムは笑みを浮かべた。「冷ややかだね」

「同じ人との再婚なんて、うまくいったためしがないもの。エリザベス・テイラーとリチャード・バートンでしょう。それに、メラニー・グリフィスとドン・ジョンソン。だいたい、あなたに冷ややかだなんて言われる筋合いはないわ。自分は二度どころか、一度だって結婚する気がないくせに」

「結婚に向いている人もいるとは思ってるよ」サムはルーシーの髪をすきつづけた。「でも、結婚しない関係のほうがロマンティックだとは思う」

ルーシーは片肘をつき、サムを見おろした。「どうして？」

「お互いに幸せなときだけを一緒に過ごせるからね。こんなにいい関係はない。うまくいかなくなったらさっさと別れれば、いやな記憶も残らない。何もわざわざ結婚して、泥沼の離婚劇を繰り広げる必要はないだろ」

ルーシーは考えこんだ。「その考え方はどこか間違っている気がする」

「どういうところが？」

「うーん、わからない。考えておくわ」

サムはほほえみ、ルーシーの上に覆いかぶさった。頭をさげ、硬くなった胸の先を舌で転がし、湿ったところへ指を分け入らせる。ルーシーの肌はシルクのごとくなめらかだ。その美しい体の線や、柔らかい肌にサムは魅了された。それに、香りもいい。花とコットンのような香りに、いくらか麝香《じゃこう》の香りがまじり、それをかいでいるだけでいつの間にか血がたぎる。サムは柔肌をたっぷりと味わいながら、胸から腹へ、そしてさらに下のほうへと唇を滑らせた。ルーシーの手足が小刻みに震えるのが伝わってくる。ルーシーがサムの髪や首筋に指をさまよわせた。そのひんやりとした指の感覚に、サムの体はすぐさま反応した。官能的な香りにいざなわれ、それがさらに深く濃くなるほうへと唇をはわせる。ルーシーが甘い吐息をもらし、自然に脚を開いた。

サムは悩ましい声を聞きながら、熱く潤ったところを口で愛撫しつづけた。そのままルーシーを絶頂へ導き、痙攣が収まるまで舌でなだめた。

そして体を起こし、甘い誘惑の淵へ再び腰を沈め、ひとつになった感覚を堪能した。背中に爪を立てられてぞくっとし、情熱のままにさらに深く強く動いた。やがて爆発的な瞬間に襲われ、頭のてっぺんから爪先まで快感が炸裂した。

荒い息をつきながら、サムはルーシーの隣に倒れこんだ。ルーシーが身を寄せてくる。サムは目を閉じ、呼吸を静めようと努めた。手足が信じられないほど重い。これほどのクライマックスを経験したのは初めてだ。体がひどくだるく、今はただ眠ってしまいたかった。自分のベッドで……ルーシーの隣で……。

サムはふと目を開けた。

これまで女性とベッドをともにしたあと、そのまま一緒に朝まで眠ったことは一度もない。だから、自分のところに呼ぶのではなく、なるべく相手の住まいに行くようにしている。自分が立ち去るほうが簡単だからだ。二度ばかり、まだ帰りたくないと言う相手を無理やり車に乗せて、家まで送り届けるのに大変な思いをしたことがある。そこまでするのは、朝まで女性と一緒に過ごすと考えると、パニックに陥りそうなほど不安になるからだ。

サムはベッドをおり、シャワーを浴びた。バスローブを着て、湯で濡らして絞ったタオルをルーシーのところへ持っていった。それでルーシーの体を拭き、肩まで上掛けをかけて、唇に軽くキスをした。「じゃあ、おやすみ」

「どこへ行くの？」

「いつものベッドだ」

「ここで寝れば？」ルーシーが誘うように上掛けの端を折り返した。

サムは首を振った。

「寝返りを打った拍子に、きみの足を蹴ってしまうかもしれないし……」

「何を言っているの」ルーシーが眠たげな笑みを浮かべた。「この足首の装具は恐ろしく丈夫よ。車でひいたって壊れやしないわ」

サムは迷った。ルーシーの隣に潜りこんでしまいたいと思っている自分が怖かった。

「眠るときはひとりが好きなんだ」

「あらそう」ルーシーがわざと軽い調子で答えているのが伝わってきた。「そういえば、朝まで女の人と一緒に寝たことはなかったんだったかしら？」

「そうだ」

「だったら、いいわ」

自分がひどく不器用でまぬけな振る舞いをしているように思え、サムは咳払いをした。

「きみのことがわずらわしいとか、そういうわけじゃないんだ」

ルーシーは明るく笑った。

「わかっているわよ。おやすみなさい。楽しかったわ。ありがとう」

サムは戸惑った。女性と関係を持って、ありがとうなどと言われたのは初めてだ。「こちらこそ」落ち着かない気持ちを抱えたまま、折りたたみ式ベッドのある部屋へ向かった。

自分のなかで何かが変わりつつあることには気づいていた。それが何かを知るのが恐ろしかった。

19

ルーシーが思ったとおり、母はひと目でサムを気に入った。父は初めのうちこそ距離を置いて接していたが、〈ダック・スープ〉で食事をするうちに態度が変わった。きっかけは、父が設計を支援している無人宇宙探査機についてサムが質問したことだった。サムがじつは科学好きだということに気づいたのだろう。普段は口数の少ない父が、急に饒舌《じょうぜつ》になった。

「つまり、当時はだな」父はとうとうと語った。「彗星は、太陽が誕生する以前にできた粒子と、絶対零度となる太陽系周辺部で作られた氷によって構成されていると考えられていたわけだ」言葉を切った。「絶対零度というのは――」

「熱力学的温度における零度ですね」サムが答えた。

「そのとおり」父は相好を崩した。「ところが予想に反して、彗星を形成する粒子は高温で作られたものだとわかった。つまり彗星は、超高温と超低温によってできたというわけだ」

「おもしろいですね」サムは答えた。本気で言っているのだ。

男性ふたりが話しこんでいるのを横目に、母は娘にささやいた。「いい人じゃない。完璧よ。見た目はすてきだし、性格もいいし、お父さんまで引きこんじゃったわ。絶対に放した

「だから、そういうんじゃないんだってば」ルーシーはささやき返した。「言ったでしょう？らだめよ」

サムには結婚する気がないの」

それを聞き、母は俄然張りきった。

「そんなのは、彼の気を変えさせればすむ話よ。これほどの男が独身でいるなんて罪だわ」

「完璧な人なのに、無理やり気を変えさせたりしたら、それこそ罪よ」

「ちょっと、ルーシー」母がじれったそうに小声で言った。「あなた、結婚をなんだと思っているの？」

当初から予定していたわけではなかったのだが、食事のあと、みんなでコーヒーを飲みに〈レインシャドー〉へ戻った。サムからブドウ園や家の改築の話を聞いた母が、それはぜひとも見てみたいと主張したからだ。マークとホリーはマギーと一緒に、ベリングハムにいるマギーの両親を訪ねていたため留守だった。サムは母に、よかったら家のなかを案内すると言った。

「わたしはここでコーヒーでも淹れながら待っているわ」ルーシーは言った。「お母さん、サムを質問攻めにしたらだめよ」

母はまさかというように目を丸くした。

「そんなこと、わたしがするわけがないでしょう？」

「お母さんになら、何を訊かれてもかまわないですよ」

母はうれしそうにくすくすと笑った。

「ぼくはここでルーシーを手伝っているよ」父が言った。「家のことは門外漢だ。破風《ペディメント》と蔓棚《パーゴラ》の区別もつかない男だからな」

ルーシーはカップ一杯のコーヒー豆をコーヒーメーカーにセットし、父はシンクで給水タンクに水を入れた。「サムのこと、どう思う?」ルーシーは尋ねた。

「気に入った。なかなか頭のいい男だ。健康そうだし、性格も落ち着いているし、何よりハイゼンベルク代数のジョークで笑ってくれたからな。どうしてブドウ園なんかにあの頭脳を無駄遣いしているのかが不思議だ」

「無駄遣いなんかじゃないわ」

「ワインを造っている人は世の中にごまんといる。今さらひとり増えたところで、たいして変わりはないだろう」

「それって、すでに芸術作品はいっぱいあるから、もうこれ以上はいらないと言っているのと同じよ」

「芸術もワインも、科学ほどには人類に貢献しない」

「サムなら正反対のことを言うかもね」ルーシーは、父が給水タンクをセットするのを見つめた。

コーヒーメーカーが小さな音をたてて、コーヒーを淹れはじめた。

「それより、おまえはサムをどう思っているんだ?」

「好きよ。でも、結婚するつもりはないわ。どちらの将来設計にも、お互いのことは入っていないの」

父は肩をすくめた。「まあ、おまえがそれでいいならかまわないが」

ふたりはしばらく、コーヒーメーカーのぽこぽこと鳴る音を聞いていた。

「明日はアリスとケヴィンに会うんでしょう？」

父はうなずき、苦笑いした。「本当に結婚するかどうかも怪しいものだが、たとえ一緒になったとしても、うまくはいかないだろうな」

「奇跡が起きるかもしれないわよ」そんなことは万にひとつもないだろうと思いつつ、ルーシーは答えた。「世の中、まさかというようなこともあるから」

「まあな」父は言った。「だが、この年になると、なかなかそうは思えなくてね。マグカップはどこだ？」

ふたりでふたつほど棚を開け、マグカップを見つけた。

「この前、母さんと話をした」父が言った。「父さんが再婚だったこと、聞いたんだってな」

「ええ」ルーシーは返事に詰まった。「なんというか……びっくりしたわ」

「おまえとアリスとケヴィンの一件があったもんだから、父さんと母さんもこれまでなんとなく避けていたことについて話すはめになってね」

「避けていたのは、いやな話題だから？」ルーシーは訊いた。

「さあ、どうだろう。ただ、なんでもかんでも話しあえばわかるというものではないと思っているんだよ。話してもどうにもならないこともある」

「それはお母さんと結婚する前の人のことね」どういうわけか、最初の奥さんという言葉を使うのはためらわれた。

「そうだ。わたしは母さんを愛しているし、前の妻とは比べたこともない。彼女のことはなんというか……」父は言葉を切った。そんなふうに寂しげな表情をするのを見たのは初めてだ。「まったく別次元の話なんだ」

「名前はなんていうの？」ルーシーは静かに尋ねた。

父は答えかけたが、首を振って黙りこんだ。

これほどの歳月が流れてもまだ名前を口にできない相手というのは、いったいどういう女性だったのだろうとルーシーは思った。

「この人だという相手に巡りあうと……」しばらくして父が口を開き、独り言のように話しはじめた。「ちゃんとわかるものだ。お互いがいてこそ、人として完全になれるという感覚さ。それは……すばらしいものだ」

「いい思い出なのね」ルーシーは言った。

「いや、悔やむことばかりだよ」父はまっすぐに娘を見た。その目には涙が光り、声はかすれている。「いっそ出会わなければよかったのにと思うときさえある。でも、それは父さんだからそう考えるだけで、人によっては違うかもしれない。あとでどんなにつらかろうが、そういうひとときを経験できたのは幸せだと言う人もいるだろう」父はこちらに背を向け、コーヒーを注いだ。

父がこれほど感情を表に出したことは、今まで一度もなかった。ルーシーはかける言葉もなく、引き出しからスプーンを取りだした。普段からスキンシップをよくする親子だったら、背中を抱きしめてあげたいところだ。だが父はいつもシャツのボタンをきちんといちばん上まで留めるような堅苦しさがあり、愛情表現を受けつけない雰囲気を漂わせている。

常に冷静で落ち着いて見えるが、その胸の内は決して穏やかではないのだ。ルーシーは初めてそのことを知った。

アリスたちと会ってカリフォルニアへ戻った母から電話があった。アリスたちとの話し合いは望みうるかぎりうまくいったらしい。アリスとケヴィンは口数が少なく、とりわけケヴィンはほとんど話さなかったということだ。「でも、結婚する気があるのは感じとれたわ。きっとご両親に早く身を固めろとせっつかれているのね」

ルーシーは苦笑した。ケヴィンの両親は年老いてできたひとり息子を溺愛し、甘やかして育てた。やがて息子がいつまでも子供っぽく、自己中心的な考え方しかできないことを悩むようになるが、今さら自分たちの子育てを反省してみても手遅れだった。だから、きっと結婚させれば少しは大人になると考えたのだろう。

「レストランで食事をしたんだけど、四人とも余計なことは言わず、礼儀正しく振る舞ったわよ」

「お父さんも？」ルーシーは顔をしかめた。

「ええ、もちろん。ただ、ケヴィンがあなたについて尋ねたときだけは、気まずい空気になったわね」

「ケヴィンがわたしのことを訊いたの？」

「そうよ。脚の怪我はどうだとか、元気にしているかだとか……あとは、そうね、サムとの仲はどうなのかとも訊かれたわ」

「信じられない。アリスはさぞおかんむりだったでしょう」

「さすがにあれはまずかったわね」

「それで、なんて答えたの？」ルーシーは尋ねた。

「本当のことを言ったまでよ。怪我はずいぶんよくなっているし、あなたは元気だし、サムとは仲がいいみたいでわたしもうれしいって」

「お母さん、サムと真面目なおつきあいをするのは無理だって言ったでしょう？ 期待しないで」

「無理じゃないわ」母はきっぱりと言った。「あなたたち、すでに真面目なおつきあいをしているじゃない」

　両親と食事をした二日後、ルーシーはフライデーハーバーのコンドミニアムに移った。驚いたことに、サムはルーシーが〈レインシャドー〉を出ることに対して、まだ早すぎる、もう少し怪我が治るのを待つべきだと反対した。

「だいたい、きみはまだ松葉杖がうまく使えないじゃないか」

「あら、もう立派なものよ。芸だってできるわ。わたしのフリースタイルの演技を見る？」

「独り暮らしに戻ったら歩く距離も増えるし、あのコンドミニアムには階段があるんだぞ。それに車もないのに、普段の買い物はどうする気だ？」

「〈ホグ・ヘヴン〉の教会の人たちが喜んで引き受けてくれるわ」

「バイク乗りたちとつるむのは好ましくない」

「別につるむわけじゃないわよ」ルーシーはこの会話が楽しくなった。「ときどき手助けを頼むだけ」

サムはまだ何か言いたそうにしていたが、しばらく黙りこんだあと、不機嫌そうに言った。

「きみがそうしたいのなら、どうぞ好きにしてくれ」

ルーシーはいたずらっぽく笑った。

「あなたはどうぞいつでも遊びに来て。ちゃんとお相手をするから」

サムはしかめっ面をした。「それはありがたいね。ぼくの関心はそのことだけだから」

〈レインシャドー〉を出るのは残念だったが、それが互いのためにいちばんいい気がした。ルーシーにいつまでも居座られれば、サムはいいかげん嫌気が差すだろうし、早く工房にも戻りたかった。

ガラスが恋しい。ガラスに呼ばれているような気さえした。

工房〈星のブランコ〉に戻った初日は、まず電気炉に火を入れた。そして、〈レインシャドー〉の窓にはめこむステンドグラスの実物大のデザイン画を描いた。手描きのスケッチとパソコンのソフトウェアを駆使してガラスをカットする線を決め、グラデーションを考えながらそれぞれのピースに番号を振っていった。それが納得するものに仕上がれば、同じものを三枚印刷する。参考用と、ハサミで切ってしまうものと、ガラスを組むときに下に敷くためのものだ。そのあとはガラスを切断したり、鋭い角をやすりで削ったりする作業に入る。

デザイン画を描いていると、昼どきにサムが来た。〈マーケット・シェフ〉のずっしりと重そうな紙袋を手にしている。「サンドイッチを買ってきた」

「まあ、まさかあなたが訪ねてきてくれるとは思っていなかったわ」ルーシーはからかうような笑みを浮かべた。「わたしがいないと寂しくてだめなのね」

サムは作業台に置いた何枚ものスケッチに目をやった。

「ぼくのところでのんびり暮らすより、こっちのほうがいいのかい？」

ルーシーは声をあげて笑った。

「あなたにかしずかれているのも悪くないけど、やっぱり創作に携わるのはうれしいわ」

サムは作業台に紙袋を置き、スケッチを見るためにこちら側へ来た。「美しいデザインだ」

「ステンドグラスになったらびっくりするわよ。ガラスは想像もしないような色合いを生みだすから」

サムはにやりとした。「きみと出会ったせいで、もうびっくりするのには慣れっこだよ」

しばらくスケッチを眺めたあとで言った。「引っ越し祝いを持ってきたんだ。ここに置いておきたいだろうと思ってね」

「そんな気を遣ってくれなくてもよかったのに」

「でも、まだしばらくは使えないだろうな」

「どこにあるの？」

「待っててくれ。今、持ってくるから」

ルーシーはにっこりして、サムが工房を出ていくのを見守った。そして、戻ってきたサムを見て、目を丸くした。ハンドルバーに大きなリボンのついた自転車を押している。「まあ……嘘みたい。サム、ありがとう。本当に……」ルーシーは言葉を失った。きれいに修理されたヴィンテージものの自転車だった。車体は深みのあるグリーンで、フェンダーは真っ白だ。

「シュウィン社の一九五四年型ホーネットだ」サムは自転車をルーシーに渡した。

ルーシーはその使いこまれた味のある車体や、ブラックウォールタイヤや、革のサドルに触れてみた。「きれい……」目が潤み、声がかすれた。わたしをよく理解していなければ、こんなプレゼントは思いつかない。これはわたしのことをいくらかなりとも大切に思ってくれている証《あかし》だ。そんなつもりで贈ってくれたのかどうかはわからない。でも、今はそんな彼の気持ちが何よりうれしい。サムに少しでもいいから気にかけてほしいと思っている自分に気づき、ルーシーは驚いた。「ありがとう……」彼女は椅子から立ちあがってサムの首に両腕をまわし、肩に顔をうずめた。

「たいしたことじゃないよ」サムはぎこちない手つきでルーシーの背中をなでた。「何もそこまで感激しなくても……」

ルーシーにはサムがなぜ戸惑っているのか、その理由がわかった。「あなたっていい人ね。こんなにすてきなプレゼントをもらったのは初めてよ」無理にくすりと笑い、顔をあげて頬にキスをした。「安心して。それでもあなたのことを愛したりはしないから」

「よかった」サムはほっとした顔で笑った。

それからの二カ月、ルーシーは工房にこもって仕事に専念した。サムは様子を見に来たと言っては、ちょくちょく工房に立ち寄った。そんなときは、そのまま食事に出かけることが多かった。そのあとコンドミニアムで甘いひとときを過ごすこともあったが、サムは決してそのためだけに会いに来るわけではなかったし、食事をしたからといって必ずコンドミニアムに行くと決めてもいなかった。ただルーシーと一緒にいて、話をするのを楽しんでいるように見えた。二度ばかり、ホリーを連れてきたこともある。一度目のときはガラスとカッパーテープを使った簡単なサンキャッチャーの作り方を教え、一緒に作品を仕上げた。二度目は動物のオブジェなどがある〈スカルプチャー・パーク〉へ遊びに連れていった。サムがホリーに動物のまねをさせるものだから、あっという間に五、六人の子供たちが寄ってきて、同じように動物の格好をしては大はしゃぎした。

ルーシーはそんなサムの様子を不思議な思いで見ていた。男女関係に感情が絡むのをあれほど恐れていながら、サムがしているのはまさに相手と親しくなろうとする行為だ。互いに個人的なことや、自分の考えや、子供時代の思い出をよく語った。ノーラン家の内情を知れば知るほど、ルーシーはサムに同情を覚えた。アルコール依存症の両親を持った子供は人を信じるのが難しい。傷つけられたり、裏切られたり、捨てられたりするのを恐れるあまり、自分の殻に閉じこもるようになる。その結果、大人になっても誰にも心を許さないでおこうとする。だが、今のサムは、おそらく自分の気づかないうちに心を開きかけている。

あなたは自分が思っている以上にちゃんとした人間関係を結べる人なのだと言ってあげたかった。いずれは誰かを愛し、そして愛される日が来ても少しもおかしくはない。だが、サムがみずからも人を愛せるのだと気づくまでには長い時間が必要だろう。一生かかるかもしれないし、一生かけても気づかないままかもしれない。だから、彼が変わることに望みをかけて待ちつづける女性は、結局つらい思いをするはめになる。

それがわかっていながら、今、自分はその女性になりかけている。サムを愛してしまうのはとてもたやすい。今でさえこれほど惹かれている。一緒にいると幸せを感じる。こんな関係を続けるのはもう限界に来ているということだろう。早く終わらせないと、傷つくのは自分だ。それも、ケヴィンに捨てられたときの比ではないほどに。

でも、あと少しだけ、サムとの時間を楽しみたい。月の光ほどにははかない偽りの幸せだとしても。

妹と直接のやりとりはしていなかったが、母がまめに電話をかけてくるため、結婚の準備の進み具合は手に取るようにわかった。結婚式はロシェハーバーにあるアワ・レディ・オブ・グッド・ボイジ教会で執り行うらしい。一〇〇年以上の古い歴史を持つ教会で、きれいな海の見える海岸沿いに小さな白い建物が立っている。結婚披露パーティの会場は、こちらも歴史のある海辺のレストラン〈マクミリンズ・ダイニングルーム〉だ。

母はケヴィンに対してこそいい感情を持っていないが、結婚準備そのものにはだんだん熱心になっていた。ルーシーは腹立たしさを覚えた。結局、またいつものとおり、アリスは自分の欲しいものをやすやすと手に入れるわけだ。

結婚式の招待状が届いた。キッチンカウンターの端に放り投げてみたものの、それが目に入るたびに気になり、苦々しさがこみあげた。

サムが食事をしにやってきて、その封を開けていない郵便物に気づいた。

「これは？」

ルーシーは顔をしかめた。「結婚式の招待状よ」

「なかを見ないのか？」

「そうやって放っておいたら、そのうちに消えるんじゃないかと思って」ルーシーはざるに入れたレタスを洗うのに忙しいふりをした。

サムが近づいてきて、ルーシーの腰に手をあてて自分のほうへ引き寄せ、そのままじっと待った。そして頭を傾け、ルーシーの耳たぶに軽くキスをした。「行ける自信がないの。結婚式になんて出席したくない。近くに置いてあった布巾で手を拭いた。「行ける自信がないの。結婚式になんて出席したくない。でも、欠席するわけにもいかない。どうしたらいいのかわからないわ」

サムはルーシーを自分に向きなおらせ、体を挟むようにして両脇のカウンターに手をついた。「ケヴィンとアリスが並んでいるところを見たら、胸が痛みそうか?」

「少しね。でも、それはケヴィンのせいじゃない。問題は妹よ。まだ腹が立っているの。アリスはあんな卑怯なまねをしたし、ふたりともわたしに嘘をついたのに、両親はいつものとおりアリスを許して結婚式の費用を全部出すわけで、そんなことをしているからアリスはいつまで経っても——」

「おいおい、息継ぎくらいしろ」

ルーシーは大きく息を吸い、ため息とともに吐きだした。「結婚式に出ずに家にいたところで、落ち着かないことに変わりはないわ。まるでケヴィンに未練があって、嫉妬しているみたいに見えるもの」

「じゃあ、ぼくと一緒に旅行をしよう」サムは言った。

ルーシーは当惑し、眉をひそめた。「結婚式の当日にってこと?」

「メキシコのリゾート地に連れていってあげるよ。白いビーチでモヒートでも飲みながらくつろいだら、いやなことなんて忘れるさ」

ルーシーは目を丸くした。「わたしのためにそこまでしてくれるの？」

サムはほほえんだ。「ぼくだって楽しむよ。きみのビキニ姿を見られるしね。どこがいい？ロス・カボス？　ババ・カリフォルニア？　それともベリーズかコスタリカあたりまで足を伸ばして――」

「ストップ」ルーシーはサムの胸をぱちぱちと叩いた。「ありがとう。気持ちはとてもうれしいわ。でも、ビーチでいくらモヒートを飲んでも、結婚式が気になるのは同じよ。つまりは出席するしかないということね。でも、もしあなたが……」一緒に来てくれたらうれしいと言いかけ、ルーシーは口をつぐんだ。それを頼むのはあまりに申し訳ない。

「マークとマギーの結婚式にはぼくの同伴者として来てくれる予定だろう」サムは言った。「だったら、ぼくがきみの妹さんの結婚式に出るのは当然だ」

「ありがとう」

「礼なんていらない」

「いいえ、本当にうれしいの」ルーシーは力をこめて言った。「あなたがそばにいてくれると思うだけで、少し気が楽になったもの」つい本音をもらしてしまったことを、すぐさま後悔した。精神的に頼っていると知られたら、彼を追いこむことになってしまう。

だがサムはルーシーの頬を両手で包みこみ、唇にキスをした。片腕を背中にまわし、背筋に沿って手を滑らせて腰を抱き、自分のほうへ引き寄せる。サムの下腹部が硬くなっていることに気づき、ルーシーは目を丸くした。サムはルーシーのどこが感じやすく、どうすれば燃えあがるのかをよく知っていた。やがてルーシーは目を閉じてキスに身を任せ、サムの胸にしなだれかかった。甘い口づけに鼓動が速くなり、体の力が抜けていく。

ルーシーは少しだけ顔を離して息を継いだ。「寝室へ行きましょう」サムがルーシーを抱きあげた。


その週末、シアトルにある退役したフェリーの上でマークとマギーの結婚式が行われた。晴天に恵まれ、ユニオン湖の水面がサファイアブルーに輝いていた。とても穏やかな式だった。ふたりとも緊張や不安はまったくなく、妙にはしゃぐようなまねもせず、心から幸せそうにしていた。

マギーは膝丈のスリップドレスがよく似合っていた。織り目加工を施されたシルク地で、色はアイボリー、胸元はVネック、肩紐にはシフォンのレースがついている。髪は頭の上でシンプルにまとめ、白いバラの花飾りをつけていた。ホリーも同じようなクリーム色のドレスで、スカートは内側にチュール地のひだがあり、ふんわりと盛りあがっている。法務官の前で結婚の誓いを述べるとき、マークとマギーはホリーも一緒に立たせた。マークは花嫁にキスをしたあと、ホリーにも同じようにキスをした。心温まる感動的な場面だった。

式が終わり、フェリーのなかに入ると、ビュッフェ形式で豪華な料理が用意されていた。フルーツの盛り合わせ、色とりどりの野菜を使った何種類ものサラダ、パスタ、ライス、新鮮な魚介類、チーズとベーコンとチャツネがのったブリオッシュ、タルト、野菜を薄切り肉で巻いたルラードなどだ。伝統的なウエディングケーキの代わりに、たくさんの小さなケーキがアクリル樹脂板の上に塔のように積みあげられていた。ジャズバンドが《エンブレイサブル・ユー》を演奏している。

「この結婚式のあとにアリスたちの式に出なくちゃいけないなんて残念だわ」ルーシーはサムに言った。

「どうして？」

「マークとマギーは本当に愛しあっているし、みんなもとても幸せそうだもの。これを見たあとじゃあ、アリスたちの結婚式はさぞみじめに見えるでしょうね」

サムは声をあげて笑い、ルーシーにシャンパンのグラスを渡した。今日のサムはとびきりすてきだった。濃い色のスーツに模様の入ったネクタイを締め、フォーマルな服装は窮屈だとばかりに襟元を緩めている。「今からでも喜んでメキシコへ同行させてもらうよ」

「誘惑しないで」

客人が料理を皿に盛ってテーブルにつくと、サムは乾杯の挨拶をするために前へ出た。マークはマギーとホリーの体に腕をまわした。

「もし公共輸送機関というものがなければ、兄は結婚できず、今日というおめでたい日は来なかったでしょう」サムはスピーチを始めた。「兄とマギーはサンフアン島からアナコルテスへ向かうフェリーのなかで恋に落ちました。昔から人生は旅のようなものだと言われます。世の中には方向感覚に優れた人がいまして、そういう人たちは見知らぬ国のど真ん中に放りだされても迷子になったりはしません。でも、兄は恐ろしく方向音痴です」サムは言葉を切った。客人たちがくすくすと笑い、マークがうるさいというように弟をじろりとにらんだ。「だから、兄がちゃんと道を見つけて結婚にこぎつけたことは、ぼくらにとってはうれしい驚きです。兄自身がいちばん驚いているとは思いますが……」さらに笑い声があがった。「行き止まりや、まわり道や、一方通行の道もありましたが、それでも兄はなんとかマギーのもとへたどり着きました」サムはグラスを掲げた。「これから人生という旅を一緒に歩むマークとマギー、そして世界中でいちばん愛されている女の子のホリーに乾杯」

拍手喝采が起こり、ジャズバンドが《フライ・ミー・トゥー・ザ・ムーン》を奏ではじめた。マークはマギーの手を自分の腕にかけさせ、ダンスフロアへ出た。

「とてもいいスピーチだったわ」ルーシーはサムにささやいた。

「ありがとう」サムはほほえんだ。「ちょっと待っててくれ。すぐに戻るから」

サムは空になったグラスを通りすがりのウエイターに手渡し、ホリーをダンスフロアに連れだした。上手にターンをさせたり、自分の足の上にのせてステップを踏んだり、抱きあげて緩やかに回転したりしている。

そんな様子を見て、ルーシーはほほえみを浮かべながらも気分が沈んだ。今朝、恩師であるアラン・スペルマン博士から電子メールが届いた。そのことはまだ誰にも話していない。

本当は大喜びすべき内容なのだが、まだどうしようかと迷っていた。

それはミッチェル・アート・センターの委員会がルーシーに一年間のアーティスト・イ

ン・レジデンス事業の奨学金を出すことを内定したとの知らせだった。スペルマン博士は大げさなほど喜んでいた。あとはルーシーが奨学金供与の条件書類に署名すれば、公式に発表される運びとなる。〝とても喜ばしいことです〟スペルマン博士のメールにはそう書かれていた。〝ミッチェル・アート・センターはきみという良縁を得たことを幸せに思います〟

ルーシーはその良縁という言葉が気に入っていた。異性関係はことごとく失敗してきたが、ここへ来て芸術プログラムという最高の縁に恵まれたことが誇らしい。一年間、ニューヨークで勉強すれば、ガラス工芸作家として知名度もあがるだろう。ほかのアーティストたちと一緒に仕事をしたり、新しい技法を試したり、ときにはセンターで公開されているガラス工房で制作を実演してみせることもできる。そして一年の研修期間が終わったあかつきには、個展まで開けるのだ。まさに夢にまで見た絶好のチャンスだ。これをみすみす逃す手はない。

だが、サムのことが心に引っかかっていた。

サムとは将来の約束をしたわけではない。ふたりの関係は、いつでもどちらからでも終わりにできることになっている。今回みたいなチャンスはもう二度と巡ってこないかもしれないし、たとえサムのためにあきらめたとしても彼は喜ばないだろう。

それがわかっていながら、気が重い。

もうしばらくサムのそばにいたかった。いずれ別れなくてはならないと覚悟していても、彼の存在は日増しに大きくなっている。

わたしにとってかけがえのない人だ。

マギーの父親が娘をダンスに誘い、マークはサムからホリーを奪いに行った。何組かの男女がダンスフロアにあがって、甘いメロディーに合わせて踊りはじめた。

サムはルーシーのところへ戻り、黙って手を差し伸べた。

「わたしは無理よ」ルーシーは笑いながら、足首につけた装具を指さした。

サムはゆっくりと口元に笑みを浮かべた。「気分だけでも味わおう」

ルーシーはサムの腕に手をかけた。男らしい陽焼けした肌の香りと、ヒマラヤスギの香りがする。サマーウールと、糊のきいたコットンの匂いもまじっていた。足首に装具をつけていてはステップを踏むことができないため、ただ体を寄せあい、音楽に合わせて静かに揺れた。

ルーシーは胸にせつなさがこみあげ、パニックに陥りそうになった。いったん島を出たら、もう戻ってくるのはよそう。ふたりの将来は二度と交わることはないのだと知りつつ、サムがほかの女性と一緒にいるのを見ながら、恋人同士だったひと夏の思い出にすがって生きるのはあまりにつらすぎる。彼とはただベッドをともにしたというだけではなく、すばらしい関係を築けたと思う。だが、結局ふたりのあいだに横たわる障害を乗り越えられず、わたしが求めるような心の絆を結ぶことはできなかった。それでもわたしにとっては、望みうるかぎりそれに近い関係だったのかもしれない。

〝いっそ出会わなければよかったのにと思うときさえある〟と言った父の言葉の重みが、ようやくわかった気がする。

「どうした？」サムがささやいた。

ルーシーは無理やりほほえんでみせた。「なんでもないわ」

だが、サムは納得しなかった。「何か悩みごとでもあるのか？」

「いいえ、ちょっと脚が痛むだけ」ルーシーは嘘をついた。

「しばらくどこかで座っていよう」サムはルーシーの体を支え、ダンスフロアをおりた。


翌朝、ルーシーはいつもより遅くに目が覚めた。コンドミニアムの寝室には太陽の光がさんさんと降り注いでいる。体を伸ばしてあくびをし、寝返りを打った。そして隣にサムが眠っているのを見て驚いた。

昨晩の出来事を思い返してみた。サムに家まで送ってもらい、着替えさせられ、ベッドに入れられた。最後の一、二杯のシャンパンが余計だったのだろう。ルーシーは少し酔っていて、上機嫌だった。ベッドに誘おうとすると、サムは笑ってこう言った。

「もう夜中だよ。ちゃんと眠ったほうがいい」

「本当はあなたもベッドに来たいのよ。わたしにはわかるんだから」ルーシーはせがむように言い、サムのネクタイを緩めて引っ張って、顔を引き寄せた。甘いキスを交わしたあと、なんとかしてネクタイをはずし、勝ち誇ったようにサムに手渡した。「何かいつもとは違うことをして」ルーシーは言った。「これでわたしを縛ってみる？」怪我をしていないほうの脚をサムの体に絡めた。「それとも、そんなに疲れているの？」

「こんな誘いを断るほど疲れているとしたら、それはもう死ぬときだな」そしてふたりは甘美な熱い夜を過ごした。

きっとサムも疲れていたのだろう。これまでは泊まることをかたくなに拒んできたが、昨夜は眠気の誘惑に負けたらしい。

ルーシーはサムの寝姿に目をやった。腕は長くてたくましく、背中は広くてきれいな肌をしている。寝乱れた髪がセクシーだ。眠っていると、いつもより少し若く見える。口元は緩み、夢でも見ているのか濃いまつげがぴくぴくと動いている。眉間に小さなしわが寄った。

ルーシーは思わず手を伸ばし、指先でそのしわにそっと触れた。

サムが小さなうめき声をもらし、かすかに目を開けた。まだ眠りから覚めきっていない様子だ。「ルーシー」かすれた声で言い、腕を伸ばしてきた。ルーシーはサムに身を寄せ、胸に鼻をうずめた。

次の瞬間、サムがびくっとした。

「ここは……どうして……」はじかれたように顔をあげ、自分がどこにいるのか気づくと、ののしりの言葉を吐き、上掛けが燃えだしたとばかりの勢いでベッドから飛びだした。

ルーシーは驚いた。「いったいどうしたの?」

サムは恐怖に包まれたような怖い形相でルーシーをにらんだ。「眠りこんでしまった」

「大丈夫よ。レンフィールドはペットホテルにいるし、ホリーはマークたちと一緒だもの。心配することは何もないわ」

サムは脱ぎ散らかした服を拾い集めた。「どうして起こしてくれなかった?」

「だって、わたしも寝ていたもの」ルーシーは言い訳がましく答えた。「それに、たとえあなたが眠ってしまったことに気づいても、声をかけたりはしなかったと思うわ。あなたもずいぶん疲れていたし……。別にわたしのベッドで寝てもかまわないのよ」

「ぼくはごめんだ」サムははっきりと言い返した。「朝までは一緒に過ごさないと決めていたのに」

「どうして? あなた、じつは吸血鬼だったとか? そんなのたいしたことじゃないわ」

サムはルーシーの言葉を無視し、衣類を持ってさっさとバスルームに行くと、シャワーを浴びだした。

「それでお尻に火がついた犬みたいに、慌てて帰っちゃったのよ」その日の午前中、ルーシーはジャスティンとゾーイを訪ね、今朝の出来事を話した。「ほとんど口もきいてくれなかったわ。だから、怒っているのか怯えているのかもわからない。多分、両方ね」

三人はキッチンでコーヒーを飲んだ。問題を抱えているのはルーシーだけではなかった。いつもは明るいゾーイが、祖母が病気だとかで暗い顔をしていた。ジャスティンは恋人と別れたらしく、気丈に振る舞ってはいるが、本当はつらいのが伝わってくる。

ルーシーが別れた理由を尋ねると、ジャスティンは口ごもった。

「ちょっと……怖がらせちゃったのよね」

「どうやって？　妊娠検査薬でも買ってきてと頼んだの？」

「まさか」ジャスティンはじれったそうに手をひらひらさせて否定した。「わたしのことはどうでもいいの。それより、あなたの話をもっと聞かせて」

ルーシーは一部始終を詳しく語り、頬杖をついて顔をしかめた。「たかがひと晩泊まったくらいでなんだというの？　わたしと体の関係を持つのは平気なくせに、一緒に眠るのはだめだなんておかしいわ」

「眠るというのがどういうことか考えてみなさい」ジャスティンは言った。「とても無防備な行為よ。意識をなくして、まったく無力になるってことだもの。だから同じベッドでふたりの人間が一緒に眠るというのは、究極の信頼のあかしなのよ。セックスをするだけより、もっと親しい間柄じゃないとできないわ」

「そしてサムは誰にも心を開こうとしない」ルーシーは喉に針でも刺されたような痛みを覚え、それをごくりとのみこんだ。「彼にとって、それはとても危ういことなの。ノーラン家の子供たちは、本来自分を愛してくれるはずの両親から、ずっと傷つけられて育ったから」

ジャスティンはうなずいた。「親というのは、本当は子供のいいお手本となって、人間関係の築き方を教えるものなのにね。そんな過去があるんじゃ、自分でなんとかしろと言っても難しいでしょうね」

「サムと話しあってみたら？」ゾーイがルーシーの腕に手を置いた。「ときには本音をぶつければ、うまくいくことも――」

「いいえ、サムを変えようとはしないと心に決めているの。これは彼の問題だから、自分で解決してもらうしかないわ。わたしにはわたしの悩みがあるし……」ジャスティンに紙ナプキンを渡され、ルーシーは自分が涙を流していることに気づいた。ため息をつき、紙ナプキンで鼻をかんだ。そしてミッチェル・アート・センターの奨学金の話をした。

「もちろん、受けるんでしょ？」ジャスティンが訊いた。

「ええ。アリスの結婚式が終わったら、ニューヨークへ行くわ」

「サムにはいつ話すの？」

「直前まで黙っておくつもりよ。最後の時間を楽しく過ごしたいの。それに、サムにこの話をすれば、行くべきだとすすめるに決まっている。会えなくなるのは寂しいというぐらいは言うかもしれないけど、きっと内心ではほっとするのよ。わたしたちはなんというか……深入りしかけているの。それは止めなくてはいけないことなのよ」

「どうして？」ゾーイが穏やかに尋ねる。

「深入りすればわたしが傷つくだけだと、お互いわかっているから。サムは自分をさらけだすことができない。愛していると言えない人なの」ルーシーはまた鼻をかんだ。「だから、結局は別れるしかない」

「ルーシー、ごめんね」ジャスティンが小声で言った。「こんなことになるとわかってたら、あなたにサムをすすめたりしなかったのに。ちょっと楽しめればいいかなと思ってただけなの」

「楽しんだわ」ルーシーは涙を拭きながら答えた。

「ええ、本当に楽しそうな顔だこと」ジャスティンが言った。ルーシーは泣きながら笑った。

その日の午後、工房で仕事をしていると、ドアをノックする音がした。ルーシーはガラスを切る道具を脇に置き、緩んできたポニーテールを直して、誰が来たのか見に行った。サムだった。手にはオレンジ色のバラや、黄色いユリや、ピンク色のアスターや、ガーベラの入った花束を持っている。

その表情から何を考えているのかは読みとれなかった。ルーシーはサムの顔を見たあと、色とりどりの花に目をやった。「お詫びの花束のつもり？」ほほえみそうになるのをこらえた。

「お詫びのチョコレートもだ」サムは長方形のサテン地の箱をルーシーに手渡した。高級チョコレートが一キロぐらい入っていそうだ。「それと、心からの謝罪の言葉も」ルーシーの表情を見て自信を持ったのか、さらに続けた。「ぼくが眠りこんでしまったのは、きみが悪いわけじゃない。それに、よくよく考えてみれば、そのことでぼくにはなんの害もなかった。それどころか、朝起きたばかりのきみがどれほど美しいかわかってうれしく思ってるくらいだ」

ルーシーは笑った。頬が赤くなったのが自分でもわかる。「謝るのが上手ね」

「今夜、食事でも一緒にどう？」

「いいけど、でも……」

「何?」

「ちょっと思うところがあって、しばらくのあいだは普通の友人でいたいの。せめて二、三日でもいいから」

「かまわないよ」サムはルーシーの顔をのぞきこみ、静かに尋ねた。「理由を訊いてもいいかな?」

ルーシーは作業台のほうへ行き、花束とチョコレートを置いた。「やりたいことがあるの。そのためにはひとりの時間が必要だから。それなら食事はまた今度ということであれば、遠慮なくそう言って」

その言い方が何か気になったらしい。「いや、そんなことは思ってない」言葉を探している様子だ。「そのためだけにきみに会いに来てるわけではないから」

ルーシーはサムのほうを向き、心からにっこりとほほえんだ。それを見て、サムが戸惑った表情を浮かべた。「サム、ありがとう」

ふたりは向きあったまま、互いに触れることなく立ちつくしていた。ふたりの関係は何かがおかしくなっているが、それは逆にしっくりくることでもあるという矛盾にがんじがらめにされていた。

真剣なまなざしで見つめられ、ルーシーは鳥肌が立ちそうになった。サムはときおり頬の筋肉をぴくりとさせる程度で、あとはいっさい表情を変えることなく、険しい顔をしている。沈黙が苦しくなり、ルーシーは言葉を探した。

「抱きしめてもいいかな」サムが低い声で尋ねた。

ルーシーは顔が熱くなり、ぎこちなく笑った。サムはにこりともしなかった。

ベッドでは奔放に体の関係を楽しんだ。互いに服を着ている姿も、脱ぎかけた姿も、一糸まとわぬ姿もすべて知っている。それなのに今は、ただ抱きしめるというありふれた行為のために、ふたりともこれほどまでに緊張している。ルーシーは一歩前に出た。サムはふいに動くと相手に逃げられるとでもいうように、そっとルーシーの体に両腕をまわし、ゆっくりと抱き寄せた。柔らかい曲線がたくましい体に包みこまれる。腕は収まるべきところに収まり、頭は肩のくぼみに自然な形でもたれかかった。

ルーシーは体の力を抜いた。呼吸も鼓動も思考もサムとひとつになり、ふたりのあいだにある溝が埋まった気がした。愛をセックスではなく、ただ抱きしめあうという形で表現するとしたら、まさに今のわたしたちがそれだ。

どれくらい時間が流れたのかもわからなかった。まるで時の流れの枠組みから抜けだし、ふたりだけの神秘的な存在になってしまったかのようだ。やがてサムが体を離して、食事どきになったら迎えに来るとささやいた。ルーシーはぼんやりとうなずき、その場にくずおれてしまわないようにドアをつかんで体を支えた。サムは振り返りもせずにうつむいたまま立ち去った。

ルーシーはアラン・スペルマン博士に電話をかけ、喜んで奨学金を受けると答えた。そして氏名の発表は八月末まで待ってほしいと頼んだ。そのころになればアリスとケヴィンの結婚式は終わっているし、今、抱えている仕事もすべて片がつく。

一日に数時間は時間を作り、〈レインシャドー〉に取りつけるステンドグラスの制作にあてた。それは持てる能力のすべてを要求される複雑で難しい作業だった。だが、わずかでも手を抜きたくはなかった。サムへの思いの丈をこめてガラスを切り、それらを並べ、詩を編むように一枚の絵を作っていった。ガラスの色は大地も木も空も月も、すべて自然なものを選んだ。立体感を出すために、ガラスを溶かして重ねたりもした。

すべてのガラスを切り終わると、ペンチと万力を使って鉛線を伸ばした。そしてカットしたガラスを鉛線に挟みながら組みあげていった。一枚の絵となったステンドグラスの端に、外枠用のU型鉛線をつけた。あとははんだ付けと防水加工だけだ。

完成が近づくにつれ、ステンドグラスが奇妙なぬくもりを持つようになったことにルーシーは気がついた。はんだの熱とはなんの関係もない。ある日の夕方、工房の戸締まりをしたあと、まだ作業台にのっているステンドグラスにちらりと目をやると、ガラスはみずから光を発していた。

サムがルーシーのコンドミニアムに泊まった夜以来、ふたりはプラトニックな関係を続けていた。だからといって、まったく何もなかったわけではない。サムは情熱的なキスで何度もルーシーをベッドに誘おうとした。ふたりは満たされぬ欲求に熱くなったが、それでもルーシーはその先を拒んだ。ベッドで燃えあがれば、つい愛していると言ってしまいそうで怖かった。その言葉はいつも心のなかにあり、すでに喉元まで出かかっている。だから、どうしても彼と体の関係を持つわけにはいかなかった。サムは最初のうちこそ普通の友人でいたいというルーシーの希望に理解を示したが、だんだんと自分を抑えるのが難しくなっているようだった。

「いつならいいんだ?」サムは濃厚なキスのあと、まだ唇を近づけたまま、熱い息を吐いた。目には危険なほどの激しさが漂っている。

「わからない」ルーシーは答えた。背中をなでられる感触に脚の力が抜け、体が震えている。「もう少し自分に自信が持てるようになったら」

「きみが欲しい」サムは額を合わせてささやいた。「ひと晩じゅう、愛しあおう。朝、きみと一緒に目覚めたいんだ。何かぼくにできることはないのか? 言ってくれ、なんでもするから」

愛しあおうですって? そんな言葉は一度も使ったことがないのに……。そのひと言がルーシーの心臓を万力のように締めつけた。これがサムを愛することの苦しみ。彼はどんどんわたしとの距離を縮めてくる。それでも、将来を誓うことはできない。あなたにできるのはわたしを愛してくれることよ。だけど、その願いは叶わない。ルーシーはその夜もサムを拒絶した。

アリスの結婚式の二日前になった。ステンドグラスはほぼ完成していた。式に出席する人たちも、次々とサンファン島にやってきた。そのほとんどはロシェハーバーのリゾート地にあるコテージか、ホテル〈オテル・デ・アロ〉に宿泊した。ルーシーの両親も今朝こちらに到着し、今日は一日アリスや担当のウエディング・プランナーと準備や打ち合わせをしたらしい。ルーシーは明日、両親と食事をすることになっている。だが、今夜の相手はサムだ。今夜はニューヨークへ行くことを伝えるつもりだった。

工房のドアをノックする音が聞こえ、ルーシーは現実に引き戻された。

「どうぞ。鍵はかかっていないわよ」

驚いたことに、入ってきたのはケヴィンだった。

元恋人は決まり悪そうに小さく笑った。「ちょっといいかな?」

和解のために来たのだろうかと思うと、ルーシーは気が滅入った。別れた理由について話しあい、わだかまりが解ければ、晴れて堂々とアリスと結婚できるとでも考えているのかもしれない。けれども、そんなことをする必要はない。もうケヴィンにはなんの未練もないし、過去のことはどうでもいいと思っている。今さら昔の話を蒸し返されるのは正直言って迷惑だ。

「二、三分だけよ」ルーシーは警戒した。「いろいろと予定があるの。それに、あなたのほうこそ結婚式の準備でわたしなんかよりもっと忙しいはずよ」

「新郎はほとんどすることがなくてね。呼ばれたときに顔を出すだけさ」ケヴィンは相変わらずハンサムだったが、表情がいつもとは違った。道を歩いていてつまずき、何か透明のも

る。のでも落ちていたのではないかと振り返った人のような、どこかぼんやりとした顔をしてい

ケヴィンが近づいてきた。ルーシーはとっさにステンドグラスを見せたくないと思った。そのあたりにあった紙をステンドグラスの上にのせ、さらにケヴィンの視界をさえぎるように作業台にもたれかかった。

「足首につけてたやつはもう取れたんだな」ケヴィンが言った。「怪我の具合はどうだい?」

「すっかりよくなったわ」ルーシーは軽い口調で答えた。「あとは強い衝撃を与えないように、しばらく気をつけていればいいだけよ」

ケヴィンが足を止めた。ルーシーはもう少し離れていてほしいと思ったが、自分がうしろにさがるのは気に入らなかった。

不思議なものだ。かつては同棲していた相手なのに、今はまったく知らない人のような気がする。あのころは愛しあっているとさえ思っていたのに……。あの愛はよくできた模造品だった。シルクの花が本物に見えたり、ジルコニアがダイヤモンドにそっくりだったりするのと同じだ。だが、しょせんは偽物で、甘い言葉も心地よいひとときも、中身は何もない空虚さを覆い隠すための芝居だった。アリスとはもっと深くて真摯な関係を築いていればいいのだけれど、おそらく彼には無理だろう。そう思うと、ケヴィンが憐れに思えてきた。

「あなたは元気なの?」

ケヴィンは肩を落とし、深いため息をついた。「竜巻のなかにいる気分だよ。やれ花がど

うだとか、名前を入れたリボンがこうだとか、ほかにも写真撮影やらビデオ撮影やら、いろいろと大変さ。そんなにたいそうなことをする必要はないのにな。ただの結婚式なんだから」

ルーシーは笑みを浮かべてみせた。

「もうすぐ終わるわよ。そうしたら、あなたもひと息つけるわ」

ケヴィンは工房のなかを行ったり来たりしはじめた。彼にしてみれば勝手知ったる場所だ。一緒に暮らしていたころはよくここへ来たし、ガラスを垂直に保管するための大きな棚を入れるのを手伝ってくれたこともある。だが、ルーシーはケヴィンがいると落ち着かなかった。ここに彼の居場所はもうない。そんなふうにわがもの顔で歩きまわられるのは不愉快だ。

「おかしなものだな」ケヴィンは棚に並んでいるランプシェードの完成品を眺めた。「結婚式の日取りが近づけば近づくほど、ぼくらは何を間違えたんだろうと考えてしまうんだ」

ルーシーは目をしばたたいた。「ぼくらって……まさか、あなたとわたしのこと？」

「そうだ」

「あなたがわたしを裏切っただけじゃない」

「それはわかってる。でも、どうしてそんなことをしたんだろうな」

「理由なんかどうでもいいわ。もう終わったことよ。あなたはあさってには結婚するんだもの」

「きみがもう少し自由をくれていたら、アリスとのことはなかったと思うんだ」ケヴィンは言った。「アリスとつきあいだしたのは、少しは好きにさせてくれというぼくなりのきみへの主張だったような気がする」

ルーシーは目を丸くした。「そんな話はしたくないわ」

ケヴィンが先ほどより近くに寄ってきた。「あのころは、きみとの暮らしには何かが足りないと感じてた。アリスとならそれを見つけられると思ったんだ。でも、最近になってようやくわかった。それはきみとのあいだにずっとあったんだよ。ぼくが見えてなかっただけでね」

「やめて」ルーシーは言った。「いいかげんにして。今さらそんなことを言っても仕方がないわ」

「きみとはあまりにもうまくいきすぎてたんだ。だから、退屈になって刺激を求めてしまった。愚かだったよ。きみとの生活に満足してたのに、それを捨ててしまったわけだからな。あのころが懐かしいんだ。できるものなら――」

「あなた、頭がどうかしているんじゃない？」ルーシーは怒りに駆られた。「まさか今になって結婚を迷っているわけじゃないでしょうね。もう準備はすべて整っているし、お客様だって次々と島へ来ているのよ」

「一緒になりたいと思うほどアリスのことは愛してない。結婚を決めたのは間違いだった」

「でも、約束したんでしょう？　だったら守りなさいよ。気を持たせておいて捨てるなんて、悪趣味にもほどがあるわ」

「自分で決めたことじゃないさ。そうするしかないように追いこまれたんだよ。ぼくがどうしたいかなんて誰も訊いちゃくれなかった。でも、ぼくにだって幸せになる権利はある」

「冗談じゃないわ。アリスも同じようなことを言ったわよ。ただ幸せになりたいだけだって。あなたたちはふたりとも幸せは追いかけるものだと思っている。子供がぴかぴか光るおもちゃを欲しがるみたいにね。でも、自分のことしか考えられない人に幸せなんて来ない。幸せは相手を思いやってこそ、初めて手に入るものなの。ケヴィン、もう帰って。アリスに約束したことはしっかり守って、ちゃんと自分の責任を果たしてちょうだい。そうしたら、もしかしたら幸せになれるかもしれないから」

ケヴィンが顔をゆがめた。今の言葉を侮辱と受けとったのだろう。急に敵意をあらわにした。「偉そうに言いやがって。自分はあんな気取り屋のくだらない男とつきあってるくせに。あのワイン野郎は貧乏な酒浸りの一家の生まれだぞ。あいつもいずれは飲んだくれの親と同じ運命をたどるはめに――」

「出ていって！」ルーシーは作業台のうしろにまわりこんだ。ケヴィンは自分を憐れむようなことばかり言っていたかと思ったら、突然激怒しはじめた。感情の変化が激しすぎる。

「あいつにきみを誘わせたのはこのぼくだ。全部、ぼくが取り計らったんだよ。やつには貸しがあったから、携帯に入ってたきみの写真を見せて、デートに連れだしてやってくれと頼んだんだ。この計画を考えたのはアリスさ」ケヴィンはぞっとするジョークを言ったとでもいうようににやりとした。「自分ばかりが傷ついたみたいな顔をしてたきみがいけないんだ。

でも、誰かとデートでもしはじめたら、もうそんな態度は取れなくなる。そうすれば、きみのところの親もぼくらに冷たくあたるのをやめるだろうと思ったのさ」

「あなた、それを言いにわざわざここへ来たの？」ルーシーは首を振った。「そんなことならとっくに知っていたわよ。最初にサムが話してくれたもの」作業台に手を置き、ひんやりとしたガラスに触れて気を静めた。

「だったら、どうしてあんなやつと――」

「それをあなたに説明するつもりはないわ。今のでわたしとサムの仲を引き裂こうとしたのだったら、とんだ骨折り損よ。あなたたちの結婚式が終われば、わたしは島を出るつもり。ニューヨークへ行くの」

ケヴィンは目を見開いた。「何をしに？」

「芸術関係の奨学金を受けることになったの。新しい人生を歩むのよ」

話がのみこめてきたのか、ケヴィンの目に興奮の色が浮かび、頬が紅潮した。

「ぼくも一緒に行く」

ルーシーは開いた口がふさがらなかった。

「別にこの島にしがみつく必要はないんだ。造園業はどこでもできるからね。それだよ、ルーシー。それこそぼくの求めてた答えだ。きみを傷つけたことはわかってる。それは精いっぱい償うよ。誓ってもいい。こんなばからしいことはさっさと放りだして、ニューヨークで一緒に新しい生活を始めよう」

「あなた、正気じゃないわ」ケヴィンのあまりの態度の変化に唖然とし、ルーシーは言葉が出てこなかった。「あなた……結婚するのよ。あさってには……わたしの妹と――」

「アリスのことは愛してない。大切に思ってるのはきみだけだ。今でもきみを愛してるんだ。きみも同じ気持ちだということはわかってる。まだ別れてからそんなに経っていないじゃないか。ぼくらはあんなにうまくいってたんだ。忘れてるなら思いださせてやろう」ケヴィンはルーシーに近寄り、腕をつかんだ。

「やめて!」

「たしかにぼくはアリスと寝たけど、きみだってサムといい思いをしたんだ。おあいこだろ? なあ、過去は水に流そうじゃないか。ルーシー、聞いてくれ」

「手を離して!」激しい怒りがこみあげたそのとき、ルーシーはガラスの存在を感じた。板ガラスやガラスの破片、ビーズやタイルガラスなど、工房にあるすべてのガラスの存在だ。今なら念じさえすればガラスをなんにでも変えられると、瞬間的に悟った。頭のなかに浮かんだイメージに気持ちを集中させる。

ケヴィンが息を荒らげて迫ってきた。「ルーシー、なんでいやがるんだ。ぼくだよ、ケヴィンだ。やりなおそう。きみとなら――」

くぐもったののしりの声が聞こえ、ふいに手が離れた。

ぞっとする甲高い鳴き声が空気をつんざき、小さくて黒いものがケヴィンの頭をめがけて飛んだ。コウモリだ。「なんだ、これは」ケヴィンは腕を振りまわし、頭に向かって襲ってくる羽の生えた生き物を追い払おうとした。「どこから入ってきたんだ」

ルーシーははんだ付けステーションに目をやった。まだステンドグラスに組みこんでいなかった黒曜石のガラスがふたつ丸くなり、もぞもぞと動いた。「行って」ルーシーがそう言うと、二匹のコウモリはすぐさま飛び立ち、ケヴィンを攻撃した。

三匹のコウモリはめまぐるしく飛びまわりながら、何度もケヴィンに襲いかかり、ドアのほうへ追いやった。ケヴィンは汚い言葉を吐きながら、転げるように工房から外へ出た。二匹があとを追いかける。残った一匹は壁にあたって下に落ち、セメント敷きの床の上をちょこちょこと歩いた。

ルーシーは大きく息をついて窓を開けた。太陽は傾き、空は夕焼けに染まり、空気はまだ昼間の熱気を残している。

「ありがとう」ルーシーは窓辺から離れた。「ほら、行きなさい」コウモリは床から飛び立ち、開け放たれた窓を通って空のかなたへ姿を消した。

20

「悪いんだが、そろそろ仕事を切りあげてくれないかな」サムは腰をおろし、真ん中の小塔へ続く小さな階段の下で作業をしている弟に声をかけた。アレックスはその古い階段の板の割れ目をきれいに補修し、今はすべての踏み板の端にくさびを打ちこんでいるところだった。作業が終わったあかつきには、象があがっても大丈夫な階段になることだろう。

「なんかあるのか？」アレックスは金槌《かなづち》を使う手を止めた。

「ルーシーを食事に招いているんだ」

「あと一〇分で終わる。これだけは仕上げてしまいたい」

「わかった」サムは改めてアレックスの姿を眺めて顔をしかめ、なんとか弟の力になれないものだろうかと思った。

最近のアレックスはまるで気の立った猫のようにぴりぴりしている。離婚の件が一段落すれば落ち着くのではないかとマークとサムは思っていたが、アレックスの状態はますます悪くなるばかりだ。体は痩せ細り、顔はやつれ、目の下には大きなくまができている。それでも女性の目から見て魅力的に見えるのは遺伝子のおかげだろう。マークの結婚披露パーティでは部屋の隅で飲んでいただけで、女性たちが寄ってきていた。

「おまえ、何かいけないものに手を出したりしてないだろうな」サムは尋ねた。

また金槌が止まった。「ドラッグか？　そんなものはやってない」

「ひどい顔をしているぞ」

「心配するな。人生で今がいちばん健康だ」

サムはじろりと弟を見た。「そりゃあよかった」

ドアベルが鳴った。ルーシーにしては早いなと思いながら、サムは一階におりた。玄関のドアを開けると、ルーシーが立っていた。ひと目見ただけで、何かがおかしいと感じた。まるで身内が死んだかのような顔をしている。「どうした？」サムは思わず手を伸ばした。だが、ルーシーはびくっとしてその手を避けた。

サムはわけがわからず、不安になった。

ルーシーの唇はからからに乾き、たった今まで噛んでいたみたいに荒れていた。ルーシーはつらそうにほほえんだ。「話があるの。お願いだから最後まで黙って聞いて。そうじゃないと、ちゃんとしゃべれる自信がないから。本当はとてもいい知らせなの」

ルーシーが必死に明るさを装っていることと、押し隠してはいるがつらそうにしていることが気にかかり、サムは話の内容がよく頭に入らなかった。芸術の研修だか奨学金だかを受けることができるようになって……ニューヨークに行くらしい。ミッチェル・アート・センターと言ったような気がする。それは名誉あることで……ずっとそういうチャンスをつかみたいと思っていた。一年間……。そして、もう島には戻ってこない。

ふいに静かになった。ルーシーが反応をうかがうようにこちらを見ていた。

サムはどう言えばいいのかわからなかった。「ああ……そうだな。いい知らせだ」なんとか言葉を口にした。「あの……おめでとう」

ルーシーがうなずいて、硬い表情でほほえんだ。サムは一歩踏みだし、彼女を抱きしめた。ルーシーは体をこわばらせていた。まるで冷たい大理石の彫像を抱いているかのようだ。

「これはとてつもないチャンスなの。だから、あきらめたくない」彼女は顔もあげずに言った。「だって、今逃したら、もう二度と――」

「そうだよ」サムはルーシーを放した。「きみは行くべきだ」

彼はルーシーを見つめつづけた。彼女が別れようとしている。ぼくのもとを去っていく。その言葉だけが頭のなかでぐるぐるとまわり、体は動かず、心は麻痺していた。きっとほっとしているのだと、サムは自分に言い聞かせた。

そろそろ潮時だったのだ。最近では少し難しい状況になりつつあった。どうせなら楽しい思い出だけを残して別れたほうがいい。

「何か引っ越しの件でぼくに手伝えることがあったら――」

「大丈夫。ちゃんと全部、手配したから」ルーシーはほほえみながら泣いていた。サムは次の言葉にショックを受けた。「わたしたち、もう会わないほうがいいわ。そのほうがすっきりと別れられるから」

「でも、アリスの結婚式が――」

「あのふたりが一緒になることはないと思う。アリスのためにもそのほうがいいのよ。愛しあっていても連れ添うのは大変なのに、ケヴィンとアリスじゃ絶対にうまくいくわけがない。あのふたりじゃ……」涙で言葉が出なくなり、体を震わせた。

そんなふうに泣いているルーシーの姿を見ていると、サムはどうすればいいのかわからなくなった。この胸の痛みはなんなのだろう。恐怖より鋭く、悲しみより苦しく、孤独よりうつろだ。アイスピックで心臓をひと突きにされたらこんな感じだろうか。

「あなたのことは愛してなんかいないから」ルーシーは気丈にほほえみ、黙りこんでいるサムを促した。「あなたもそうだと言って」

ふたりのあいだではお決まりの儀式だ。サムは思うように言葉が出ず、咳払いをした。

「ああ、ぼくも……愛していない」

ルーシーはほほえみを崩さず、それでいいというようにうなずいた。「約束は守ったわよ。わたしは傷ついてなんかいないから。さようなら、サム」彼女は背を向け、怪我をした右脚をかばいながら、玄関前の短い階段をおりていった。

サムは玄関ポーチに立ちつくしたまま、走り去る車をぼんやりと見ていた。わけのわからない怒りとパニックが襲ってきた。

いったい今、何があったんだ?

重い足取りで家のなかに戻ると、アレックスが階段のいちばん下の段に座り、足元にいるレンフィールドの体をなでていた。

「どうした？」アレックスが尋ねた。

サムは隣に腰をおろし、すべてを話した。「いったい、どうすりゃいいんだ」

「彼女のことを忘れて、前に進むだけじゃないのか」アレックスはそっけなく答えた。「これまでもそうしてきたんだろ？」

「そうだ。だが、こんな気分になったのは初めてだ」サムは髪をかきむしった。体の具合が悪くなってきた。吐き気がして、筋肉が痛い。毒でも盛られたかのようだ。「だめだ、熱が出そうだ」

「一杯やったらどうだ」

「今飲みはじめたら、止まらなくなる」サムはつっけんどんに答えた。「頼むから酒はすすめないでくれ」

短い沈黙。「気分が悪いついでに、もうひとつ話がある」アレックスが口を開いた。

「なんだ」サムはいらだった。

「しばらくここに住まわせてくれ」

「なんだと？」サムは声をあげた。

「二カ月ほどでいい。家は離婚の条件としてダーシーに取られた。売りに出すから、さっさと出ていってくれと言われてるんだ。だが、あいにく今は手元にあまり現金がない」

「勘弁してくれ。やっとマークを追いだせると思ってたのに」

アレックスの目に不安がよぎった。「そんなに長くはいない。理由は自分でもよくわからないが、ここじゃなきゃだめなんだ」しばらくためらったあと、生涯でもおそらく数回しか口にしてこなかったであろう言葉を口にした。「頼む」

サムはうなずき、アレックスの目を見てあることに気づいてぞっとした。真夜中のような暗い瞳、魂のないうつろな目。死ぬ直前の父と同じ目だ。

ルーシーは眠る気になれず、工房にこもってステンドグラスの仕上げをした。気がつくと空が白み、町に人や車の気配が感じられる時間帯になっていた。完成したステンドグラスに目をやる。作業台の上で静かに横たわっているように見えるが、今では指で触れるたびに命の息吹が感じられた。

疲れてはいたが、しっかりとした足取りでコンドミニアムへ帰り、長い時間シャワーを浴びた。いよいよ明日はアリスの結婚式だ。今夜は親族や親しい友人を招いたリハーサル・ディナーが行われる。あのあとケヴィンはどうしたのだろう。アリスと別れ話をしたのだろうか。それとも、結婚を迷っていることは押し隠したまま式に臨むのだろうか。

疲労がたまっているせいで、そのことについてよく考える気力もわいてこなかった。濡れた髪にタオルを巻き、はき慣れたフランネルのゆったりしたズボンと、伸縮性のある薄手のタンクトップという格好になり、ベッドに潜りこんだ。

深い眠りに落ちかけたころ、電話が鳴った。

ルーシーは手探りで携帯電話をつかんだ。「もしもし」

「ルーシー?」母だった。動揺している気配がうかがえる。「まだ寝ていたの? アリスはそっちにいる?」

「どうしてアリスがここに来るのよ」ルーシーはあくびをし、まだ疲れが残っている目をこすった。

「どこにいるかわからなくて。たった今、あの子から電話があったの。ケヴィンがいなくなったらしいわ」

「なんですって?」ルーシーはぼんやりと答えた。

「今朝いちばんの飛行機で、島を出たんだって。いまいましいことに、わたしたちが新婚旅行のために手配した航空券を使って、フロリダのウェストパームビーチへ逃げたのよ。アリスは大泣きしていたわ。今は居場所がわからないの。家にはいないし、電話にも出ない。どこを探せばいいのかさえわからない始末よ。もう招待客が集まりはじめているというのに。今からじゃ、花や料理をキャンセルすることもできやしない。土壇場になってこんなことをするなんて、あの男ときたら本当に腹が立つわ。でも、そんなことより、今はアリスよ。思いつめておかしな行動に出ないといいんだけど」

ルーシーは疲れて重い体を起こし、ふらふらとベッドを出た。「探してみるわ」

「お父さんの手助けはいる? 何かせずにはいられないみたいよ」

「いいえ、大丈夫。何かわかったら連絡するから」

電話を切り、髪をポニーテールにまとめ、ジーンズとTシャツを身につけた。大急ぎでコーヒーメーカーをセットした。豆の量を間違えたらしく、できあがったコーヒーは味が濃すぎた。たっぷりとミルクを入れても色が薄まらず、ルーシーはその苦いコーヒーを薬のように飲み干した。

携帯電話をつかみ、アリスに電話をかけ、メッセージを残そうと身構えた。驚いたことに、アリス本人が電話に出た。

「もしもし」

ルーシーは話をしようとして口を開き、また閉じた。言いたいことは山ほどある。やっとひとつのことだけを尋ねた。「どこにいるの？」

「マクミリンの霊廟よ」声がかすれている。

「すぐに行くわ」

「誰も連れてこないで」

「わかった。とにかく、そこを動いちゃだめよ」

「ええ」

「約束して」

「約束する」

〈アフターグロウ・ヴィスタ〉と呼ばれるその霊廟は、ロシェハーバーの北側に位置する森のなかにあり、独特の美しさをたたえている。石灰とセメントを扱う会社を創設して成功を収めたジョン・マクミリンが、自分のために設計した墓地だ。重厚な石造りの建造物で、さまざまな部分に象徴的な意味がこめられていると言われている。巨大な石柱が円を描くように立ち並び、その中央に大きな石のテーブルと六つの椅子がある。石柱の一本はわざと未完成のままの状態で残されており、そのそばの本来、七つ目の椅子があるべき場所がぽっかりと空いている。地元の噂によれば、真夜中になると、ときおり近くの墓地から集まった幽霊たちがそのテーブルについているという。

〈アフターグロウ・ヴィスタ〉へ行くには森のなかの道を八〇〇メートルほど歩かなければならず、ルーシーはやっと治ったばかりの右足首をまた傷めないように気をつけながら進んだ。柵で囲われた小さな墓地を通り過ぎると、霊廟が見えた。

アリスはジーンズにヘンリーシャツという姿で、石の段差に腰かけていた。シフォンかチュールの生地でできた白くてふわふわしたものを膝にのせている。

ルーシーは今さらアリスに同情などしたくないと思ったが、一二歳の少女のような頼りなげでしょんぼりした顔を見たら、かわいそうになってきた。

痛みはじめた脚をかばいつつ、アリスの隣に腰をおろした。

「森って静かなのかと思っていたけど、そうでもないのね」アリスが口を開いた。「木の葉がすれる音とか、鳥のさえずりや羽ばたきとか、虫の羽音とか、結構いろいろ聞こえてくるわ」

「それは何？」ルーシーはアリスの膝にある白いものに目をやった。

「ウエディングドレスのベール」アリスは真珠の飾りがついたヘッドバンドを見せた。

「きれいね」

アリスは鼻をすすり、小さな女の子のように姉のTシャツの袖を両手でつかんだ。

「ケヴィンにわたしのことなんか愛してないと言われたわ」小さな声で言う。

「彼は誰も愛せない人なのよ」ルーシーは妹の肩を抱いた。

「いい気味だと思ってる？」

「いいえ」

「わたしなんか嫌いよね」

「そんなことはないわ」ルーシーは妹のほうを向き、額を合わせた。

「わたし、もうだめ」

「大丈夫よ」

「どうしてこんなことをしちゃったのかしら。姉さんからケヴィンを盗ったりするべきじゃなかったのに」

「もしケヴィンが本当にわたしを愛していたら、あなたが奪いたくても奪えなかったわよ」

「みじめ……。本当にごめんなさい」

「もういいから」

アリスは長いあいだ、黙って泣いていた。ルーシーのTシャツの袖が涙で濡れた。

「わたしは何をやってもだめだった。お父さんもお母さんも、何もさせてくれなかったし……。ずっと自分が役立たずの失敗作のような気がしてたの」

「子供のころの話？」

アリスはうなずいた。「そのうちに、助けてもらうのに慣れてしまった。いやなことは放りだしてしまえば、必ず誰かがなんとかしてくれたから」

たしかに自分たちが悪かったのかもしれないとルーシーは思った。わたしや両親が手助けをするたびに、アリスは〝自分じゃできないでしょう〟と言われている気がしたのだろう。

「ずっと姉さんのことをねたんでたの」アリスは続けた。「姉さんはやりたいことをなんでもできる。怖いものなんてない。ちゃんと自立してるわ」

「アリス」ルーシーは言った。「お父さんやお母さんのことなんて気にしないで、自分で人生を変えればいいのよ。何か好きなものを見つけて、あきらめないでやってごらんなさいよ。明日からでもできるわ」

「どうせすぐつまずくに決まってる」アリスは力なく答えた。

「そうかもしれない。でも、転んでしまったら、また自分の力で起きあがればいいの。そうしたら、あなたにもちゃんと何かできることがわかるようになるわ」

「本当に？」アリスは言った。ルーシーは笑いながら妹を抱きしめた。

21

ケヴィンとアリスの結婚式が取りやめになった噂は島じゅうに広がり、ブドウ園のスタッフたちの耳にまで届いた。誰もがその話をした。そんなゴシップにサムが耳を傾けたのは、どんなささいなことでもいいからルーシーの様子を知りたかったからだ。だが、ルーシーの名前はほとんど出てこなかった。聞いたところによるとリハーサル・ディナーは予定どおりに行われ、翌日には結婚披露パーティのために用意された会場で、酒や音楽とともに料理が振る舞われたということだ。また、ルーシーの両親は裁判を起こし、結婚準備にかかった費用の一部と、ケヴィンが使った航空券の代金を請求するつもりらしい。

ルーシーが〈レインシャドー〉を訪ねてきてから三日が経った。マークとマギーとホリーは新婚旅行から戻り、サムとアレックスが手伝って引っ越しをした。今度の家は寝室が三部屋ある農家風の家で、庭には池がある。

サムはとうとう我慢できなくなり、ルーシーに電話をかけて、話をしたいとメッセージを残した。だが、ルーシーからの連絡はなかった。

食べることも眠ることもできず、何も手につかなかった。ルーシーのことを考えまいとしたが、不可能だった。

心配したマークが、話をしようと言ってきた。

「そのミッチェル・アート・センターの話は驚異的なことみたいだな」

「たいした名誉らしい」

「それをあきらめさせたいわけじゃないんだろう?」

「もちろんだ。ルーシーにそんな犠牲を払わせるわけにはいかない。ぼくだって彼女がニューヨークに行くのはいいことだと思ってるんだ。お互いのためにね」

マークは疑わしそうな顔をした。「おまえにとってどういいんだ?」

「ぼくは将来の約束はしない」

「どうして?」

「できないからさ」サムは言い捨てた。「兄貴とは違うんだ」

「おまえはばかか。ぼくらはどっちも似た者同士だ。子供のころの苦い記憶があるから、両親の過ちを繰り返すまいと必死なんだ。ぼくが能天気にマギーと恋愛し、結婚を申しこんだとでも思ってるのか?」

「いや」

「そうだろう?」弟の途方に暮れた顔を見て、マークは優しい表情を浮かべた。「だけどな、この人だと思える女性に巡りあったら、自分には無理だと思っていたことが、意外と簡単にできてしまうものだ。そりゃあ、ぼくだって悩んださ。ノーラン家の息子でいることからは逃れられない。でも、ひとつ言えるのは、ぼくはマギーに愛していると言わずにはいられなかった。思いを伝えもせずに、あきらめることはできなかったんだ。そして、愛していると言ってしまったからには……覚悟を決めるしかない」

ルーシーと最後に会ってから四日目、〈レインシャドー〉に荷物が届いた。ふたりの男が大きくて平たい荷物をピックアップトラックからおろし、玄関に持って入った。サムがブドウ園から戻ると、ちょうどピックアップトラックが走り去るところだった。玄関ホールでは、一部、荷解きされた荷物をアレックスが眺めていた。

ステンドグラスだった。

「手紙は?」サムは尋ねた。

「ない」

「これを運んできた男たちは何か言っていなかったか?」

「窓へのはめこみ作業はそっちでやってくれとさ」アレックスはしゃがみこみ、そのステンドグラスをじっくりと眺めた。「なんだ、これは? もっとヴィクトリア朝様式の花の絵柄にでもすればよかったのに」

そのデザインは大胆にして繊細で、色は自然のものに近く、深い質感があった。鉛線で描かれた木の幹や枝はすばらしい出来映えだ。枝にかかった月は、みずから発光しているようにさえ見える。

アレックスは尻のポケットから携帯電話を取りだした。

「うちの連中を呼んで、取りつけ作業を手伝わせるよ。今日でもいいか？」

「わからない」サムは言った。

「何が？」

「これをうちの窓にはめこむかどうかだ」

アレックスがいらだたしそうに顔をしかめた。「おかしなことを言うな。取りつけなくてどうする？　このステンドグラスはこの家の窓に入れるためのものだ。もともとはちょうどこんな絵のやつがはまってたんだからな」

サムは眉をひそめて弟を見た。「どうしてそんなことがわかる？」

アレックスは平然とした顔で答えた。「この家にはよく似合うだろうってことさ」携帯電話のダイヤルボタンを押しながら、家の奥に入っていった。「おれのほうでやっとくよ」

ルーシーが正しく計測してくれたおかげで、ステンドグラスは既存の窓枠にぴったりと収まった。アレックスと作業員たちは透明なシリコンコーキング剤でステンドグラスと窓枠の隙間をふさいだ。夕方前には取りつけ作業の大半が終わった。あとはシリコンコーキング剤が固まるまで丸一日放っておき、ステンドグラスに木製の縁をつけるだけだ。

〝ステンドグラスを窓にはめた〟サムはルーシーの携帯電話にメールを送った。〝ぜひ見に来てほしい〟

返信はなかった。

普段、サムははっきりと眠りから覚めるまでに時間がかかる。だが、今朝ははっとして目を開き、一瞬で体を起こした。ひどく恐ろしい経験をしたあとのような、言いようのない不安に襲われていた。重い足取りでバスルームへ向かい、髭を剃ってシャワーを浴びた。鏡を見ると、そこには張りつめた苦々しい表情が映っていた。いつもの自分の顔ではないが、どこか見覚えがある。しばらく考え、アレックスの表情と同じだと気づいた。

ジーンズと黒のTシャツを身につけ、朝食をとりにキッチンへ行こうと部屋を出た。二階の階段の前にあるステンドグラスに目をやり、思わず足を止めた。

ステンドグラスの絵柄が変化していた。オレンジ色だった空は、朝焼けのようなピンク色とアプリコット色に変わり、黒い枝には青々とした葉が生い茂っている。全体に抑えた色合いだったステンドグラスが、今や輝くばかりの明るい色を発していた。その絵がサムの目には音楽のように見え、その音色が体の隅々にまで流れこんでくる気がした。美しいというひと言で言い表せるものではない。その絵が語る真実は、サムに抵抗する暇も与えず、かたくなに閉ざされた心をすんなりと開いた。サムは暗い部屋から明るい外へ出たような気分になり、目をしばたたいた。

ルーシーの不思議な力がどんな奇跡を起こしたのかを確かめるために、静かなブドウ園に出てみた。外の空気は生きとし生けるものたちの匂いで満たされ、そこに潮の香りがまじっっていた。サムの研ぎ澄まされた神経は、ブドウの木の葉がいつもより色濃く、土が豊かになっていることを感じとった。空はどこまでも青く、あまりのまぶしさに目を細めないと涙が出そうだ。まるで絵画のような極上の風景だが、現実に歩くことも、触れることも、味わうこともできる。

何か大きな力がブドウ園に働いているのがわかった。自然の力か、奇跡の力か、あるいは言葉によらない伝達手段で、讃美歌のごとくブドウの木たちに呼吸せよと歌いかけている。

サムは夢見心地で、ここへ移植した品種のわからないあのブドウの木のほうへ歩いていった。触ってみるまでもなかった。幹や蔓は生命力にあふれ、根は何者にも引き抜けないほどしっかりと大地をつかんでいる。てのひらを近づけてみると、葉がささやきかけてくるのが感じられた。この木の秘密が肌にしみこんでくるのがわかる。濃いブルーの実をひとつつまみ、ゆっくりと噛んでみた。その風味は深くて複雑だった。ほろ苦い過去のような味がふと広がり、それが理解を超えた森羅万象の神秘を思わせる香りに変わった。

エンジンの音に気づいて振り返ると、アレックスのＢＭＷがこちらに近づいてくるのが見えた。こんな早朝に弟が来たことは一度もない。アレックスは車の速度を落とし、窓を開けた。「乗るか？」

サムは夢うつつのまま首を振り、先に行ってくれと手で示した。ここで何が起きているのかはわからないし、それを表現する言葉も見つからない。それに、どうせアレックスはすぐに自分の目であのステンドグラスを見ることになる。百聞は一見にしかずだ。

サムが家に戻ったとき、アレックスはすでに二階にいた。驚いている顔ではなかった。どちらかというと戸惑いながらも畏怖の念に打たれているといった表情だ。直感と感性で世の中を見ている男なのだ。説明を求められたが、何を言えるわけでもなく、ルーシーには特別な力があることを話したところで納得するはずもなかった。

「どうしたらこうなったんだ？」アレックスが尋ねた。

「ぼくは何もしてない」

「いったいなぜ――」

「わからない」

ステンドグラスはまだ変化しつづけていた。月が消え、空は金色の陽光がさんさんと降り注ぐブルーになった。エメラルド色の葉が枝を覆い隠すほどに生い茂り、そこに波しぶきがかかっている。

「どういうことだ？」アレックスが小声で言った。

以前、ルーシーはステンドグラス制作を好む理由について〝感情が作品に出るから〟と言った。

それはつまり、感情が形になるということだ。愛もまた形になるのだとサムは思った。ブドウ園も、家も、あのステンドグラスもそうだ。

あまりに簡単すぎて、まっとうな人々なら気にも留めないのかもしれない。愛について考えざるをえない、ひと握りの者たちだけが、改めてそんなことに気づくのだろう。この世は愛に包まれている。愛はブドウの木を育て、星々のあいだを埋め、大地を豊かにする。人が意識しようがしまいが関係ない。地球は何があろうと自転しつづけ、潮は流れつづけ、月の引力は地球に影響を及ぼしつづける。雨は降るときは降るし、日食も月食も起こるときには起こる。人の心にも、それらと同じ強い力があるはずだ。

ずっと過去という牢獄に閉じこめられ、本当はいつでも出られることに気づかなかった。両親が犯した罪に苦しんだだけでなく、みずからもその罪を背負いながら生きてきた。だが、そんなことをする必要はなかったのだ。両親の轍を踏むのではないかという恐怖も、傷ついた心も、すべて捨ててしまえばいいだけの話だ。そうすれば、本当に欲しいものに手を伸ばすことができる。自分に足枷などつけずに、心の底からルーシーを愛し、その幸せに浸ればいい。

そうとわかったからには、覚悟を決めるだけだ。

サムは弟に声もかけずに階段を駆けおり、ピックアップトラックのキーをつかんで家を出た。

ルーシーのコンドミニアムも工房も、空き家のようにひっそりと静まり返っていた。

いやな予感が胸の内に渦巻き、背筋が冷たくなった。ルーシーに会いたい一心でフライデーハーバーまで車を走らせてきたが、そのはやる気持ちが今は恐ろしい不安に変わり、心臓を締めつけている。

出発は明日のはずなのに……。

サムはジャスティンのところへ向かった。〈アーティスト・ポイント〉に入ると、家庭的な朝食の香りが漂ってきた。焼きたてのパンやペストリー、アップルウッドで燻製したベーコンや目玉焼きの匂いだ。

ジャスティンはダイニングルームで使い終わった皿を片付けていた。

「あら、いらっしゃい」

「ちょっといいかな」

「もちろん」ジャスティンは皿をキッチンへ運ぶと、サムと一緒にフロントの片隅へ行った。「元気？」

サムは焦りを覚えながら首を振った。「ルーシーを探してるんだ。コンドミニアムにも工房にもいなかった。どこか心当たりはないか？」

「ルーシーならもう出発したわ」

「そんなはずはない。予定は明日のはずだ」

「そうなんだけど、恩師だとかいう教授から電話があったのよ。今夜はパーティがあるし、打ち合わせもしたいから、一日早く来られないかと言われたみたい」

「何時に出た？」

「さっき、空港まで送ってきたところよ。八時ちょうどの便に乗るわ」

サムは携帯電話を取りだして、時間を確かめた。七時五〇分だ。「わかった」

「ねえ、今からじゃ間に合わないわよ！」

サムはジャスティンの言葉を最後まで聞くことなく、〈アーティスト・ポイント〉を飛びだした。

ピックアップトラックに飛び乗り、車を発進させ、ルーシーに電話をかけた。電話はつながらず、自動的に留守番電話サービスに切り替わった。サムは路肩に車を停め、メールを送った。

〝行くな〟

すぐさま車を車道に戻し、空港を目指した。頭のなかでは同じ言葉がぐるぐるとまわりつづけていた。

行くな、行くな、行くな。

フライデーハーバー空港はすぐ近くだった。滑走路は一本しかなく、定期便もチャーター便もそれを使っている。飛行場の隣に〈アーニーズ・カフェ〉があり、待つことを余儀なくされた乗客や出迎えの人たちは、たいていそこで時間をつぶしている。

サムはターミナルビルのすぐそばにピックアップトラックを停め、早足で出入り口へ向かった。だがドアを開ける前に、セスナ機のタービンエンジンの音が聞こえた。サムは手をかざして日光をさえぎり、空を見あげた。乗客定数九名の機体が舞いあがり、シアトルの方角へ飛んでいった。

遅かった……。

ルーシーを乗せた機体が飛び去っていった。想像をはるかに超えるつらさがあった。このままどこか暗い片隅に座りこみ、誰とも話をせず、何も考えたくない。

ターミナルビルの出入り口のそばで壁にもたれかかり、これからどうしようかと考えた。目に熱いものがこみあげ、サムはまぶたを閉じた。

ターミナルビルのドアが開き、スーツケースのキャスターの音が聞こえた。涙でかすむ目に小柄な女性の姿が映り、サムは心臓が止まった。かすれる声で名前を呼んだ。

ルーシーが振り向いた。

一瞬、会いたさのあまり、幻を見ているのかと思った。セスナ機を見送ってからの数分間がどれだけ長く感じられたかわからない。

サムは大股で歩み寄り、勢い余ってふらつくほど力強く抱きしめた。ルーシーが何か言う前に唇をふさぎ、言葉も息もむさぼった。ルーシーがハンドルを離したのか、スーツケースが地面に倒れる音がした。

ルーシーがサムの首に腕をまわし、熱いキスを求めてきた。まるで自分のために作られたのかと思うほど、彼女の体はぴったりとサムの腕のなかに収まった。それでもまだ満足できない。いっそルーシーを自分の体のなかに取りこんで、ひとつになってしまいたい気分だ。サムは乱暴なほど激しくキスを続けた。ルーシーが顔を離して、息をついた。細い指でサムの首筋をなでる感覚が心地よかった。

彼は震える手でルーシーの頬を包みこんだ。頬には赤みが差し、目は涙で潤んでいる。

「どうしてここにいるんだ?」

ルーシーはまばたきをした。「あなたがメールをくれたから」

「あんなひと言で飛行機を降りたのか?」サムは彼女の背中をなでた。

ルーシーは輝くばかりの優しい目をした。「世の中には心を打つひと言があるのよ」

「愛している」サムはまたキスをした。そして今の言葉をもう一度言いたいがために、唇を離した。「きみを心から愛している」

彼女は震える指でサムの唇をそっとなぞった。

「本当? ただわたしの体が欲しいだけじゃないの?」

「それも魅力的だが、きみの心も、魂も、瞳の色も、肌の香りも、すべて欲しい。きみのベッドで寝たいんだ。一日の始まりにも終わりにも、きみの姿を見たい。自分がこんなに誰かを愛せるとは思わなかった」

ルーシーの目から涙があふれだした。

「愛しているわ、サム。本当はあなたを置いていきたくなんかなかったの。ただ――」

「待ってくれ。先にこっちの話を聞いてほしい。ぼくは待てる。そうするしかないんだ。いつまででもきみのことを待つよ。きみはニューヨークへ行ってくれ。お互いに寂しい思いをしなくてすむように、長距離電話なり、パソコンを使った何かなりで連絡を取ればいい。きみにはちゃんと夢を叶えてほしいんだ。ぼくのためにあきらめたり、我慢したりしてほしくない」

ルーシーは泣きながらほほえんだ。「でも、あなたのそばにいることもわたしの夢なの」

サムはルーシーを抱きしめ、頭に頬を寄せた。

「きみがどこへ行こうが、ぼくは大丈夫だ。何があろうとも、きみと一緒に生きていることに変わりはない。双子星は別々の軌道をまわっているが、お互いの重力に引っ張られてるんだから」

ルーシーはサムの胸に顔をうずめたまま、小さく笑った。

「科学好きな人は愛の言葉も変わっているのね」

「きみのほうで慣れてくれ」もう一度、濃厚なキスをしたあと、サムはターミナルビルへ目をやった。「飛行機のチケットを取りなおしに行こうか」

ルーシーははっきりと首を振った。「もう行かない。奨学金の件は断るわ。わざわざニューヨークまで行かなくても、ここでも作品は作れるもの」

「だめだ。きみには才能があるんだから、ちゃんとニューヨークへ行くべきだ。ぼくは全財産を使い果たしてでも、できるだけニューヨークへ通うよ。その代わり、一年の期間が終わったら、ここへ戻ってきてぼくと結婚してくれ」

ルーシーは顔をあげ、目を大きく見開いた。「結婚……」

「いずれきちんとプロポーズはする。ただ、今ぼくの気持ちをわかってほしいんだ」

「でも……あなたは結婚しないって言ったじゃない」

「気持ちが変わった。自分の考えが間違いだと気づいたんだ。たしかにぼくは、結婚しない関係のほうがロマンティックだと言った。お互いに幸せなときだけを一緒に過ごせるからだ。だが本当にロマンティックなのは、苦しいときも一緒にいることだ。健やかなるときも、病めるときもというやつだな」

ルーシーに顔を引き寄せられ、サムはまたキスをした。互いを信頼し、心を開いたキスだった。これで安心して彼女の隣で眠り、そして目覚められる。

「ニューヨークの件はまたあとで話しましょう」ルーシーが言った。「もう自分が行きたいのかどうかもわからないの。作品を作るのに場所は関係ないわ」そして、秘密めいたことを考えているように目を輝かせた。「それより、今はわたしを〈レインシャドー〉へ連れていって」

サムは返事代わりに倒れていたスーツケースを起こし、ルーシーの腰に腕をまわして歩きだした。「きみのステンドグラスが奇跡を起こしたんだ。ブドウ園も変わったよ」

ルーシーは驚いた顔もせずにほほえんだ。「何があったの？　教えて」

「自分の目で確かめたほうがいい」

サムはルーシーを連れて、レインシャドー・ロードへ向かった。ふたりで歩みはじめた人生の第一歩だった。

エピローグ

ハチドリの小さな心臓でもこれほど速くは打てないだろうというほど、タクシーに乗って〈レインシャドー〉に向かうルーシーの鼓動は速まっていた。

この一年間、彼女は数えきれないほどニューヨークとフライデーハーバーを飛行機で往復した。それはサムも同じだった。だが、今回はこれまでとは違う。もうニューヨークには戻らなくてもいい。

ルーシーは予定を二日早めてサンファアン島に帰ってきた。一年間も離れて暮らしていたのだから、一刻も早くサムのもとへ戻りたかった。

ふたりは今や遠距離恋愛の達人になっていた。互いの予定を合わせては時間を作り、飛行機を使って会いに行った。カードを送り、携帯電話やパソコンでメールを交換し、インターネット電話で長話をした。「一緒にいてもこんなにしゃべるかしら？」ルーシーがそう尋ねると、サムは思わせぶりに答えた。

「いや、ほかのことをするな」

離れて暮らしていても、ともに変われるものだとしたら、まさに自分とサムはそれを実践したとルーシーは思っている。遠距離恋愛を続けるには努力が必要だ。世の中のなんと多くの人が、愛する相手と一緒に過ごせるのをあたり前のように思っていることだろう。ふたりにとっては、ともに過ごせる時間は一秒一秒が貴重だ。

ミッチェル・アート・センターのアーティスト・イン・レジデンス事業では、ほかのアーティストたちとともにコンセプチュアル・アートと呼ばれる前衛芸術を経験することができた。たとえば、ガラスの粉と顔料を使ってガラスに絵を描く手法とか、ガラスとほかの素材を組みあわせる方法などだ。だが、もちろん、主に勉強したのはステンドグラスだった。自然をモチーフに、光と反射を利用してさまざまな色を出す実験を繰り返した。ある有名な美術評論家はルーシーのステンドグラスを見て、〝心が浮き立つような色使いと躍動感によってガラスに命を吹きこんでおり、光の使い方を驚異的に発展させた作品だ〟と絶賛した。研修期間が終わるころには、公共施設や教会からステンドグラス制作の依頼が来るようになり、パシフィック・ノースウェスト・バレエ団からは劇場のセットや衣装のデザインを頼まれたりもした。

一方、サムのブドウ園のほうも順調に軌道にのり、計画より一年早く、目標だった二トンを収穫することができた。ブドウの質も望むべくもないほど上等で、夏の終わりには敷地内にワイナリーを持った。

車がレインシャドー・ロードに入り、夕陽に照らされたブドウ園が見えてくると、タクシー運転手が言った。「いいところですね」

「ええ、とても」ルーシーはきらきらと輝くオレンジ色に包まれた家をゆっくりと眺めた。切り妻屋根とポーチの手すりに夕陽が反射し、家のまわりには赤いバラと白いアジサイが咲き乱れている。ブドウ園は枝もたわわに実がなっていた。健康なブドウの若木のあいだを抜けてくる潮風は、ひんやりとして甘い香りがした。

ジャスティンかゾーイに空港まで車で迎えに来てもらうこともできたのだが、今はあのふたりとおしゃべりを楽しむより、まずはサムに会いたかった。

もちろん、今日帰ることは連絡していないから、サムが留守の可能性もある。そう考えて、ルーシーは苦笑をもらした。だが、サムはいた。タクシーが家に近づくと、ブドウ園をふたりのスタッフと一緒にこちらへ歩いてくる姿が見えた。サムがタクシーに気づいてはっと足を止めるのを見て、ルーシーはにっこりとした。

サムは家の前でタクシーを待ち受けてドアを開けると、ルーシーが言葉を発する前に引っ張りだすようにしてタクシーから降ろし、熱いキスをした。外で仕事をしてきたサムは男の人らしい頼もしい香りがした。以前よりもさらに筋肉がついたようだ。よく陽焼けしているせいで、青みがかったグリーンの目がいっそう明るく見える。

「予定を早めたんだな」サムはルーシーの頬や顎や鼻の頭にキスをした。

「ちくちくして痛いわ」ルーシーは大笑いしながら、夕方でいくらか髭の伸びた頬に触れた。

「シャワーを浴びてくるよ」サムは言った。

「手伝ってあげましょうか？」

ルーシーは爪先立って、サムの耳元でささやいた。

「自分じゃ手の届かないところも洗ってあげるわよ」

サムが離れたのは、ルーシーがタクシー運転手に支払いをするときだけだった。からかうような顔で笑みを浮かべているスタッフたちに、サムは今日の仕事は終わりだと告げ、明日は昼過ぎまで来なくていいと言った。

サムはスーツケースを家のなかに運び入れると、ルーシーの手を取り、二階へ連れていった。「どうして早めに戻ってこられたんだ?」

「思ったより早く仕事が片付いたし、荷造りも順調に進んだの。飛行機の便を変更するのにも手数料はかからなかった。航空会社に電話をかけて緊急事態だと言ったら、向こうもあきらめてくれたわ」

「おいおい、いったいどういう説明をしたんだ」

「フライデーハーバーに着いたらすぐにプロポーズすると恋人が約束してくれたから、大急ぎで帰らなくちゃいけないって」

「とんだ緊急事態だな」サムは言った。

「迅速な行動を必要とされることは、すべて緊急事態なのよ」ルーシーは笑った。

階段をあがったところで、サムはルーシーにキスをした。

「プロポーズをしてくれる?」

サムはにやりとした。「それはシャワーを浴びたあとでゆっくりとだ」

翌朝、ルーシーは早くに目が覚めた。頭をサムのたくましい肩にのせているせいで、鼻に胸毛が触れて少しくすぐったい。温かい手に背中をなでられるのが心地よかった。

「ルーシー」サムがささやいた。「もう離れて暮らすのはごめんだ。今度きみがどこかへ行くときは、無理やりにでもついていくからな」

「もうどこへも行かないわ」ルーシーはサムの胸に手を置いた。婚約指輪に朝日があたり、反射した光が壁で躍った。「わたしの居場所はここだもの」

てのひらに力強い鼓動を感じながら、ふたりは遠くに輝く双子星みたいだと思った。幸運よりも、運命よりも、さらに言うなら愛よりも強い力で引きつけあっている。それをなんと表現したらいいのだろう。きっと何か言葉があるはずだ。

ルーシーが幸せに浸りながらそんなことを考えているとき、近くの窓ガラスが静かにはずれ、その端が丸まり、色が美しいブルーに変わった。

もし、こんな早朝にフォルス湾を眺める人がいたら、あまたの蝶が舞いあがる姿を目にしたことだろう。レインシャドー・ロードの先にあるヴィクトリア朝様式の白い家から、大空に向かって飛び立つ蝶の群れを。

訳者あとがき

お待たせしました。リサ・クレイパスのコンテンポラリー・ロマンス〈フライデーハーバー・シリーズ〉第二作をお送りします。今回の主人公は、一作目のヒーローの弟であるサム・ノーランと、ガラス工芸作家のルーシー・マリンです。

アメリカ、ワシントン州にあるのんびりとした島、サンファアン島に暮らすルーシーは、二年間も同棲していた恋人に捨てられます。それも、まったく理不尽な理由で……。ひとりきりになりたいと近くの浜辺へ行ったところ、たまたま犬を連れて散歩に来ていた男性と出会います。がっしりとした体格の持ち主で、人生の厳しい一面を見てきたような雰囲気を醸しだしていました。その男性にあとをつけられている気がして慌てたとたん、岩につまずいて転び、手を怪我してしまいます。

うしろから腕をつかまれ、ルーシーははっとして振り返りました。

「気をつけろよ」男性はぶっきらぼうに言います。

ルーシーは髪をかきあげ、用心しながら相手を見ました。顔はよく陽に焼け、目は鮮やかな青みがかったグリーンをしています。荒っぽい雰囲気がなかなか魅力的で、強烈な存在感を放っている人でした。それが一作目のヒーローの弟で、ブドウ園を経営するサム・ノーランでした。

連れている犬は、これまた一作目でおなじみ、よたよたと歩くブルドッグのレンフィールドです。

ふたりにとっては強烈な印象の残る出会いでした。

恋人の家を出て行き場をなくしたルーシーは、親友のジャスティンとゾーイが営む小さなホテル〈アーティスト・ポイント〉に長期滞在することになりました。バイタリティにあふれ、ちょっとおせっかいすぎるほど世話好きなジャスティン。料理が好きで、いつも優しい目をしているゾーイ。ふたりに励まされ、ルーシーは少しずつ元気を取り戻していきました。ところがある日、交通事故に遭ってしまい、ひょんなことからサム・ノーランの家で看病されることになったのです。はたしてどうなることやら……。

本作品で初めてこのシリーズを手に取られる方にも心から楽しんでいただけるストーリーとなっていますが、一作目をお読みになった方にはまた格別な楽しみがあるはずです。ルーシーが同居するサムの家には、一作目に登場したマーク・ノーランと姪っ子のホリーが一緒に暮らしています。このホリーのかわいいこと。サムのホリーに対する愛情の示し方も、女心をくすぐられるポイントでしょう。

〈アーティスト・ポイント〉を営むジャスティンとゾーイですが、ゾーイはシリーズ三作目のヒロイン、ジャスティンは四作目のヒロインとなります。ちなみに三作目のヒーローは、本作にも何度も登場する暗い目をしたアレックス・ノーラン。そう、サムの弟です。

リサ・クレイパスといえば、言わずと知れたヒストリカル・ロマンスのベストセラー作家であり、すばらしいストーリーテラーです。そのリサ・クレイパスが手がけたコンテンポラリーの〈フライデー・ハーバー〉シリーズ。複雑な人間心理、それに生き生きとした脇役たちの登場は、さすがリサ・クレイパスといったところです。

今後、シリーズ三作目、四作目も、原書房より刊行の予定です。合わせてお楽しみいただければ幸いです。

二〇一四年一月

ライムブックス

虹色《にじいろ》にきらめく渚《なぎさ》で

著　者　リサ・クレイパス
訳　者　水野《みずの》　凜《りん》

2014年2月20日　初版第一刷発行

発行人　成瀬雅人
発行所　株式会社原書房
〒160-0022東京都新宿区新宿1-25-13
電話・代表03-3354-0685　http://www.harashobo.co.jp
振替・00150-6-151594
ブックデザイン　川島進（スタジオ・ギブ）
印刷所　中央精版印刷株式会社

落丁・乱丁本はお取り替えいたします。
定価は、カバーに表示してあります。
　ISBN978-4-562-04454-2　Printed in Japan